新 潮 文 庫

首折り男のための協奏曲

伊坂幸太郎著

新 潮 社 版

10628

目次

首折り男のための協奏曲

首折り男の周辺

疑う夫婦

「ねえ、あなた、これ、隣のお兄さんじゃないかしら」リビングテーブルに座る若《わか》林《ばやし》絵美《えみ》がテレビを眺めながら、夫の順一《じゅんいち》に言った。定年退職してからは預金と年金で、夫婦二人の生活を送っていた。二人の息子は独り立ちし、一部上場の企業に勤めている。長男は中国に、次男は中国地方の山口に住んでおり、なかなか会うこともない。

「隣の？」

「そう。隣のアパートの一階に住んでいる、体の大きな」

テレビでは、過去の事件を扱う番組が放送されていた。迷宮入り間近の重大事件や古い失踪《しっそう》事件について、視聴者から情報を募り、さらには怪しげな専門家に分析をさせ、「この犯人は、あなたのそばにいるかもしれません」であるとか、「この失踪者は、あなたの働くお店にやってくるやもしれません」であるとか、脅しとも忠告ともつかない情報を流す、報道番組とバラエティ番組の中間のような内容のものだ。そのうち、「あなたの隣にいる人はいつか死ぬかもしれません」とでも言いかねないほどだが、今は、都内で発生した、バス停留所での殺人事件について、分析めいたものをやっていた。

猛暑で誰も彼もが朦朧《もうろう》としていた数ヶ月前、田端《たばた》駅へ向かうバスの停留所で、ある男が首の骨を折られ、殺されているのが発見された事件だ。停留所に立っていた被害者は一瞬のうちに、背後から首を捻《ひね》られ、殺されたのだという。過去にも類似の事件があったことから、当時から話題騒然だったが、いまだに犯人は捕まっていない。

テレビでは、「当番組の独自情報網で集めた目撃談」をもとに、犯人の人物像が表示されていた。「身長百八十から百八十五センチメートル」「髪は短く、黒い」「黒い眼鏡をかけている」「白いTシャツにジーンズ姿」と箇条書きで、だ。

事件当日、その大男とすれ違った婦人の談話もあった。「わたし、たまたまそこで、車の鍵《かぎ》を落としちゃったんですけど、その若い人が拾ってくれたんです。右腕のところに、大きな傷があったからよく覚えていて」とやや得意げに喋《しゃべ》る姿は、ＵＦＯの目撃について語るようでもあった。

「ほら、あなた、これ、隣のアパートのお兄さんでしょ」妻は言った。

見合いにより結婚し、真面目《まじめ》で平凡な生活を送ってきた。若林順一はそう思う。おそらく妻も、自分たちの人生について同様の感慨を抱いているはずだ。一度、若林順一はその平凡な人生に疑問を抱き、さらにはタイミング良く、職場の女性と親しくなったため、浮気に勤《いそ》しんだ時期があったが、それも結局、性《しょう》に合わなかった。いつも大まかに物事を捉《とら》え、のんびりしている妻には気づかれた気配はなく、それゆえ若林順一はそのことに罪悪感を持っていた。

「よく見てくださいよ、ほら。この条件」と妻は力説する。それから、並べられた項目を一つずつ吟味していく。言われてみれば、隣のアパートに住む、数回すれ違った程度ではあるが、その男の外見に当てはまる。

「あの彼は、いつから隣に住んでいるんだったか」

「九月でしたよ」

「よく覚えてるな」隣のアパートは二階建てで八世帯が住める。それなりに出入りはあるし、住人の全員を把握しているわけでもない。

「ちょうど九月に、うちの新聞が更新だったの。それでやってきた新聞の契約の人が、隣のアパートに新しい人が越してきたけれど、いつも留守だ、とか愚痴っていて。だから、九月って、ほら、ちょうどこの事件のあとでしょ」

若林順一はしばらく、黙り込む。

「眼鏡、かけていたか？」

「そんなのどうとでもなりますよ。普段はきっと、コンタクトなんですよ。一度だけ、かけてるところも見たことありますし」

「会社員っぽくはなかったよな」

「でしょ。言われてみれば、昼間も会うし、怪しい感じが」

「隣の人をそう簡単に、怪しいと言うのはどうなんだよ」

テレビではさらに、目撃者情報をまとめた似顔絵と全身の図が映された。あ、隣の男だ！　と声を上げそうになった。それほど似ている絵だった。

「ね、似てるでしょ」「確かに、似てる」

だからと言って、隣に首折りの殺人者が住んでいるとはすぐには思いにくく、うーん、でもなあ、と独り言のような短い呻《うめ》きを上げ、リンゴを齧《かじ》ることしかできない。

「アパートに行って、確かめてきましょうか」

「まさか『人を殺しましたか』なんて質問するんじゃないだろうな」

「そんなことはしないですよ」

「おまえならやりかねない」

「どういう心配なんですか」

「おまえは、警戒心が足りないんだ」

若林順一は本心から心配していた。妻は高校卒業後、駄菓子メーカーの事務職で働いていたというが、基本的には世間知らずで、深く考えることもなく、大胆なことをする傾向があった。銀行の営業マンの口車に乗せられ、リスクの高い資産運用に手を出しそうになり、息子たちの説得で、危うく踏みとどまったこともある。「おまえの世界は狭いから、慎重にならないと」と若林順一は言わずにいられなかったが、妻は、「分かってるんだけどねえ」と笑うだけだった。

「後でこっそり、隣に確認しに行こうなんてするなよ」

「まずいですか」

「本当に、彼が犯人だったら、危なすぎるだろうが」

「でも、ほらあなた、たとえば、腕の傷があるかどうかだけでも分かるかもしれない」

「夏ならまだしも、冬のこんな時期に半袖《はんそで》でいるわけないだろ。腕まくりでもしてもらうのか？　余計に怪しまれるぞ」

間違われた男

「おい、大藪《おおやぶ》、こんなところで何やってんだよ」と興奮した声で言われ、小笠原稔《おがさわらみのる》はぎょっとした。これほど正面から、人違いをされたのは初めてだ。

中央線の快速の停まる駅、その近くの繁華街にある、古いアーケード通りだった。

相手は背広姿で、歯の出た、小太りの男だ。白髪の割に童顔でもあり、年齢不詳、ネクタイはしている。が、折り目正しいとは言い難い。

てっきり、金の返済を求める男が現われたのかと思い、びくっと身体《からだ》を反らしてしまった。近頃、自分に親しげに声をかけてくる者といえば、「金返せ」の業者だけだ。

どうしてこんなに借金が増えてしまったのか。

いや、そもそもあれは借金ではないはずだ。

パンの製造工場で働く同僚、同い年の男に金を貸したのがはじまりだった。

「小笠原君、お金を貸してよ」さほど親しくもなかったその、前歯が一本ない男はどういうわけかある時、急に馴《な》れ馴れしく声をかけてきた。理由はすぐに察しがついた。

彼の友人の友人が、小笠原稔の高校時代の同級生だったのだ。つまり、歯抜けの彼は、

「小笠原稔は体格こそ立派だが、精神的には弱く、闘争心の欠片《かけら》もなく、十代の頃にはよく金を巻き上げられていた」という事実を知ったに違いなかった。

人の臆病《おくびょう》に付け込むような態度に、小笠原稔は腹が立ったが、結局は金を貸した。理由は簡単、怖かったからだ。

「貸した金は返ってこない」「金の要求は止《や》まない」過去の経験から分かっていたにもかかわらず、小笠原稔は逃れることができなかった。案の定、歯抜けの男は金を返そうとしなかった。さらには、「お金を借りないか」と言ってきて、小笠原稔を驚かせた。それが、半年前のことだ。今まで散々、金を貸せと言ってきた彼が、「借りないか」と言い出すことは不可解で、「そう来ましたか」と感心するほどだった。

「俺の知り合いが金貸しやってるんだけど、そこで十万ほど借りてくれないか？　すぐに返せばいいから。営業成績みたいなのがあって、そいつも誰かに金を貸した実績をアピールしないとまずいんだって」

胡散臭《うさんくさ》さに満ちていた。にもかかわらず、小笠原稔は気づくと、名前も知らない金融会社に出向いていた。築二十年ほどと思《おぼ》しき分譲マンションの一室で、柄の悪い男が五人と派手な化粧の女が一人いた。誰がどのような角度から眺めようと、明らかにまともな会社ではないのだが、そこで十万円を借りた。強引に話を進められ、拒むことができず、借りてすぐに返せば良い、と考えてのことだ。歯抜けの同僚からは、「借りるだけでいいから」と言われていたのだから、それで済むだろう、と。

簡単にはいかなかった。十万円を借り、すぐその日に返済しようとすると、電話がかかってきて、「何を考えてるんだ」と恐ろしい声で脅された。「今日借りて、今日返すなんて、なめてるのか」と大声で、だ。いったいどこが、「なめてる」のか、理解不能で小笠原稔は怯《おび》えるほかなかった。どういう成り行きなのか、再び、十万円を借りる羽目になった。

以降、何度か返済を試みたが、そのたびに難癖をつけて受け取りを拒否され、もしくは恐喝まじりに突っ返され、利息だけが膨れ上がった。

気づけば貯金は底を突き、二百万円もの借金が出来上がっている。はじめはただの粉みたいなものが、工程を踏むと、ほらこんなにふっくらとしたパンに！　といった具合だ。

歯抜けの男はいつの間にか、パンの製造工場の仕事を辞め、姿を消し、押し付けられた契約、借金だけが残った。

警察に届け出るべきだとは分かっていたものの、「警察に言ったらどうなるか分かっているのか」という陳腐な脅しを小笠原稔は律儀《りちぎ》に怖がり、何もできないでいた。

「嫌なことから逃げ回っていても、解決しないんだからね」子供の頃、よく学校の教師に言われた台詞《せりふ》だ。

金を返せ、という要求は続いた。脅しの電話が始終かかってきたし、パン工場からの帰り道やスーパーマーケットへ行く途中、突然、金融会社の若い男たちに左右から挟まれ、建物の裏手へ連れていかれ、暴力をふるわれることもあった。証拠を残したくないからなのか、傷や怪我《けが》が残らない、巧妙な痛めつけ方をしてくる。直接、アパートに乗り込まれることはなかったが、それも、隣人から目撃されることを避けたかったからだろう。

「おまえ、身体はでかいのに、まるで駄目だな」金貸し業者の男が何かの折に嘲笑《ちょうしょう》してきた。

小笠原稔は言い返すこともできなかった。怖くて仕方がない。子供の頃から体格は良く、小学生の頃には、我が物顔に振舞っていた時期もあった。ただ、ある時、クラスの生徒全員に囲まれ、押さえつけられ、糾弾され、殴る蹴《け》るの暴力をふるわれ、そこで一気に、他人が恐ろしくなったのだ。

自分の弱い心を守るように、身体を鍛え、体格は立派になったものの、内面の脆《もろ》さは変わらない。

「大藪」とまた呼ばれる。無視をし、通り過ぎようとしたが、その男が立ちふさがってきた。「大藪、何やってんだよ。こっちだよ」

「誰ですか、それ」

「何をとぼけてるんだよ。面白くないから、そういうの。探してたんだぞ。駅のコインロッカー脇《わき》で、って約束だっただろ。もう十五分も過ぎてるし、先方も来る頃だ。というより、見つかって良かった」

嘘《うそ》を言っているようには見えない。必死さがみなぎっていた。が、小笠原稔が、約束のことも、「先方」のことも知らないのは事実だ。

「人違いです」

「おいおい、何の冗談だよ、大藪。そんな外見の奴《やつ》がそうそういるわけないだろ」

「身体は大きいですけど、顔は平凡ですよ」どうして自らそんな説明までしなければならないのか、と不本意でならない。

相手は少し黙った。小笠原稔を見つめ、思案している。「まあ、大藪にしては、おどおどしてるよな」

「だと思います。ほら、俺は小笠原って言うんです」求められてもいないのに、ポケットから財布を取り出し、免許証を出した。アーケード通りには人の流れがそれなりにあったから、立ち止まったまま問答を続ける小笠原稔たちを、少し怪しげに眺めていく通行人もいた。一見すると、大柄な男が公衆の面前で金を脅し取ろうとしている場面に見えるが、財布を出しているのはその大男のほうだから、違和感はあったはずだ。

「いや、大藪の本名なんて知らねえよ」と男は手を振る。ただ、「大藪が免許なんて簡単に見せるはずねえよな」とうなずきはした。「それにしても、そっくりだなあ」

小笠原はその場を立ち去ろうとしたが、また腕をつかまれた。びくっと身体を震わせる。小学校や中学校で、同級生たちに殴られた時の恐怖が甦《よみがえ》った。彼らは遊び半分であったのかもしれないが、学校に行くたび、自尊心が削られ、世界から見放された絶望を感じたあの恐《こわ》さは、いまだに身体に染《し》み込んでいる。

男は目をぱちぱちとやった。「あんたが別人だってことは分かった。他人の空似だ。ただ、頼みを聞いてくれねえか」と懇願口調になる。

「急いでるんです」嘘だった。行く場所などどこにもない。アパートで一人きりでいるよりは、繁華街で一人きりでいるほうがまだ孤独が紛れるのではないかと思っただけで、用件など何もなかった。とにかく、駅の方向へ、再び歩み出そうとした。

「少しなら、おまえに金を払ってやってもいい」男は声を大きくする。周囲の目が一気に集まってくる。小笠原稔は居心地が悪くて仕方がない。しまいには、「頼むよ。俺の命がやばいんだ。人助けだと思って」と拝んでくる。

小笠原稔は足を止め、男を見た。金、という言葉と、命、という言葉が引っかかる。男の目がそこで、光った。抜け目のない顔つきに、しまった、と小笠原稔は後悔するが、その後悔に浸っている間もなく、男は、「よし、そこでちょっと段取りを話すから。やることは簡単なんだ。頼むよ」とファストフード店を指差した。

店の中で、小笠原稔が依頼されたのは次のようなことだった。

一、地下の薄暗いバーに入る。

二、奥に二人がけのテーブルがあるからそこに座る。

三、鼠色《ねずみいろ》の安っぽい背広を着た、役所勤めとしか見えない男と話をする。

瓜《うり》のような顔をした、耳たぶの大きな、青白い男だ。男は名乗らないが、気にせず挨拶《あいさつ》をしろ。その男は、おまえと面識がある。

「ないですよ」小笠原稔が慌《あわ》てて、否定した。

「大藪とだよ。おまえは、大藪の代役なんだ。それくらい分かってくれよ。いいか、その瓜みたいな男とは、面識がある。だからこそ、おまえにしか代役ができねえんだ」

「あなたはいったい」

「俺はまあ、大藪のマネージャーみたいなもんだよ。客から話を聞いて、スケジュールを調整して」「それなら、その瓜みたいな」「客のことを瓜とか言うんじゃねえぞ」

男は、小笠原稔よりもかなり背が低く、小柄だったが、凄《すご》んだ声には迫力があった。瓜と言ったのはそちらが先ではないか、と反論もできない。

「今日のその客は、直接、大藪と会いたいんだよ。別の人間が仲介するのを嫌がってるんだ。伝達漏れもありえるし、何より、仲介がいると責任感が薄れるって思ってるわけだ。神経質すぎるんだよな。とにかく、俺が会っても、相手にされない」

だからとにかくおまえは、大藪のふりをして、座って、相手の話を聞いて、適当に相槌《あいづち》を打ってくれ、と男は続けた。

「やはり帰ります」

「おい、さっきの免許証の住所、覚えたからな。ここで引き受けないと、お邪魔するぞ」

裏しかないコインを投げ続けている感覚だった。何をやっても、ろくなことにならない。

小笠原稔は言われるがままに、バーへ向かった。

店内は薄暗く、少し離れた隣のテーブルも、カウンターの様子もほとんど把握できないほどだった。客はまばらで、影が浮かんでいるだけにも見えた。

現われた男は、事前に聞いたとおり、実直で勤勉な公務員に見えた。男は挨拶もなく、向かいの椅子《いす》に座った。面長で瓜のような顔で、耳たぶが目立つ。目が細く、眉《まゆ》も薄い。小笠原稔をちらっと見ると、顎《あご》を引いた。

小笠原稔は、鼓動が早くなっているのがばれないようにと素知らぬふうを装《よそお》い、首を縦に振った。店員は注文を取りに来なかった。そういう取り決めになっているのだろうか。水さえ置きに来ない。事前に聞かされていた指示を思い出す。「いいか、詳しくは言えねえけどな、そいつのところからは今、仕事を頼まれてる。たぶん、進行状況を聞かれるはずだ。『順調だ』『問題ない』と答えておけばいい。それだけだ。あとは、相手が何か喋っても、短く返事をして、うなずいていればいいからな」

瓜顔の男はテーブルの上に封筒を出し、中から写真を出した。恰幅《かっぷく》のいい初老の男性の姿がある。四角い顔にあぐらをかいた鼻、眉は太く、髪は短い。大きな口を開け、笑っている表情には自信が満ちていた。精力的な還暦の男、という具合だ。

これ、誰ですかと危うく聞き返したくなってしまう。平静なふりをし、写真を見やる。脇にメモがある。印字されたもので、住所と日時が書かれている。

「この資料は届いていますよね」と瓜顔の男が言う。

「ああ」それだけでも、喉《のど》から心臓が出そうだった。

「進行具合は？　予定通り実行できそうですか」

「大丈夫だ」小笠原稔はできるだけ感情を押し殺し、返事をする。

　その後、どんな会話を交わしたのかはほとんど覚えていない。あまり時間が経《た》たないうちに相手は、「じゃあ、引き続き」と言って封筒に写真とメモをしまうと、立ち去った。どう考えても、物騒な話にしか思えなかった。

いじめられている少年

中島翔《なかじましょう》は、なかなか寝付けなかった。枕元《まくらもと》の目覚まし時計を見ると、深夜の一時になっている。家の中は静かだ。廊下を挟んで向かい側の寝室にいる両親も、とうに眠っている。マンション中の全員が眠っているのではないか、と疑いたくなる。
　いつもであれば夜の十一時には就寝しているため、この時間帯は未知なる領域で、こんな時間が本当に実在していたのか、と幽霊やＵＦＯの存在を確認するような気分

だった。

幽霊の存在！　天井を眺めながら、中島翔は泣き出しそうになる。すべての発端はそのことにあった。

半年ほど前、中学二年のクラスにようやく慣れ、同級生の中でもいくつかのグループができはじめた頃だ。中島翔は同じ軟式テニス部であることから、山崎久嗣《やまざきひさし》と親しくしており、彼の小学校からの友人だという数人とも、よく行動をともにしていた。クラスの中でも、賑《にぎ》やかで目立つグループだった。

「幽霊っていると思うか」山崎久嗣がある時、昼休みの教室で言った。普段は、外でサッカーやテニスをして遊ぶのだが、その日は雨で、屋内で雑談をしていたのだ。

「俺、昔、見たことがあるぜ、幽霊」

それはよくあるような、夜中に河川敷の近くを歩いていたらぼんやりとした輪郭の人影を見た、というありきたりのものだったが、他の友人たちは、「怖《こえ》えなあ」と盛り上がった。中島翔もいつもであれば話を合わせ、当たり障《さわ》りのない冗談を言うのだが、その時は、「幽霊なんていないって。山崎、何言ってんだよ」と強く主張した。

単に、他の友人たちと違う意見を言って存在感を示したかったのだろう。自分が、「幽霊なんていないよ」と言い切れば、山崎久嗣が、「いるんだって。おまえこそ何言ってんだよ」と言い返してきて、やいのやいのと掛け合いをすることで面白い雰囲気が出来上がるのではないか、と期待していたところもあった。わいわいと言い合いすることで、ほかの同級生に、「あいつら面白そうだな。楽しそうだな」と認められることまで狙《ねら》っていたのかもしれない。

どうしてあんな態度を取ってしまったのか。今となっては、半年前の自分の行動を呪《のろ》うような思いだった。

山崎久嗣が血相を変え、「おまえ、何を偉そうなこと言ってんだよ」と怒り出したことは、予想外だった。

その大声に教室内は凍りつき、中島翔は、自分が失敗した、と即座に気づいた。安全な、舗装道路を横切っているつもりだったが、そこは、足を踏み外せば一気に落下する、脆い細道だったのだ。教室の床が開き、自分が落下していく感覚がある。

「中島、おまえ、頭いいからってちょっと感じ悪いよな」と別の友人が言った。中島翔はそこですぐに謝るなり、「だって幽霊、怖いんだもん。いないことにしたいよ」と自分の弱さを強調し、擦り寄ってみせれば良かった。まだ、事態は悪化しなかっただろう。咄嗟《とっさ》に、「まあ、俺、頭いいからさ」と返事をしたことが致命的だった。裏目に出た。クラス中が無言で、冷ややかな目で自分を刺してくるのが分かった。

翌日から、誰も中島翔に近づかなくなった。はじめのうちは、自分から話しかけることも試みたが、応答が皆無であることに深く傷つき、自分を慰めるためにへらへらと愛想笑いを浮かべることも苦痛になった。軟式テニス部にも、山崎久嗣が素早く根回しをしていたため、部活動に出ても会話がなくなった。さすがに上級生までは、無視をしてこなかったが、かといって上級生に取り入るような真似《まね》もできず、次第に中島翔は部活動の練習も休むようになった。

その状態が一ヶ月ほど続き、今度は急に、無視が終わった。山崎久嗣たちが、中島翔に接触してくるようになったのだ。もちろん、仲直りをしたわけではない。親しさを装いつつ、暴力をふるわれるようになっただけだった。

朝、中島翔が登校してくると、「よお」と言いながら、胸を思い切り叩《たた》いてきた。エスカレートすると、拳《こぶし》で殴ってきた。

「思い切り、息を吸ってみろよ」と言われ、中島翔が深呼吸さながら息を吸うと、そこを狙って、胸を思い切り前後から叩かれた。そうすると失神することが多く、中島翔はたびたび床に倒れた。

無視されるよりはマシだと思った。学校で、誰とも会話をせず、机に座ったままで一人きりでいるのは惨《みじ》めで、家に帰ってから親の顔を見ることもつらかった。

暴力は少しずつ激しくなったが、我慢できないほどではなかった。

ただ、一週間前、少し変化があった。悪い方向への変化だ。

学校からの帰り道、どこにいたのか山崎久嗣と数人が立ち塞《ふさ》がって、潰《つぶ》れたばかりのコンビニエンスストアの裏側へと中島翔を引っ張っていき、金の要求をしてきたのだ。

彼らはまず中島翔の腹を殴り、うずくまったところを靴で踏む。頭を庇《かば》おうとすると、脇腹をつま先で蹴ってくる。いつもよりも執拗《しつよう》だった。「金を持って来いよ。十万な」

おおよそ、背景の見当がついた。山崎久嗣が部活動を休みがちになり、評判のよろしくない上級生、卒業生と付き合いはじめていることは、知っていたからだ。お金が必要になったのも、その先輩たちが関係しているのだろう。

「無理だよ、お金ないし」「どうにかして作れよ。一週間やるから。学校だとまずいからな、一週間後、この時間、この場所に来いよ。俺の先輩たちも呼ぶからな。逃げたり、誰かに相談したら、おまえ、ぶっ殺されるぞ」

彼のまわりにいる仲間が、それは別の学校の生徒のようだったが、全員、うなずいた。

その、「一週間後」が明日だ。深夜一時であることを考えると今日とも呼べるが、とにかくこのまま眠って起きれば、その当日となる。眠れるわけがない。

天井を眺める。

「あ、おまえさ、金は払わないほうがいいぞ」そう言った大男の姿を思い出す。

格闘家のような、大柄な男だ。

その大男は、一週間前、「金を持って来いよ」と言った山崎久嗣たちが立ち去った後、倒れていた中島翔のそばに寄ってきた。「ちょうど店の中で休憩してたんだけどさ、騒がしかったから、気になったんだよな」と言い、彼は元コンビニエンスストアの店舗の中を指差した。「ええと、おまえは、その、苛《いじ》められてるのか?」「知らないっすよ」中島翔は反射的に、ぶっきらぼうに言い返した。こちらが舐《な》められたらおしまい。大人には、こちら側の世界は分からないはずで、安易に助けを求めることは危険で仕方がない。それくらいは知っている。大男は若く見えたが、大人には変わりなかった。「いや、気張らなくていいから」男はどこか飄々《ひょうひょう》としている。「やられっ放しってのもちょっと、大変だ。闘ってみたほうがいいかもよ」

「関係ねえだろ」

「それに、お金を払ったら、また要求される」

「関係ねえだろ」

「今の奴らはどうせ、上の奴らから金を要求されてるんだって。で、その上の奴らの上には、さらに別の奴がいる。そういうもんなんだよな。指示は全部、上から下に落ちてくる。上にいる奴らは、下から吸い上げることに罪悪感も覚えてない。下にいる奴らのつらさだとか大変さには興味もない。むしろ、喜んでるかもしれない」

「それがどうかしたんすか。そんなことは知ってますよ」

「試しに、ほら、対決してみたら？」男は気軽に言う。

「俺、殺されますよ」「そう簡単には死なないから」「死にますよ」「ああ、まあ、そうだけどね」大男は急に意見を撤回した。「人は簡単に死ぬ。死ぬし、殺される。それはそうなんだけれど」

「何なんですか」学生服についた土を払う。早く、その場を後にしたかった。「あ、じゃあ、来週、俺も来てやろうか。待ち合わせはここなんだろ？　ほら、向こう側にコインランドリーがあるのが分かるか？」と歩道に指を向けた。

学校寄りのところにビジネスホテルがあり、そこにコインランドリーが併設されていた。古い木造の建物で、利用客は滅多に見ない。

「あそこで落ち合おうか。待ち合わせってことで。それで、少し付き合ってやろう。対決に立ち会ってやるし。心強いだろ」中島翔は目の前の大男がどこまで本気で喋っているのかつかめず、不気味に感じた。ただ、大人を助っ人に頼むことほど恥ずかしいことはないとも思った。

見透かしたように男が言う。「大丈夫大丈夫、見守ってるだけだから。おまえが殺されそうになったら助けるけど、それまでは見てるだけだから。まあ、お守りだと思っておきなよ。大人に助けを求めるなんて卑怯《ひきよう》だ、とか思わないほうがいいからさ。人数が多くて、喧嘩《けんか》慣れしてる奴らとやるなら、それなりに武器が必要なんだし。おまえなんて、その辺の落ちてる釘《くぎ》とか、ゴルフクラブを使ってもまだ、ハンデが埋まらないくらいだぞ」

「何言ってんだよ」

「まあ、さっきの奴らはさ、『誰かに相談したらぶっ殺されるぞ』なんて言ってたけど、これはほら、俺が、勝手に聞いて、勝手に首を突っ込んでるだけだから。相談したわけじゃないだろ」

「何なんですか」

「俺は約束を守るよ。昔、子供の頃さ、キャッチボールの約束をした大人が、それを守ってくれなかったことがあって、あれは本当にきつかったんだ。ああいう気持ちにはさせない」大男はその後も、思い出話を口にするかのように喋っていたが、中島翔の耳には入ってこない。よく見れば、大きな体の割に、顔は涼しげで役者のようでもあった。「あ、時空のねじれって、あると思うか?」

「何のことですか」

「一瞬、あるんじゃないかって期待したんだけどさ、そうでもなかったんだよな」と大男が最後に寂しげにこぼしたが、その意味も分からない。

中島翔は布団《ふとん》に横になり、「明日、俺はどうするんだろうか」と悩む。このまま朝になってしまうぞ、と枕に顔を押し付け、そうしているうちに眠っていた。

朝起きると、父親はすでに出勤していた。最近は、西日本のどこかの会社の仕事に取り組んでいるらしく、朝から新幹線で出張に出ることが多かった。食卓でテレビ番組を観《み》ながら、食パンをかじる。制服に着替え、トイレに行き、髪を整え、学校に向かう。母が台所で食器を洗っている隙《すき》を狙い、鏡台の引き出しに入っているパスケースから、銀行のキャッシュカードを一枚抜き、制服の内ポケットに入れた。

お母さんごめん、と思う。

疑う夫婦

若林順一は散歩がてら、山手線の最寄り駅前にある銀行まで妻と一緒に向かった。人通りは少なく、街中に飛び交う音もずいぶん小さかった。空気も濁っていないように感じる。ガードレールが設置された歩道は狭く、二人で並んで歩いているとどちらかが身体をぶつけかねないため、縦に一列となり、歩いていた。

「ねえ、あなた、やっぱりそうじゃないかしら」と後ろから妻が言ってきたのは聞こえたが、面倒なので返事をしなかった。縦に並びながら会話をすること自体が、無理な話なのだ。「ねえ、あなた、聞こえてます？」

細い道を抜け、交差点にぶつかる。横断歩道の前でようやく、妻と横に並ぶことができた。

「ねえ、あなた、やっぱりそうじゃないかしら。隣のお兄さんですよ。昨日の夜のテレビでやってた、首折りの犯人じゃないですか？」

「まだ、そんなことを言っているのか」

「あの事件、本当に怖いですよ。俳優が殺されたりもしてるんだから」

首の骨を折られ、殺害される事件は、夏の停留所でだけではなく、この三年で五件ほど発生しているらしい。被害者は中年男から若い女性までさまざまで、場所についても西から東、北海道まで全国にまたがっている。

驚くべきことに、殺害された被害者には、俳優どころか、刑事もいた。共通点は、いずれも頸椎《けいつい》骨折による即死という点と、犯人が捕まっていないという点だ。

「映画館で、首を折られてしまったという人もいるらしいですよ。中には、刺された後に首を折られたり」

「それはほら、模倣犯とかじゃないのか」

「その可能性もありそうですよね。でも、指紋が一緒だったりするんじゃないですか。そうじゃなければほら、警察は公表していないけれど、犯人が何か印を残しているとか」

「『秘密の暴露』用に、警察も明かしていないわけか」

「リストラされた人かもしれないですよね。首になった恨みを晴らすために。だって、刃物で刺した後にまで、首を折ってるんですよ。こだわりですよね」

「会社を辞めさせることを、首切りとは言うが、首折りとは言わないだろうに」

「まあ、そうですけど。でもね、首を折られちゃった被害者の中には、昔、子供を轢《ひ》いちゃった人もいるらしくて、それはそれで因果応報のように思えるから、不思議ですよね」

「おまえはいつ、どこで、そんな情報を調べたんだ」

「あなたが寝ている間に、週刊誌を買ってきたの。ちょうど特集をしていたから」

歩行者信号が青に変わった。音楽が流れる。若林順一は歩を進めた。妻が慌てて、ついてくる。

「ねえ、あなた。きっと、あれね、プロの殺し屋みたいな感じなんでしょうね」

「おまえはそういう漫画みたいなことをよく言えるよな」

「でも、そうですよ。だって、全国あちこちで事件が起きてるんですから。お金で依頼されて、人の首を折っちゃうんですよ。隣のアパートのお兄さん」

「決め付けるな」

「昨日のテレビでやっていた、犯人の特徴、当てはまるじゃないですか」

そうかそうか、と聞き流すように言いつつ、若林順一は完全に聞き流してはいなかった。隣人が首折り男？　隣人が殺人犯？　にわかには信じ難いが、もし可能性があるのだとしたら何か手を打たねばならないはずだ。不安が胸を満たしはじめる。「テレビ局に連絡してみるか」と意識するより先に、つぶやいていた。

銀行に到着すると、ATMコーナーに近づく。「わたしはちょっと、雑誌を見てきますね」と若林絵美は当然のように言うと、窓口のある場所に歩いていった。置かれている雑誌を読むつもりなのだろう。のんびりしているが、あくまでも自己中心的なあの性格はいったい何なのか、と若林順一は苦笑する。

予想していたよりも、列が長かった。いつもはさほど混んでいないため、珍しいな、と前を見ると理由はすぐに判明する。もともと二台しか設置されていないうちの一台が故障しているらしく、技術者と思しき男が工具片手に機械の扉を開けていた。残った一台の前には、子連れの女がいて、操作に手こずっている。髪を後ろで一つに結んだ、小柄な女だった。振込先がたくさんあるようだったが、遅い要因はそれだけではない。二歳だか三歳だか分からないが、その子供がいちいち、「僕がやる。僕がやる」と横から手を出し、ボタンを押そうとするので、恐ろしいほど時間がかかっているのだ。

列を作る客たちはあきらかに苛立《いらだ》っていた。

若林順一は特に急ぎの用事もなかったが、それでも不快に感じた。

少しすると前方から、「いい加減にしてくれよ」と男が声を張り上げるのが聞こえた。「もう少しやって、まだ時間がかかるんだったら、後ろへ並べよ！　子供、じっとさせていろよ」

はっとして視線をやると、一番先頭にいる男が怒っている。

「本当にすみません。今、終わりますから」その母親は頭を下げる。横にいる、この小さな騒動の張本人とも言える子供は、状況が分かっていないのか振り返り、照れ臭そうに笑っていた。

結局、それでもその母親の作業はすぐには終わらず、むしろ怒られたことで焦《あせ》りが生まれ、もたもたしたのか、いたずらに時間がかかった。

立ち去る際に、母親は、大声を上げた男を振り返り、頭を下げた。そこまで謝ることもないだろうに、と思ったが、その彼女の口元にわずかではあるが笑みが浮かんでいるように見えた。どうして微笑《ほほえ》むのかが分からなかった。

若林順一は列を離れると、妻のもとに行った。「ここは混んでいる。別の場所で、引き出そう」

「あら、そうですか」読みかけの雑誌を閉じ、妻が立ち上がる。

銀行の出口へ歩きながら、若林順一は、今、ＡＴＭの前であったことを喋った。

「嫌な雰囲気だったから、並んでいるのが嫌になった」と正直に話す。

が、理由はそれだけではなかった。

「そうですか」と暢気《のんき》な応対をしながら妻は、ＡＴＭのコーナーに目をやる。先ほど、「いい加減にしてくれよ」と怒った男が、通帳を機械に入れるところだ。

「あら」と妻が声を上げる。

「な、だろ」

先ほど声を張り上げ、毒突いた男は、彼らが知っている男だった。体格が良く、髪が短い男、つまりは隣のアパートに住む、例の、首折り男に似た男だったのだ。

「やっぱり、危険な人なんですね」妻はどういうわけか目を輝かせていた。「普通の人じゃないんですよ」

間違われた男

小笠原稔は昨晩の、代役のことを思い出し、首を捻《ひね》る。地下のバーで、見知らぬ瓜顔の男と向き合っていたのは十分程度の短い間で、いくつかのやり取りだけで、相手はそそくさと消えてしまった。

店を出ると、「うまくやったか？」とそもそも声をかけてきた小太りの男に呼び止められ、別の、大きな居酒屋チェーン店に連れて行かれた。

「怪しまれなかったか?」

「たぶん」自分の正体がばれていたのかどうか、分からなかった。そんなことに気を配るほどの余裕もなかった。

「ありがとうな。助かったぜ」男はテーブルの上の中ジョッキをぐいぐいと飲んだ。

「おまえ、本当に似てるよなあ」

「その、大藪さんでしたっけ?　どういう人なんですか?」

「え」男はジョッキを置き、我に返ったかのような真顔になると、「おまえ、今日のことは誰にも言うなよ」と眉をひそめた。

「あ、はい」

「人に言ったらおまえ、ただじゃおかねえよ。住所も分かってんだからな」

「言われた通り、やっただけじゃないですか」

「まあ、助かったのは間違いない。今日の仕事、引き受けてくれなかったら、俺がやばかったんだよ。先方は、大藪が現われねえなら仕事の話はちゃらにするって言い出してな。大藪は来ねえし、途方に暮れてたんだ。だいたい、ああいう奴らは焦りすぎなんだよ。プロにはプロの準備ってのがあるんだからよ、任せろっていうんだ。とにかく、おまえがこのことを誰かに喋《しゃべ》るようなことがあったら」

「喋りません。何事もなく、平穏に暮らしたいだけなので」

「大藪にそっくりだけど、えらい違いだよな。平穏に暮らしたいんです、ってどこのひ弱君なんだよ。そんなでかい身体をしてよ」「すみません」「謝ることはねえよ」男は、通りかかった店員にビールのお代わりを注文した。「で、おまえ、ここだけの話、さっきのあれが何だったか察しはついてるのか？　大藪の仕事の内容のこと」

「あ、いえ、分かりません」

「そんなこと言って、少しは見当がついてるんじゃねえのか？」酒のせいなのか男は顔を赤らめ、機嫌良く言った。

「いえ、分かりません。俺、あんまり頭、良くないほうなんで」

「もしかするとあれかなあ、なんて山勘《やまかん》でもいいから、思うところはあるんじゃねえの」

はあ、と小笠原稔は溜《た》め息《いき》をつく。「強いて言えば」

「強いて言ってみろよ」

「なんか、物騒な依頼を受けて、仕事をするのかなあ、と思いました」

うんうん、と男は微笑みつつ、首を縦に揺すった。

「人殺し、とか」調子に乗ったわけではないのだが、ここまで来たら、と小笠原稔はぽろっと洩《も》らしたが、すると男が、くわっと目を見開いて、アルコールが消え去った顔つきになり、「おまえ、余計な勘繰りするようだったら、この場でぶっ殺すからな」と箸《はし》を突き出した。

言わせたのはそちらではないか、と抗弁することもできず、小笠原稔は恐怖で、身震いした。すみません、と何度も繰り返し謝る。

「おまえ、子供のころとか苛められてただろ」男は枝豆の皮をくしゅっとつぶし、「あ、くそ、中身入ってねえよ」と洩らす。「体、でけえけど、そんなにびくびくしてるところを見ると、どうせ、苛められていたんじゃねえかな、って思ったんだよ」

「まあ」小笠原稔は自分の耳が熱くなるのを感じる。「そうですね」

「だよなあ。俺は苛めるほうだったから、分かるぜ、うん。おまえみたいなのは、なんか、むらむら来るんだよ。苛めがいがあると言うか」

小笠原稔はその言い方に怒りを感じ、顔をきっと上げた。恐ろしさもあったが、自分の大事な部分を靴で蹴られたかのような悔しさもあった。

「怒るなよ。悪かった」男は、酩酊《めいてい》とまではいかないまでも、酔っている。「俺が、おまえを苛めてた奴らに代わって謝るよ。悪かった。悪気はなかったんだ」

「悪気がなかったって言われても。死にたいくらいにつらかったんですよ」

「そうだなあ」男は、うんうん、とうなずく。「今から思うと、悪かったよ。反省してる」

そんなことで許せるわけがないが、何かを言い返すつもりにもなれなかった。

「前に観た映画でよ」男がろれつの回らなくなる直前に、言った。「女の子が、殺し屋に向かって、訊《き》くんだよ。『大人になっても、人生はつらい？』って」

「観たことありますよ」話題になった映画で、小笠原稔も珍しく、劇場で観た記憶がある。殺し屋はその少女からの問いかけに、「つらいさ」とか何とか答えたのではなかったか。

「あれは完全に、訊《たず》ねる相手が間違ってんだよ」男が笑う。「殺し屋にそんな質問して、どうすんだよ。殺し屋の人生はつらいに決まってんだよ。なあ？」

「そうかもしれないですね」確かに、訊ねる相手を間違ってる。

「俺からすればよ、子供のころより今のほうがよっぽど自由だよ。人生は、ガキのころのほうがつらい。今だって、嫌なことはたくさんあるけどな、学校に行って、あんな狭いところで苛められたりしてた時に比べれば」

「苛められてたのは俺ですよ」

「まあな。とにかく、ガキの時のほうが我慢することが多かった」

「かもしれないですね」

男は突っ伏して、眠りはじめた。

そして今、小笠原稔は地下鉄に揺られ、車内に吊《つ》るされた広告を見ている。結局、お金はもらえなかったな、と思う。代役をすれば金を払ってやってもいい、と言われたような記憶があったが、居酒屋での代金を払ってもらっただけだった。もちろん、それだけでも十分と言えるかもしれない。何しろ、明らかに物騒な出来事に巻き込まれたのだから、無事なだけでも儲《もう》けものだ。いや、こういう思考の傾向が、自分を追い込んでいるのではないか。

「もうこの件に首を突っ込まないほうがいいだろうに」小笠原稔は自分自身にそう言ってみる。それなのにどうして、こうして余計なことをしようとしているのか。理由は自分でもはっきりとしない。ほかにやることがないから、というのも一つの動機に思えたし、自分が巻き込まれたことの真実を知りたい、という気持ちもあった。何よりも、「取り返しのつかないことが起きるのではないか」という恐怖が強かったのも確かだ。

自分のせいで、誰かが酷《ひど》い目に遭うのは避けたかった。

飲み屋で喋っている際、「大藪のマネージャー」と称する男は、「大藪の野郎はたぶんな、仕事を放って、きっとどこかで金にならないことをやってんだよ」と嘆いていた。

「金にならないことですか」

「時々、持病が出るんだ」

「持病？」

「誰かの役に立ちたい病、だな」

「何ですかそれは」

「首を折って人を殺すような仕事をしてるからじゃねえか。時々、人に親切にして、バランスを取りたくなるんだよ、あいつは」彼は言い、それから、その大藪という男がどのように老人を手助けするか、などを喋りはじめた。

一風変わった、その、器用なのか不器用なのか、効果的なのか逆効果なのかはっきりしない人助けの手法に小笠原稔は感心した。そういう方法があるのか、と。一方で、「首を折って人を殺すような」という言葉が気になった。確認するのも恐ろしく、おそらくは、「首が回らない」「骨折り損」に似た、表現の一種なのだろう、と思うことにする。

「おい、おまえ、大藪の仕事が何だか、見当ついてるんじゃねえのか？」「さっぱり分かりません」「でも、何となく山勘でよ」「勘弁してください」

「大薮の奴、また引っ越しじゃねえだろうな」男はぶつぶつ言っていた。「気晴らしなのか、安全のためなのか、しょっちゅう引っ越すんだよなあ。考え方は現実的なくせに、急に、『時空のねじれ』がどうこう、とかSFみたいなことを言ったりもするし、どこまで本気なのかまったく分からない男だよ」

「何ですかそれは」

「訳分かんないだろ」男は言ってから、ジョッキのビールを飲み干し、「でもな」と声の調子を変えた。

「何ですか」

「時々、いい顔で笑うんだよな。子供みてえに」

はあ、としか言いようがなかった。

地下鉄を使いやってきたその家は、普通の一戸建てだった。もっと見るからに豪華な大邸宅を勝手に思い浮かべていた小笠原稔は、拍子抜けを感じた。殺し屋の標的になるような人物は、誰からも嫌われる悪党で、嫌味なくらいの豪邸に住んでいる金持ちだと思い込んでいたのだ。

インターフォンに手を伸ばすが、ボタンを押す勇気がなかった。ここまで来ておいて弱気にすぎるとは感じたが、いったい何を喋ったものか自分でも分からなかった。「あなたは、殺し屋に狙われているかもしれませんよ」と言うべきなのか。それとも、「俺に似た人が、あなたを殺害しに来るかもしれませんので、充分注意をしたほうがいいですよ」と説明すべきなのか。

後ろから、「おい」と言われた。振り返ると、家の門のところに犬を連れた男がいる。

まさに、昨晩、バーで見た写真の男だった。背は低いが横幅があり、四角い顔に太い眉、あぐらをかいた鼻がある。冴《さ》えない、鼠色の運動用のスウェットを上下揃《そろ》いで着ている。犬は小さな、ブルドッグだった。

「うちに何か用か？」と貫禄《かんろく》のある声を、彼は出した。犬もその飛び出した眼球で、こちらを窺《うかが》ってくる。

鼓動が早鐘を打つ。脚が震える。

「おい」男のほうにも、若干の怯《おび》えもあるのが分かった。

小笠原稔の体格と沈黙に、威圧感を覚えているのかもしれない。「いえ」そう否定しようと思ったが、途中で、「いや」と言い方を変えた。強い言葉を選ぶことにした。

なりきるべきだ。大藪という男には会ったことがないが、おそらくは、迫力のある、タフな男に違いない。自分はそれと間違われるほど似ているのだから、その気になればいい。計算や戦略というよりは、咄嗟の判断だった。

「おまえに大事なことを告げに来た」と声を絞るようにして出す。語尾が震えてしまっては台無しであるから、腹に力を入れた。自分に、金の返済を迫ってくる、怪しげなローン会社の男たちを思い出し、参考にした。あのような威圧感を出せばいいのだ。

「大事なこと？」男は怪しそうに聞き返してきたが、その言葉の裏側に警戒心と不安が滲《にじ》んでいる。

「おまえは、命を狙われている。心当たりはないか」

男の四角い顔が白くなった。思い当たる節があるのか、それとも、単に、「命を狙われている」という穏やかならざる言葉に反応したのか。

「近いうちに、おまえの命を狙って、近づいてくる人間がいる」「誰なんだ」「それはおまえが知っているはずだ」と鎌《かま》をかけ、「とにかく、雇われて、おまえに手を下すのは」と小笠原稔は口にし、頭を必死に回転させ、果たしてそんなことを言ってしまって平気だろうかと逡巡《しゅんじゅん》した後で、「たぶん、俺に似た男だ」と言い切った。

男は青褪《あおざ》め、短い人差し指を宙にゆらゆらとさせた。小笠原稔の顔をゆっくりと指差し、わなわなと震え、唇を痙攣《けいれん》させた。ブルドッグも、小笠原稔を見上げている。

「せいぜい、気をつけるんだな」と捨て台詞《ぜりふ》を吐いてみた。語尾が上擦る情けない声だったが、それが背後の男に聞こえたかどうかもはっきりしない。

いじめられている少年

深夜過ぎまで眠れなかったとはいえ、学校では眠気を感じる余裕もなく、ひたすらびくびくしていた。もちろん授業を受けている間、連立方程式であるとか天気図であるとか、そういった話を聞いている最中は、山崎久嗣たちに脅されていたことが遠い話にも感じられた。

が、休み時間にトイレへ行く際、廊下で山崎久嗣が、「今日、分かってんだろうな」と凄んでくると、中島翔は自分の置かれている立場を思い出し、重苦しい気持ちになった。

「十万、持ってきたか?」こちらの上履きを踏んだ。足の甲が痛いが、どかすこともできない。

うん、と中島翔はうなずいた。

「そうか、逃げるなよ」と言う彼には、安堵《あんど》の色が浮かんでいた。山崎久嗣も別の人間からの脅しにまいっているのだろう。

放課後になり、鞄《かばん》を持って教室を出る瞬間、中島翔は、翌日ここに登校してくる自分がいったいどんな思いなのかを想像した。

この後自分は、山崎久嗣やその仲間、彼の先輩たちに囲まれるはずだ。金を要求されるだろう。その時、自分はどうするのだろう。

財布には五千円も入っていない。それを払い、土下座をし、許しを乞《こ》うのか、それともこっそり持ってきた、母親のキャッシュカードを渡すのだろうか。それで、彼らが納得するとも思えなかった。おそらく彼らは、「今すぐ、引き出してこい」と言うだろう。それに従うのか？　そんなことをしたら、また要求されるのは間違いがない。闘うのか？　まさか。

「おい、中島」階段を下り、昇降口に辿《たど》り着いたところで、担任教師の工藤に声をかけられた。

「はい？」と振り返る。

工藤は体育の担当で、いつもジャージ姿だ。「おまえさ、最近、クラス内の苛めとか、知らないか？」

え、と声を上げそうになる。「苛め？」

「いや、何となくなんだけどな、そんな話を小耳に挟んでな」

「はあ」中島翔は周囲に、顔を動かさず目だけを向ける。どこかで誰かが、こちらを観察しているのではないか、と怖かったからだ。

「そんな話、聞いたことないか？」

俺が苛められています、と喉まで出かかった。ここですべてを打ち明けて、「お金を要求されてます」と吐き出してしまえばいいのに、と自分の声が胸を突く。だが、言えるわけがなかった。工藤はおそらく、中島翔が苛められている本人だとは思ってもいないに違いない。だからこそ、こんなに気安く訊ねてきたのだろう。鈍感に過ぎるし、やり方が大雑把で、この教師に頼ったところで悪い結果を招くのは間違いなかった。

「知らないですよ」

「そうかあ」と暢気に工藤は言っている。何か気づいたことがあったら、教えてくれよな、と。勘が悪すぎだろ、と中島翔は大声で叫びたくて仕方がなかった。

閉店したコンビニエンスストアのある、その場所にはなかなか近寄れなかった。まっすぐに行けばすぐに到着するにもかかわらず、普段は曲がらない角で細道に入り、迂回《うかい》した。

約束を破り、帰宅してしまったら、山崎久嗣は怒るだろう。

約束？　中島翔は、通りすがりの人間に誰かれ構わず、詰め寄りたかった。あれは約束なんていうものじゃない。一方的な、言いがかりだ。

悶々《もんもん》と頭の中で考えているうちに、また、いつもの帰り道に合流していた。足を止める。右手前方に、コンビニエンスストアの駐車場があった。

足が止まる。

駐車場の隅に、たむろしている男たちがいた。制服を着ている者が大半だったが、派手な服を着た、髪の色を赤や金にした者も数人いた。全部で十人ほどかもしれない。立って煙草《たばこ》をくわえたり、地面にしゃがんだりしつつ、円陣を組むかのように集まっている。山崎久嗣もいた。その集団の中ではひときわ、幼い顔つきだった。

三年生の先輩が、神妙な表情の山崎久嗣の肩に手をやり、にやついている。

時計を確認すると、「来い」と指定された時間にはまだ十五分ほどあった。ずいぶん時間に余裕を持って、待機しているものだ、と驚いた。中島翔が早い時間にそこを通り過ぎてしまうのを防ごうとしているのか、もしくは、余興を待つのも余興のうちと思っているのか。

中島翔は両手で顔を覆《おお》い、その場にうずくまってしまいたかった。道を後退する。いっそのこと車が走ってきたら飛び込み、全部をなかったことにしてしまいたくなる。コインランドリーがあった。考えるより先に中に入った。

奥に細長い、縦長の建物だった。入って、右側に洗濯機が三台、乾燥機が二台設置され、洗剤を販売する機械が手前にある。使用方法を書いた紙が壁に貼《は》られている。左手に、長い椅子《いす》があった。よれよれの雑誌が積まれている。無人のコインランドリーに、一台だけ動いている乾燥機が低い唸《うね》りを立てていた。

大男の姿などなかった。ほらやっぱり、と中島翔は思った。からかわれていただけなのだ。

長椅子は革が破け、あちこちから中のスポンジが見えていた。そこに腰を下ろす。目の前で、回転する乾燥機をじっと見つめた。かたかたと音がして、何かと思えば、膝《ひざ》に力が入らないために、自分の脚が震えている。乾燥機の蓋《ふた》はガラスになっているため、顔が映っていた。泣きそうな貧弱な顔だ、これは苛めたくなる男だ、と自虐《じぎゃく》的に思う。

時計を見る。母親が買ってくれたものだと気づくと、切なくなった。自分の子供がこんなことになっていると知ったら、あの母親はどう思うだろうか。自分の屈辱が他の人間にまで広がっていくことを思うと、耐え難かった。

人影が外を通るたび、そちらを見やる。

認めたくはなかったが、大男が援軍でやってくることを心のどこかで待っていた。彼が約束通りに、助けてくれるのではないか、と。「子供の頃に、キャッチボールの約束を大人が守ってくれず、本当にきつかった」と彼は言っていたが、まさに今の自分がその、「きつい」状態だと苦情を言いたかった。

数分後、ドアが開いた。入ってきたのは見知らぬ女性だ。不審そうに中島翔を見ると、まだ乾燥機が動いていることを確認し、すぐに出て行く。下着を盗む中学生とでも認識されたのではないか？　中島翔は誰もいないその場所で、赤面する。

その直後、ドアの外を横切る、大きな影が見えた。左から右へ、通り過ぎていく。慌《あわ》てて立ち上がり、中島翔はコインランドリーを飛び出した。

「あ」と声を出し、遠ざかる男を追う。よろけて、転びそうになり、手を突こうとしたがそれすら失敗し、結局、顎《あご》から歩道にぶつかった。呻《うめ》いてしまう。制服の膝の部分が小さく破けた。

中島翔はその男を見上げ、体勢を直し、「あ、あの」としどろもどろになった。「来てくれたんだ？　来たんだ？」

「来た？」そう言う男の輪郭が一瞬、歪《ゆが》んで見えた。彼の背後に見える太陽の光が眩《まぶ》しかったからかもしれない。

「先週、言ったじゃないか。来てくれるって」

男は、中島翔を見下ろし、眉根《まゆね》を寄せた。

助けてくれよ、と言うこともできず、「俺、これから友達に」と中島翔は曖昧《あいまい》な言い方をする。声が上擦り、喉《のど》にやり切れない思いがせり上がってくる。

「苛められているのか？」男の言い方には同情がこもっていた。

「先週、話したじゃないか」先週、目撃したではないか。

男はそこできょとんとした。眉を少し下げ、人の良さそうな面持ちになると、「たぶん、それは俺じゃないんだ」とぼそぼそ喋った。「何それ」

「俺に似ている、別の人なんだよ」

中島翔は言葉を失う。そんなひどい言い訳があるなんて！　と呆然《ぼうぜん》とするほどだ。

「俺じゃないんだ。俺は、君に今、初めて会った」

立ち尽くす中島翔は、「もう」とつぶやいた。もういいです、と言いたかったが最後までは言葉に出せなかった。まだ日は落ちていないはずだが、自分の周囲が暗くなった。目を開けているにもかかわらず、視界が消えていく。

「俺に似ている人なんだ、それは」男はそう言い残し、先へ歩いていってしまう。まるで危険からそそくさと立ち去るかのようだった。

その彼とすれ違い、向こう側から学生服の男が走ってきた。山崎久嗣だった。「中島、てめえ、何やってんだよ。早く来いよ」と必死の形相で言う。

疑う夫婦

若林順一が買い物に出かけ、と言っても百円均一の店へ、妻に頼まれたこまごまとした雑貨を調達しにいくだけだったのだが、家に帰ってくると近くにパトカーが停車していて、ぎょっとした。ちょうど玄関から出てきた妻と鉢合わせとなった。「あら、あなた」

「あらあなた、じゃないだろう。おまえが呼んだのか？　パトカーが来てる」

首を伸ばし、パトカーが光らせる赤色灯に気づいた妻は、「本当ね」と言った。白を切っているようでもない。「何かあったのかしら。見てきましょうか」

「やめろと言っただろ」若林順一は自分でも驚くほど、強い語調で言ってしまった。誰かに見咎《みとが》められたのではないか、と気になり、慌てて、首を左右に振る。

さすがの若林絵美も叱《しか》られた小学生さながらに、しゅんとなった。すみません、と囁《ささや》く。

「何かあったら、怖いだろうが」

家に二人で戻り、若林順一は新聞を読む。開いた社会面には都内で起きた殺人事件が二つ、載っていた。老眼鏡をかけ、じっくり読むと、一つは、父親が息子を殺害したというやり切れないもので、もう一つは、港近くの倉庫脇《わき》で、ある棋士が殺されていたというやり切れないものだった。その棋士は無名に近かった。死体はずいぶん前に殺害されたものだという。見出しは大きかった。首の骨が折られているため、ほかの事件との関係が強調されている。

前掛けで手を拭《ふ》きながら妻がやってきて、目ざとく記事を見つけた。「あら、これはお隣さんの仕事?」

「おまえはなあ」

「いいじゃないですか。それくらいの刺激はあったほうがいいですよ」よいしょと腰を下ろし、脚を畳む彼女が言う。

「刺激？」

「こんな風に、わたしとあなたで毎日同じように暮らしていて、今日が昨日でも、明日が今日でも分からないような生活なんて、退屈じゃないですか」

「平和でいいじゃないか」

「ええ、いいんですけど」

「おまえの世界は狭いんだ」

「まあ、そうですけど、でもわたしだって若い頃はそれなりのロマンスがあったんですよ」

「いったいどういう」

「昔のラジオドラマの『君の名は』みたいな」

「とにかく、隣の男には関わるんじゃないぞ」

そう言った若林順一自身が、隣の男と関わることになったのは翌日だった。

妻が区民カルチャーセンターに行くため、一緒に駅近くのバスターミナルまで行き、そこで彼女を見送り、一人になった後のことだ。急に、駅の向こう側にある電器屋でも見に行こうかと思い立ち、横断歩道で信号待ちをしていたところ、駅構内に続く階段を昇っていく男の姿を目撃した。

隣のアパートの、あの男だった。ジャケットのポケットに手を入れ、大股《おおまた》で階段を進んでいく。

ちょうどのタイミングで、信号が青に変わったことも後押しとなった。若林順一は咄嗟《とっさ》に追い、駅に入った。構内はそれほど広くなく、東と西、双方に階段が設置され、真ん中に改札口があるだけだ。

平日ではあるが、人の往来は激しく、だから、いくら大きな身体《からだ》だとはいえ、あの若者を見つけることは難しいだろう、と予想した。

しばらくうろうろとし、やっぱり見つからず、諦《あきら》めた。ほっとしている部分もあった。おとなしく、駅向こうへ渡ってしまおうと歩みを進めようとしたのだが、そこで若者を発見した。

改札口の向かい側に券売機があり、行列ができ、そこから、「おい、のろのろするなよ！」という迫力ある声が響いてきた。駅の中が凍りつくようだ。もちろん、それはほんの瞬間的なことで、すぐに雑踏によるざわつきが構内に戻る。通り過ぎる人たちの靴の音や会話、アナウンス、それらが混ざり合い、賑《にぎ》やかになる。

若林順一は券売機の脇に移動し、声を発した男に注目した。間違いなく、あの男だった。いつの間に並んでいたのか、彼は列の一番先頭で、券売機で切符を買おうとしている老婆《ろうば》に怒っていた。小柄な老婆は財布を出し、タッチパネル式の操作画面に手間取っている。男はまだ、老婆に文句をつけていた。

画面の操作はなかなか面倒でスムーズに使いこなせないのも無理はない。それをあんなに責めるとは、ろくでもない奴《やつ》だ、と若林順一は苦々しい気持ちになった。先日の銀行のＡＴＭでもそうだったが、少し待たされたくらいで苛立つ性質なのだろう。我慢が足りず、粗暴で、恐ろしい。テレビでやっていた犯罪者なのかどうか、プロの首折り男なのかどうかははっきりしないが、危なっかしくて自己中心的な男であることは間違いない、と確信した。

そのうち老婆がぺこぺことお辞儀をし、立ち去る。あの男は券売機の前に立ち、素早く切符を買ったようで、大股でそこを離れた。

若林順一は、また男の後を追いはじめる。尾行するつもりはなかったが、引き寄せられてしまった。改札機を通過する。若林順一はポケットからＩＣカードを取り出し、後に続いた。男は山手線ホームへの階段に姿を消した。

慌てて速度を上げたところで、目の前に、ぬっと人の姿が出てきて、悲鳴を上げそうになる。

「何か用ですか」見上げるほど体格の良い、若者が立っていた。隣のアパートの男だ。

間違われた男

なぜ、知らない男に忠告しにいったのか、と思う一方で、これでいいのだ、と小笠原稔は自分に言い聞かせる。

あの、ブルドッグを連れた男は、身に覚えがあるような表情をしていた。誰かから恨みを買い、命を狙《ねら》われることに気づいていたのかもしれない。だとすれば、それなりの対応を取る可能性はあった。自分を恨んでいる誰かに電話をかけ、謝罪をし、関係の修復を図ろうとするかもしれないし、もしくは、家から一歩も出なくなるかもしれない。

つまり、自分のやったことに意味はあったのだ。そう、納得したかった。

駅に向かう道を歩きながら、携帯電話の留守番メッセージを聞いた。予想通り、再生されたメッセージからは、金融会社の男の声が流れてくる。憂鬱《ゆううつ》さで目の前が暗くなった。すぐに削除しようとしたが、いつもとは内容が違っているため、ボタンから手を離す。耳を寄せる。もう一度、再生させた。

「おい、小笠原、てめえ、何、無視してんだよ。声かけたのに、無視して行きやがって。それに、借金あるくせに、どうして豪勢にタクシー乗ってんだよ。おまえの立場、分かってんのか？　今、教えてやるからな。こっちもタクシーで追ってんだからよ。いいか、おまえの立場を教えてやるために、わざわざ俺たちがタクシーで追いかけているんだぞ。感謝しろ」

いつも連絡してくる物騒な男たちの一人だ。耳にピアスをやたらつけた、目をぎらぎらさせて、頬のこけた、薬物中毒にしか見えない男の声だ。

タクシー？　何のことか分からなかった。メッセージの録音時間を確認すると、昨日の夜だ。ちょうどあの、「大藪のマネージャー」と称する男に声をかけられる、少し前だった。タクシーなど乗っていなかった。幻覚でも見たのではないか、やはり彼らは薬物にやられているのだ。

長い横断歩道で、若い女性とすれ違う。よたよたと歩く女の子を連れ、幸福そうで、自分の人生の状況とのあまりの違いに、くらくらとした。

もう一件、メッセージが残っていることに気づく。ボタンを押し、また、耳を当てる。

「あ、どうも」聞いたことのない声だ。馴《な》れ馴れしいが、どこか引き締まった響きだった。「おまえか、俺に似た男っていうのは」

小笠原稔は足を止める。歩行者用信号が点滅しはじめていた。

そうか。

小笠原稔は昨晩、大藪という男に間違われた。似ている、というその一点で、怪しげな代役を命じられた。

だとすれば、逆もありえるのだ。

大藪が、小笠原稔に見間違えられる可能性だ。

つまり、借金取りが見かけたのは、大藪だったのではないか。「何、無視してんだよ」も何も、人違いだったのだ。

メッセージの声はさらに、続いた。「俺に似ているおまえはさ、借金をしていたのか？　これも何かの縁だ。せっかくだし、解決してやったから」

そこで、ぶっつり切れた。携帯電話の中にその男が入っている、と想像したわけではないが、思わず、携帯電話を叩《たた》いてしまう。かかってきた電話番号は二つとも同じものだった。

大藪は、あの金融会社の社員の携帯電話を使ったのだろうか。

クラクションが鳴り、小笠原稔は横断歩道で立ち尽くしていることに気づいた。自動車用の信号が切り替わったらしく、動き出した車から、邪魔だ邪魔だ、と甲高いクラクションが襲い掛かってくる。

分譲マンションのエレベーターに着いたのは、昼の時間をだいぶ過ぎてからだった。安っぽい茶色い外壁は古ぼけており、一階エントランスの郵便ポストも、ガムテープで塞《ふさ》がれている箇所が多い。もともとは住宅用のマンションだったのかもしれないが、会社の事務所名や看板も目に付く。

エレベーターで三階へ向かい、薄暗い通路を進んだ。汚れた水が端の溝にたまり、そこを小さな虫が歩いている。天井の蛍光灯はあちこちで割れており、蜘蛛《くも》の巣もたくさん見える。

金を借りて以降、返済のために訪れる場所だ。三〇七とプレートのあるドアの前に立つ。小さく、金融会社の名前がシールで貼られていた。

抽象的で、便宜上付けたとしか思えない会社名が記されている。

インターフォンを押した。何しにきやがった、と社員に睨《にら》み付けられる恐怖があったが、応答はない。いつもであれば、インターフォンを押した途端に、乱暴にドアが開くのが、今はぴくりともしなかった。

情けなく震える手でドアノブを握る。捻ると、開く。鍵《かぎ》がかかっていない。反射的に手を離してしまった。一回、ドアが閉じる。それからもう一度、ゆっくりと玄関ドアを開けた。

高級そうな革の靴が並び、女物のハイヒールもあった。

「あの、すみません」小笠原稔は言ってみる。最初は、ぼそっと洩らすように、次に少し大きめに、最後は覚悟を決め、かなりはっきりした調子で呼びかけた。

しんとしていたが、耳を澄ますとどこからか音が聞こえてくる。靴を脱ぎ、小笠原稔は足を踏み入れた。壁か柱が軋《きし》んだのか、人間の関節が立てるような音が鳴る。

廊下を進み、まっすぐに一番広い部屋へ向かった。そこが事務所として使われているのだ。

中に入った時、違和感はあった。訪れたことのある部屋であるのに、どこか見たことのない光景で、急な模様替えに困惑するのに似ていた。

そこからゆっくりとあたりを見渡したところで、自分の視線の位置が変わった。天井がすっと上昇し、いったい何事かと思う。自分がその場にへたり込んだからだった。貧血となったのか、脚に力が入らない。

床には人が転がっていた。背広を着た男たち五人と、胸元の開いた服を着た女が一人、全員が行儀悪く雑魚寝《ざこね》をするかのように寝転がっている。

彼らの頭がことごとく、違和感のある方向を向いているため、マネキンのように見えるが、それは首が折れているのだと分かる。

脚に力が入らない。絨毯《じゅうたん》に手を這《は》わせる。ぱたぱたと脈絡もなく動かすのが精一杯だ。

机の上に書類が散乱し、パソコンも絨毯に落ちていた。

室内を眺め、右手の壁を振り返るようにしたところで、さらに驚愕《きょうがく》した。壁に背をつけ、座り込む男がいたのだ。

小笠原稔は、無様にその場に這いつくばった。横に倒れ、身を隠そうとした。壁の男が飛び掛ってくるのではないかと恐れた。

ほどなくして小笠原稔は、「大藪さん？」とささやく。壁に寄りかかる男は、体格が良く、髪は短く、見たことのある外見をしていた。自分に似ているのだ、と気づくまで時間がかかった。

大藪さん、と繰り返し、小笠原稔は四つん這いとなる。立ち上がることは依然としてできず、這って、壁の男に近づいていくしかなかった。

男は目を閉じ、下を向き、息をしていない状態だった。寝顔と間違うほどの静かな顔で、死んでいる。肩をおそるおそる突く。動きはない。

何が起きたのか。

小笠原稔は鈍くなった頭で、必死に想像する。

この会社の人間が、タクシーに乗る大藪をつけたのは間違いないだろう。小笠原稔を脅し、からかい、灸《きゅう》を据えるつもりだったのかもしれない。とんだ人違いだ。

大藪は、どういう流れでこの場所まで来たのかは分からないが、とにかく全員を殺害した。

庭師が、いらない枝をぽきぽきと処分するかのように、首を折ったのだ。

大藪自身の死因は分からなかった。もしかすると背中あたりを見れば、流血の痕《あと》があるのかもしれない。もしくは、心不全であるとか、そういった突然の魔が大藪を貫いたのか。

室内を、ピアノの音が流れていることに気づいたのはその時だ。先ほどから、遠くでメロディが聞こえてはいたが、音は小さく、内なる自分が自らを落ち着かせるために口ずさんでいるかと感じていた。

部屋の隅にある小さなステレオから流れている。ＣＤが繰り返し再生されているらしく、ピアノがぽつりぽつりと、美しい滴《しずく》を垂らすように、鳴っていた。近くに置かれているCDジャケットには、男のピアニストが映っている。

大藪の横顔を見ると、心なしかピアノに耳を傾けながら眠るようでもあった。

廊下を戻り、靴を履く。そこでどうにか立てた。玄関を出て、ドアを閉めるとあまりの混乱で朦朧《もうろう》としたまま、マンションから遠ざかる。

自分が何をすべきなのか、どこに行くべきなのかも判断できず、見知らぬ歩道を進みつづけた。途中で小さな喫茶店に入り、遅い昼食にありつく。考えまいとすればするほど、頭には首の曲がった死体の絵が浮かんだが、意外なことに嘔吐《おうと》するような気持ち悪さはなかった。現実味を感じられなかったからだろう。

疲労が身体中に広がり、カウンター席で突っ伏すように眠った。目が覚めると夕方になっていたが、店主は怒ってこなかった。寛大なのか、それとも自分の体格に怯《ひる》んでいるのかは分からない。

そして、店を出て、目的もなく歩いていた時だ。後ろから、「あ」と声が聞こえた。自分とは無関係の呻きだと思い、最初は気にせず、とはいえ念のために、と身体を向けると、こちらに向かって駆けてきた学生服の少年が転ぶところだった。

みっともなく、顔面を打っている。

小笠原稔はさすがに引き返し、少年を気にかけた。

「来てくれたんだ？　来たんだ？」と言われる。

いじめられている少年

中島翔は自暴自棄な気分だった。目の前に立つ山崎久嗣やその先輩たちと向き合いながら、震える脚で立つだけで精一杯だ。こいつガタガタじゃねえか、と誰かがからかってくる声が、とても遠くで聞こえている。

視界が狭い。自分の横から背後までは真っ暗にも感じられた。

「十万出せよ」山崎久嗣の隣の痩《や》せた先輩が、にやつきながら言う。

おい聞いてるのかよ、と別の男が、中島翔の胸を小突いた。どん、と身体を押され、よろめく。誰かが笑った。また、胸を押された。後ろへ下がり、尻《しり》から転んだ。途端に、靴が飛んできた。次から次、上から蹴《け》られた。蹴られるというよりは踏まれた。やめてくれ、と手で頭を庇《かば》うが、足はしばらく降ってくる。顔を上げると、山崎久嗣が端にいて、むすっとしているのが見えた。

彼が攻撃に加わっていないことが、唯一《ゆいいつ》の救いに感じられた。

怖い、と思うこともできないほど、怖かった。立ち上がれず、うずくまる。腹をつま先で蹴られ、息ができなくなった。両手を地面にようやく突き、踏ん張ろうとしたらその手を払われ、顔から地面に落ちた。自分の存在が次々と否定されていくような、屈辱を感じる。

地べたに頭をこすりつけ、横を向くと、人の姿が見えた。ずいぶん離れた場所ではあるが、先ほどの大男が歩道からこちらをじっと見ている。「見守ってるだけだから」と先週、男が言っていた言葉を思い出した。本当に見守るだけじゃないか。仁王立ちとも棒立ちとも言える恰好《かっこう》で、まさに、見物しているだけだ。地面からゆらゆらと陽炎《かげろう》が立ち昇るような、どこか手ごたえのない姿にも見えた。

が、そこで少し、落ち着くことができた。恐怖はあったものの、自分たちの世界の外に傍観者がおり、自分の恐怖はあの、男が立っている歩道までは及ばないのではないか、と思うと、不思議とほっとしたのだ。

お金を払って許してもらおう、親のキャッシュカードを差し出そう、という意識は消え、駐車場の地面に転がっている石をつかんでいた。

ぎゅっと握ると、その石をばらまくようにして投げた。一番手前にいた上級生の顔面に当たった。ほんの一瞬だけ、彼らの動きが止まった。中島翔は立ち上がり、拾い上げた鞄を振り回す。顔を押さえていた男にぶつかる。

「てめえ」と他の学生服の、サングラスをかけた男がすぐに飛びかかってきたが、彼に殴られることはなかった。中島翔に近づく直前で、その男が転んだからだ。綺麗《きれい》に、地面に滑った。

山崎久嗣が足を出し、サングラスの男を引っ掛けたのだ。「おまえ、何やってんだよ」と誰かが、山崎久嗣に目を見開く。山崎久嗣も狼狽《ろうばい》し、あ、いや、としどろもどろに返事をし、両手をひらひらとさせている。

するとその時、空を切る風の音がした。ぶうん、と低く獣が吼《ほ》えるかのようだ。何事かと思えば、長い鉄の棒が、中島翔の前で振られている。持っているのはあの大男だ。

目を強張《こわば》らせ、鼻の穴を膨らませた彼は、正気を失ったかのようにその棒を振り回している。無言で、大振りしていた。

自棄《やけ》を起こしたかのような素振りだった。

金髪の男の肩に、その棒が衝突する。

鈍い音がし、男は倒れる。大男はすぐに、その金髪頭を蹴り飛ばした。まるで容赦がない。

中島翔はぽかんとしたが、すぐに、上級生にぶつかった。がむしゃらに腕を振り回した。誰かが横から、制服を引っ張ってくるが構っていられない。

目の隅に、やはり無我夢中の表情で、上級生と殴り合っている山崎久嗣が見えた。

ぶうん、と大男の振る鉄の棒が、宙を走る。

中島翔は状況が把握できず、とにかく、じたばたと身体を動かすしかなかった。

気づくと中島翔は、地面に亀《かめ》のように身体を丸くしている。暴れてはみたものの、途中からは案の定、劣勢になり、防御するだけとなっていた。顔を上げると、山崎久嗣も隣で同じ恰好をしている。

男はずっと、鉄の棒を振っていた。

上級生と他の同級生、四人ほどがやはりその場に、倒れている。残りはいなくなっていた。

中島翔は身体を起こす。身体中が痛かった。頬が腫《は》れている。学生服は土で汚れ、肘《ひじ》や脇のところは破けてもいた。

腕が引っ張られ、悲鳴を発してしまう。

大男がいつの間にか横にいて、脇から抱えてくれたのだ。彼は、ふうふうと呼吸を荒くしている。目は充血し、口からは涎《よだれ》のようなものが出ていた。それから、鉄の棒を放り投げた。駐車場に落下し、音を立て、少し弾んだ。

中島翔は興奮で、自分の血液の温度が少しだけ高くなっているような気分だった。顎をかたかたと鳴らしつつ、周囲を見渡す。

男は、近くにいる金髪の男を立ち上がらせ、「いいか」と言った。「もう、あいつを苛《いじ》めるな。そう言っても、おまえたちの気が済まないのは知っている。だけど、面倒なことは避けてくれ。あいつが苛められたら、また、俺が来る。俺じゃなくても、俺に似た男が来るかもしれない」

それは脅しではなく、お願いに近く、中島翔は奇妙に感じた。おかしみすら覚えたが、笑うことはできなかった。顔を上げた山崎久嗣と視線が合った。彼は特に何も言わず、ただぶすっとしている。どうして自分の味方になってくれたのか、と質問しようとしたが、やめた。たぶん、彼自身も理由は分からないのではないか。

中島翔は駐車場を後にし、家の方角へと歩きはじめた。すると男が隣にやってきて、「大丈夫か」と訊《たず》ねてくる。助けてくれたことに礼を言おうと思ったが、口がうまく動かない。そもそも、あの常軌を逸した男の暴れ具合は、中島翔のためではないようにも思えた。

「頑張れよ」男が肩を叩いてくる。痣《あざ》でもできているのか、痛みが走った。

「どうして？」と訊ねた。どうして、そんなに強く叩くのだ、と言いたかったのだが、男は質問の内容を勘違いしたらしく、「俺に伝染したんだ」と謎《なぞ》めいた返事をした。

「伝染って何が」

「誰かの役に立ちたい病」

「え？」

「こんな言い方は何だけれど、苛めはあれじゃあ終わらないよ」男が言う。

「分かってますよ」中島翔は答えた。そんなことはとてもよく分かっている。苛められている自分が、『窮鼠《きゆうそ》猫を嚙《か》む』を実践したところで、事態が急激に良くなるはずがなかった。ただ、密閉された息苦しさに風穴を開けることはできた。それは間違いない。息を詰めているよりは、呼吸ができるだけでも充分、良かった。

「謝ったほうがいいぞ」とも男は言った。「あの先輩たちに早いところ謝って、顔を立ててやるほうがいい。面子《メンツ》があるからな」

中島翔は笑ってしまう。「だね」

男が歩いていこうとした。「あ」と中島翔は声を発している。

何だ？と言わんばかりに大男は首をかしげた。

「大人になっても、人生はつらいわけ？」

観《み》たことのある映画か漫画の台詞が頭に甦《よみがえ》ったのかもしれない、そんなことを口走る自分が恥ずかしく、赤面したが、言ってしまったからには仕方がなく、相手の返事を待った。

少し、無言の間がある。

瞼《まぶた》を切っていたからか、目尻に血が染《し》みた。まばたきをすると相手がそのまま消えてしまうような気がした。なんだかぼんやりとした人だ、と思ったところで、大男が口を開いた。「大人のほうが楽ちんだ。椅子に座って、何十分も授業を受けることはないし、好きなだけゲームもできる。つらいことは多いけど、少なくとも、中学生よりはマシだよ」

その後、よたよたと歩いていると、制服のほつれた糸が垂れているのが見えた。母親に何と説明しようか、と考えた。

疑う夫婦

体格のいい若者は、若林順一の顔を見ると、「ああ、お隣の」と表情をいくぶんかやわらげた。どうやら、一戸建てに住む若林夫妻の顔については覚えていたらしい。

山手線が到着したばかりなのか、階段の下から乗客が昇ってきた。その流れに抗《あらが》うように立ったまま、「見かけたから、つい追ってしまったんだ」と言った。嘘《うそ》ではないが、ずいぶんいかがわしい説明だと自分でも思う。

「そうですか」

「さっきそこで偶然、見てしまったんだが」若林順一は喋《しゃべ》りはじめた。後ろめたさを隠そうとするばっかりに、早口になってしまう。「切符売り場のところで」

男の顔が曇る。曇った後で、すぐ、明るくなる。「ああ、さっきのお婆《ばあ》さん」と言った。

脇を会社員が走って通り過ぎ、彼の身体に少しぶつかったが、彼は気にも留めていなかった。

「君は怒っていた」

「お婆さん、目が悪くて、動作が遅いんですよ」

「老人とはそういうもんじゃないか」

「その通り」

「なのに、あんな風に怒って」

男は小さくうなずいた。

ここまで来たら、途中では引き返せない。若林順一は、「銀行でも見かけたんだ。君は、子供づれの母親に向かって」と厳しい口調で言った。緊張が空回りするからか舌が止まらない。

通行人たちの視線が突き刺さってくる。

「あれも同じです」男は平然と答える。

「何であれくらいのことが我慢できないんだ」

「あれくらいのことに我慢できないのが、人間です」

「どういう開き直りなんだ」

「いや、俺は我慢できるほうなんですけど」

「怒っていたじゃないか」

「あれは、わざとで」

「わざと？」

「さっきのお婆さんも、銀行の母親も、列に並んでる時に、言ってあげたんですよ。『ゆっくりやっていいですから』って」

「それはどういう」

「昔、俺が子供の頃、母親が、赤ん坊と弟も連れていて、さっきの切符売り場みたいなところで手こずっていたんだ。そうしたら、後ろから怒る男がいて、母親がびびってしまって。そのうち、酔っ払った男が、早くしろよ、って近寄って、まくし立ててきて。母親がおろおろしているのが、悲しくて。あれは、嫌な記憶だ」

「だが、君のやってることは」それと同じではないか。

「そうしたら、ある時、ある人から教えてもらったんですよ。そのやり方を」

「怒り方をか」

「うまく収めるやり方ですよ。要は、先に、誰かが怒ってしまえばいいんです」大男は、その手法を自分に教えた何者かに思いを馳《は》せるようでもあった。

「誰かが怒ってしまえば、ってどういうことだ」

「たとえば、苛々《いらいら》している人が大勢いる時、誰かが文句をつけはじめれば、他の人間はもう言わない。そうなることが多い。他人の怒りに便乗する奴もいるけれど、基本的には、逆に冷静になるくらいで」

「先に怒る？　君が？」

「お婆さんには、『時間がかかるようだったら怒るふりをしてあげる』と言うんです。俺はでかい身体だから、他人から怖がられる。でも、やらせだと分かってれば、お婆さんも安心かもしれない」

「そんなことがあるわけがない」

「効果的なのかどうかは分からない。俺も、こういうやり方があるって聞いた時は、どうかと思ったけれど、でも、さっきのお婆さんも愉快そうにはしていたし」

あの老婆は財布をいじりながら、おどおどと焦《あせ》っているようにしか見えなかった。愉快さの欠片《かけら》もなかった、と思いかけたところで、銀行のＡＴＭで手こずっていた母親を思い出した。彼女は去り際《ぎわ》に少し微笑《ほほえ》んでいなかったか。

「つまり君は、他の人間を怒らせないために、怒ったふりをしてみせる、というのか」

「その通り」

「だが、そんなことをするくらいなら、さっきのお婆さんが切符を買うのを手伝ってやったほうが早いんじゃないか？　小銭の使い方から機械のボタンまで、教えてあげれば」

「それじゃあ」男は肩をすくめる。少し、言葉を選んだ。「それじゃあ、俺が本当に、いい人みたいに見えるじゃないですか」と歯を見せ、笑った。

駅構内の雑踏の中、困惑し、立ち尽くす。どこまで彼が本当のことを喋っているのかはっきりしない。

「一つお願いがあるんだが」若林順一は息を吸い、肚《はら》に力を込めた。

「何ですか」

「妻がもし、何か君にちょっかいを出すことがあっても」

「え？」

「もしかすると興味本位で、何か、その」言葉を選ぶが、いい説明が思い浮かばなかった。まさか、「君のことを警察に訴えようとするかも」とも言えない。「不快な言動をするかもしれないが」

「何ですかそれは」

「大目に見てやってほしい」若林順一は、分かり合うことのできぬ凶暴な獣に懇願する思いだった。意思疎通《そつう》が図れるかどうかはさておき、とにかく、祈るほかない。

「面白いことを言いますね」

「うちは別に、運命や大恋愛の末に結婚したわけでもないし、平凡な見合い結婚だったんだが、平凡な夫婦にとっては、平和な人生を送ることが一番の望みなんだ」

「きっと平和に暮らせますよ」

なぜか、その根拠不明の言葉に、不思議な説得力を感じた。「まあ、私が先に倒れたら、うちの妻は介護もせず、どっか行っちゃうかもしれないが」

男が柔らかく、声を立てた。

間違われた男

小笠原稔は、大藪の死体を発見した翌日、つまりは見知らぬ中学生の苛めの現場に遭遇した次の日、パン工場の仕事を休み、繁華街に出向いていた。大藪のマネージャーに会えないか、と期待したのだ。これ以上、首を突っ込むのは良くないと承知していたが、じっとしていられなかった。大藪が死んだことを、あのマネージャーは知っているのか、そして、ブルドッグを連れたあの男は結局どうなったのか、仕事を依頼してきた瓜顔《うりがお》の男は何を考えているのか、知りたいことがいくらでもあった。ただ、そうそう簡単に、男に遭遇するわけがなく、結局は空振りだった。

新聞の記事には目を通した。あの金融会社のことは載っていない。首を折られた大量の死体は、発見されればかなりの大騒ぎになるはずだから、ようするにまだ見つかっていないということなのだろう。ブルドッグを連れた男がどこかで殺害されたというニュースもない。「男　ブルドッグ　事件」とネット検索をすれば、犬の写真がたくさん出てくるだけだ。安心する一方で、あれは現実にあったことなのか、と悩む。アーケード通りを歩いていると、前から男たちがやってきた。自分よりは若いかもしれない。

その男たちが道を塞ぐ様子に嫌悪感《けんおかん》を抱いた。お酒が入っているのか、じゃれ合いながら、横一列になっている。

小笠原稔はそこで自分が、避ける気のないことに驚いた。いつもであれば、瞬間的に恐怖や防衛意識が働き、さり気なさを装《よそお》いつつ、たとえば並んでいる店の品物を確かめるようなそぶりで、脇に移動するのだが、そういう気分ではなかった。

俺に似た男がいた。恐ろしくも、不可解で、怪物のような男だった。会った時にはすでに死んでいたが、小笠原稔は、その男のエネルギーを受け継いだ感覚でいた。同じように生きようとまでは思わない。ただ、「あの男に似ているのだから大丈夫だ」とでも言うような、得体の知れない自信に満ちていた。

横一列で歩いている男たちの真ん中を通ったため、二人の男と肩がぶつかった。小笠原稔は立ち止まり、その男たちを睨んだ。彼らは目を三角にし、喧嘩腰《けんかごし》の口調で何かを言ってきたが怖くは感じなかった。

その場で、そのうちの一人を殴りつけてしまおうかどうしようかと悩む余裕まであった。

知らず、自分が笑みを浮かべていたのかもしれない。男たちは戸惑いを見せ、腰が引けた恰好で、消えていった。

立ち去る彼らの背中を見送りながら、小笠原稔はふと、誰かのために何かができるのではないか、と思いはじめる。

大藪にはそういう部分があるのだと、マネージャーと称する男は嘆いていた。

自分の仕事の罪滅ぼしというわけでもないだろうが、他人に親切にすることがままある、それでバランスを取ろうとしているのではないか、と。

知り合いの老人についてまわり、その老人が素早く行動できず、周囲を苛立たせる場面になると、怒ったふりをする。そんなことをよくやっていたらしい。そうすると他の人間の怒りや不満を解消することができるのだ、と。

本当だろうか。面白いことを考えるなあ、と小笠原稔は感じた。自分でもやってみようかとそんな思いがむくむくと湧《わ》き上がってくる。

つらいことは多いが、中学生よりはマシ、自分で言っておいてなんだが、その通りだと思う。

まずは気分を変えるために、引っ越しでもするかと考えはじめた。

いじめられている少年

中島翔は、閉店したコンビニエンスストアの駐車場で殴り合いをした翌日、学校を休んだ。顔が腫れ、傷が多かったこともあるが、母親が泡を食ってしまい、「何があったのだ」と大騒ぎしたからだ。隠し事をする気力もなく、一通り説明をし、「苛められている。だけど、大丈夫だと思う」と話した。もちろんそんなことで、母親が納得するはずはなかったが、「もう少し様子を見て、駄目だと思ったら、正直に相談する」と言って、宥《なだ》めた。

母親の狼狽はかなりひどく、鬱陶しかった。ただ、少なくとも、自分のことを心配している人間がいるという事実はそれなりに、中島翔を勇気づけた。

登校した時、同級生は噂話《うわさばなし》か何かで、ことの次第を知っていたのか、痣だらけの中島翔を見てもさほど驚かなかった。話しかけてもこなかった。山崎久嗣もいたが、彼も孤立しているようではあった。彼の友人たちも、山崎久嗣の近くには寄り付かない。

一週間ほど経《た》つと、少し状況は変わった。一つには、中島翔が、自分が殴りかかった先輩に謝罪に行ったためだ。先輩は、笑って許すような態度は見せなかったが、あからさまに面倒臭そうで、「もういいよ、おまえは」と顔をしかめた。

さらにもう一つ、新聞やテレビを賑わせた、謎の怪死事件のニュースのこともあった。分譲マンションで発見された、首の折れた死体六体と、外傷がなく死亡していた男のことだ。

死亡していた男の顔写真に、中島翔は声を上げそうになった。

事件があったと思《おぼ》しき当日、街の防犯カメラに映っていた姿らしかったが、それは明らかに、自分が遭遇した男だったのだ。

鉄の棒を振り回していた、あの男だ。

さらに、防犯カメラや状況証拠から特定された、その事件の日時が、中島翔の背筋を寒くした。

コンビニエンスストアの駐車場で中島翔が喧嘩をした日よりも以前の日付だった。

あの大男はすでに死んでいたはずなのに、あの場所へ現われ、鉄の棒で暴れていたことになる。

「じゃあ、あの時、あそこにいたのは誰なんだ?」中島翔は思い悩んだが、どこか、爽快感《そうかいかん》を覚えた。あの時に見た大男は、くたびれたような、はかなげな空気をまとっていたな、と納得したくなる。

ニュースを見た翌日、学校の休み時間、中島翔は勇気を振り絞り、山崎久嗣に話しかけた。事件のことやあの男の話を一通り喋った後で中島翔はこう言った。

「ごめん、幽霊って、いるのかも」

濡《ぬ》れ衣《ぎぬ》の話

冷酷無比の殺人鬼であったらどんなに楽でしょうか。たぶん、人をいくら殺したところで心を痛めることなく、それこそ自分の車の、バンパーが少し凹《へこ》んだ程度にも気にかけず、次々と罪を犯していけるのでしょうね。誰彼《だれかれ》構わず、気が向けば人を殺害し、連続殺人犯、殺人鬼、異常犯罪者と称され、怖がられ、軽蔑《けいべつ》されるのでしょうが、彼は平気の平左でしょう。得てして、そういった男のほうが捕まらないのかもしれません。動機もはっきりしなければ、被害者との関係もないわけですから、警察がそういった人間を犯人として特定するのは難しいのではないでしょうか。どうですか、刑事さん。きっとそういう犯人は、気まぐれで人を殺し、気まぐれで、もうやめた、と足を洗うのではないでしょうか。

私とは、まったく逆です。私の場合、動機は分かりやすく、被害者との関係もはっきりしています。あの女が殺されたのであれば、それはもう、自《おの》ずと犯人はこいつ、この中年男だろうね、と計算式で答えが出るように、私が名指しされるでしょう。そこまで分かっているのに、どうしてあの女の命を奪うようなことをしたのか。気づいた時には行動していたのですからどうしようもありません。

人間は、理屈では駄目だと理解していることも、やってしまう時があるのだと思います。甘い物を食べてはならぬと言われているにもかかわらず口にする女性もいれば、見てはなりませんよと忠告されたにもかかわらず、機織《はたお》りの現場を目撃し、鶴《つる》に逃げられてしまった男もいます。いえ、実際にはいません。冗談のつもりでしたが、私はいかんせん、冗談も苦手なタイプですから。

事が起きてから、行動を起こしてから、しまった大変なことをした、と苦悩するわけです。

私も例に漏れません。今になって後悔をしています。

もちろん、あの女を殺害したことではありません。そのことは仕方がないと思っています。彼女は、私の息子の命を奪いました。事故には違いないのでしょうが、それにしても、九歳の子供の命を奪った罪の意識があれほどないのですから、父親の私としては驚きを通り越し、呆《あき》れるほかありませんでした。同情する余地はありません。

ただ、私の息子の命を奪い、私の人生を台無しにした女、その女を殺害したことで、さらに私の人生が台無しになるのは、どこか悔しいと言いますか、やり切れない思いを感じています。

もともと何の落ち度もなく、攻撃を受けた私からすれば、原状はまるで回復していません。

彼女に私と同じ苦しみを与えた上で、息子が戻ってくるのであれば、まだ、バランスが取れているようにも思うのですが、息子は失ったままで、さらに私も犯人として罰せられるとなれば、釈然としないものがあります。

この感覚、刑事さんは分かってくれますか？

罰せられたくないわけではありません。三年前に息子を失った時点で、私は苦痛に満ちた日々を送っているわけですから、そこにさらに何らかの肉体的な苦痛や、精神的な不幸が付け加えられたところで、大きな影響はありません。すでに十キロの重石《おもし》が背中に乗り、ぺしゃんこになっている私に、さらに重みが加わるのと同じです。十一キロになろうと二十キロになろうと大きな変化はないのです。

ただ、世の中のバランスとして、納得がいかない。そう思うのです。

丸岡直樹《まるおかなおき》は、その女が、高級な住宅の並ぶ街の一画に建つマンションに住んでいたこと自体は、知っていた。三年前、彼女が、丸岡直樹の息子を車で撥《は》ねた際、その後のやり取りにおいて、住所は知らされており、自分でも目的のはっきりしないまま、二度ほど女のマンションの前までやってきたこともあった。貫禄《かんろく》に満ちたマンションを仰ぐように見上げ、溜《た》め息《いき》を吐《つ》いたものだ。

だから、丸岡直樹はその近くを歩いていた際に、女と遭遇することを想定していても良かったのかもしれない。が、忘れていた。そこで遭遇したことに驚いた。

この三年間、丸岡直樹は、事故に関する事柄を頭から消し去り、どうにか生きてきた。とりわけ、加害者の女のことは思い出さぬように、と記憶の奥の奥へと押し込んでいた。迂闊《うかつ》に、女のことを思い返してしまったら、自分の体に、憎しみのマグマが煮えてくるのは間違いないと分かっていた。そして実際、歩道でばったりすれ違った時、丸岡直樹は一瞬、はっとし、その女が何者であるのかすぐには思い出せなかったにもかかわらず、体や頭が熱くなるのを感じた。この女は敵だ、と体が反応した。おぞましい外貌《がいぼう》の、昆虫を目の当《ま》たりにした時と同じだ。近づいてはならない、と警告が体の中で発せられていた。

「まだ」女が誰であるのかようやく把握できた丸岡直樹が、最初に発したのはその言葉だった。「まだ、同じマンションに住んでいるんですか」

嘘《うそ》でしょう？ そんなはずはありませんよね、という気持ちだった。

丸岡直樹自身は、三年前とは違う街へ引っ越している。息子が生まれた際に新築で購入したマンションではあったが、そこで生活をしている限り、どこに座っていても息子の影が見え、声が聞こえてくるように思えた。投げ売りに似た価格で売却し、その金をもとに中古のマンションに移った。仕事も変わった。以前まで働いていた会社では、子供を失った丸岡直樹に同情的で、寛大な対応をしてくれたのだが、彼自身が耐えられなかった。

それまでの毎朝、息子を連れて家を出て、学校へ送った後で、会社へと向かっていた。その記憶は簡単には消えず、会社へ向かおうとするたび、息子の不在を意識せざるをえず、背広に着替え、玄関で靴を履き、ドアから出る段になり、こみ上げてきた涙を抑えきれず、嗚咽《おえつ》してしまうのだ。

這《は》うようにして出勤するのにも限界があり、退職を申し出た。

にもかかわらず、女は以前と同じ生活をしているとは。まさか、そんなことが。信じられなかった。

女は、まだ同じ場所に住んでいる、と平然と答えた。どうして引っ越さなければならないのか、理解できない様子だったが、突然会った丸岡直樹に怯《おび》えてもいた。確かにそうだろう。自分を憎んでいるだろう男が急に目の前に現われたのだから、怖かったに違いない。「何か用ですか」と彼女は気丈さと、気弱さの両方を浮かべ、言った。「警察を呼びますよ」

確か、兄だったか弟だったか、女の兄弟に警察関係者がいる、という話を以前、耳にした。そのせいか、三年前、事故を起こした際の彼女は狼狽《ろうばい》していたものの、誰か頼りになる助言者に従っている節もあった。

三十代前半で、独身、足が長く、腰はくびれ、胸は大きい。さぞや言い寄ってくる男も多いに違いない、と思っていれば、少し後ろから黒い服を着た、俳優と見紛《みまが》うばかりの優男《やさおとこ》がやってきて、女の肩に手を置き、「じゃあ、また今度な」と挨拶《あいさつ》をし、立ち去っていく。しかも、少し行き過ぎたところで急停止すると、振り返り、「そうだ、今度、新車が来るから乗せてやるよ。おまえも運転したいだろ」と言い残し、消えた。

丸岡直樹は茫然《ぼうぜん》としながらも、女を眺めている。女は少しばつが悪そうではあったが、開き直ったのか、「わたしだって、あの事故でいろんなものを失ったんだから。車の運転くらいしてもいいじゃない」と強い語調で言った。

「免許は」取り消しになったはずだ。

「そんなのなくても」

「刑事さん、何で笑っているんですか」助手席の私は、運転席の刑事さんに訊《たず》ねた。刑事さんと呼ぶべきか、田中《たなか》さんと呼ぶべきか、そのことにすら悩んでしまう。「私の話、可笑《おか》しいですか？」

「だって、そこで唐突に登場した男の役回りが可笑しいからですよ。丸岡さんが、その女性と向かい合っている時に、ちょうどやってきて、丸岡さんの怒りの火に油を注ぐような発言をして、去っていったんでしょ？ タイミングが悪いというか、いいというか。ミスター火に油、と言った役柄だよね」真剣な自分の告白をあっさり冗談めかして喋《しゃべ》る刑事は、仕事以外のことには興味がないようだった。

「作り話だと言うのですか」

「いや、世の中にはそういった、コントのようなことが時々、発生するんだな、と思っただけですよ。むしろ作り話だとすれば都合が良すぎるかもしれない。ただ、こっちもいくつか確認をしないといけないので、今から現場に到着するまで、まだ少し時間があるから、質問していいですか」

「運転される際は、集中していただいたほうが」

「気をつけます。で、ちなみに、その、お子さんが事故に巻き込まれた後、その女性にはどういう判決が出たんですか」

「禁錮《きんこ》二年です」

「執行猶予《ゆうよ》は」

「つきました。執行猶予三年です。ちょうど、彼女の執行猶予は終わった頃だったわけです。私にはよく分からないのですが、こちらにも注意義務違反があったこと、彼女のほうが充分な賠償をしたこと、それらを加味した結果だそうです」

「納得できたんですか」

「できるわけないじゃないですか。ただ、その時は、もうどういう結果だろうと関係ないと思っていたのも事実です」

「関係ない?」

「加害者がどういう罰を受けようと、息子は帰ってきません」

「それはまあ、そうですけど、ただ、さっき、納得がいかない、とも言っていたでしょ。世の中のバランスとして、納得がいかない、と」

「今は、です。三年が経《た》って、あの女に会って、はっとしたんです。私は心のどこかで、加害者である彼女も、あの事故で人生を台無しにし、昼であっても夜であるような、ベッドで寝ても洞窟《どうくつ》にいるかのような、そういった、暗く、重苦しい毎日を送っているに違いない、と思い込んでいたんです。ただ、そうではない、と察した瞬間、残酷なアンバランスについて考えてしまいました」

「その女性も、実は反省の日々を送っていたのかもしれない」刑事はからかうような言い方をした。「急にあなたと会ったから、混乱して、必要以上に開き直った発言をした可能性もありますよ」

「私もそう思い、はじめは、自分の怒りを鎮《しず》めようとしました。こみ上げてくる憎悪《ぞうお》の罵《のの》りを必死に抑えました。たぶん、私の生涯で、あれほど忍耐力を使ったのは初めてのことです。彼女は本心を話しているわけではない。表現は少し違うかもしれないが、売り言葉に買い言葉のような姿勢で、心にもないことを口にしているのだろう、と思おうとしました。ただ、言葉を交わせば交わすほど、彼女を許す気持ちになれなくなって」

「人の寛大な心を、擂《す》り潰《つぶ》して、蕎麦《そば》の薬味に使いかねないような人間は確かにいますからね」

「何ですかそれは」

「世の中には、他人の生活を台無しにしても気にしない奴《やつ》が結構いるってことですよ」

「あの女も、まさにそれです」


二十代最後の三年間が消えたのよ。女の人生にとって、二十代がどれほど大事なものなのか想像がつくかしら。恋人も失ったし、仕事も変えたの。だって、免許がなくなったでしょ。だから、車で通えなくなったんです。満員電車で通うなんて、無理だし。親からは叱《しか》られるし、車は結局、廃車で、ローンだけを払っている状態だったんだから。任意保険の手続きも大変で、手続き自体は大変ではないんだけれど、保険会社の担当者が、一度会ったきりなのに、わたしにしつこく言い寄ってきて、何度か警察沙汰《ざた》にもなったし、あれもそもそもを辿《たど》れば、あの事故がはじまりなんですよ。でもそこでわたしも負けてなるものか、と思ったから、合コンもしたし、友達からの男性紹介の打診にも積極的に応じてね、ようやくその中の二人とうまく行きそうなところまでいったんです。このご時世に、給料が良くて安定した職業の、いい男がしかも離婚歴もなくて見つかったの。だけどね、それも事故のことが分かった途端に、パー。犯罪者でも見るような目を向けながら、遠ざかっていったの。わたしのショックを想像してみてください。この三年間、本当につらかったんですよ。ようやく少しずつ、立ち直ってきたと思っていたところなのに、いったいどういうつもりなんですか。

「いや、さすがにそれは」

「刑事さん、何かおかしいですか」

「いや、あまりにその女性が非常識で、感じが悪いので驚いたんですよ。不注意で人身事故を起こさなかったとしても、その女性は、人類にとって有害ではないですか」

「そう言われると自信がなくなってきました」

「何が？」

「私の記憶では、確かにあの女はそう言ったのですが、それは私の興奮状態が拵《こしら》えた、偽《にせ》の記憶かもしれません。実際はもっと違った発言をしていた可能性もありますね。たとえば」

わたしは、丸岡さんに合わせる顔がありません。あれから三年が経つというのに、毎晩、あの事故のことを夢に見ます。依然として同じ場所で生活していることに驚かれたのではないでしょうか？　わたしもマンションを引き払い、別の土地で暮らすことも考えました。ここにいる限り、息子さんのことを、自分の罪のことを忘れることはできませんし、もちろん他の土地に行っても、忘れることはできないのでしょうが、それでも縛り付けられた感覚は減るのかもしれません。解放されたくてわたしは引っ越し先の物件を探しました。でも、やめました。わたしに必要なのは解放されることではなく、いつまでも自らの罪に囚《とら》われていること、それだ、と改めて気づいたからです。事故のことを忘れてはいけないのですよね。先ほど、わたしの肩に手を置いて立ち去ったのは、最近、知り合った男性です。子供の頃から施設で育ち、十代の頃から警察の世話になることが多く、二十歳を過ぎてからは、借金を背負わされ、怪しげな仕事を引き受けていたそうです。わたしはたまたま、神社で彼に出会いました。自分の人生に大逆転を起こしたい、とお願いにきていたそうです。「大逆転が起きますように」ではなく、「大逆転を起こしたい」という言葉であることが、わたしには心強く思えました。彼のような男と交際したら苦労する、と周囲の人間は言います。ただ、わたしは苦労の道を選ぶのが必然に思えました。あのような事故を起こしてしまったんですから、それが運命ではないでしょうか。でも、今日、ここで、丸岡さんとばったり会ったことはもしかすると、何かの戒めだったのかもしれませんね。思い返してみれば、最近のわたしは、息子さんのことを反省する時間が減っていた気がします。

「いや、さすがにそれも」

「刑事さん、何かおかしいですか」

「いや、それもまた、極端すぎるかな、と。罪の意識から尼僧《にそう》になったかのような、そんな発言ですよ、それ。その中間くらいがいいんじゃないですか？　さっきの、非常識バージョンと、尼僧バージョンの中間くらいを狙《ねら》わないと」

「何かを狙いたいわけではないです」丸岡直樹は困惑し、答える。

死体はまだ、あった。一時間ほど前に私が、隠した場所に、だ。その動かぬ体を再び見て、ぎょっとする。人間が微動だにしない光景は異様な不気味さがある。

月極駐車場の隅に置かれた古いワゴン車の中だ。スライドドアを開けたところ、シートを倒してできたスペースに、ベッドの上でしどけない恰好《かっこう》で寝そべるかのように、女の死体は横たわっている。

咄嗟《とっさ》にワゴンから離れ、車体の下を確認した。流れた血液が溢《あふ》れ、溜まりを作っているのではないかと怖くなったからだ。が、ない。血はほとんど出ていないようだった。

「丸岡さんはこの車が、死体を隠すのに適している、と知っていたんですか？　長いこと使っていないような、このワゴンのことを」と言われ、私は首を左右に振る。

「彼女の首に刃物を突き刺してしまった後、そのままでいることもできなくて、とりあえずどこかに寝かせたかったんです。それで、ここの駐車場を見つけました。最初は、ここにそのまま寝かせるつもりでした。いったん彼女を置いた後で、救急車を呼ぼうと」

「その時点ではまだ、死体を隠して逃げるつもりではなかったんですね」

「分かりません」私は素直に答える。

分からないことばかりだった。

女を殺害し、死体をこのワゴンに隠してからのことを思い出す。

私は茫然自失の状態だった。世の中のバランスが悪いことについてぼんやりと感じながら、とぼとぼと歩いていたところ、若者二人に絡《から》まれた。魂が抜けたように歩いている、中年男である私は恰好の獲物に見えたのかもしれない。彼らは、路上でかつあげをするつもりらしかったが、刃物やスタンガンのような武器は持たず、素手により脅しをかけてきた。その点については、感心できた。まさに、小刀《こがたな》で女を殺害してきたばかりの私からすれば、自分の卑怯《ひきょう》さを、遠まわしに戒められているように、たとえば、「男なら素手で勝負しなきゃ」と言われているように、感じた。

彼らは揃《そろ》いのタンクトップ姿で、肩から腕にかけての筋肉も隆々で、ボディビルや格闘技のチームなのかと思えるほどの逞《たくま》しさだった。この寒い中にその服装で平然としていることが、恐ろしい。「おじさん、財布を見せて」と彼らは言い、「逆らうと殴るよ」と拳《こぶし》を振り、風を鳴らした。私はその場に尻餅《しりもち》をついてしまう。殺人を犯したばかりだった。私は頭が混乱し、どうしたら良いか分からなかった。腰が抜けたかのように立ち上がれず、その間にもタンクトップの二人は私に近づいた。

ああ、これは暴力を振るわれる、と覚悟しつつも身動きが取れない私は、目も閉じず、ぼんやりと彼らを見上げた。

「何をしている」と張りのある声が響いたのはその直後だった。背後に駐《と》まった車から人が下りてきたのは分かった。倒れた私の前にいるタンクトップの二人ははじめ、「お呼びじゃないよ」と小馬鹿《こばか》にした口調で、しっ、しっ、あっちへ行ってろ、と手を振ったが、近づいてくる男が、「警察だ」と言うと顔色が変わった。警察手帳も出している。彼らは途端に、まずいまずい、とその場から逃げた。

「大丈夫ですか」その刑事は、私に声をかけた。引っ張り上げられるが、困惑と、今更ながらに襲ってきた恐怖でぼんやりとしており、田中と名乗った刑事の姿もまともに見ていなかった。すでに、どうにでもなれ、という気分だったのかもしれない。息子を奪った女を殺害した帰りに、物騒な男たちに襲われ、しかも刑事に助けられる。ただの不運とは思えなかった。自分のことを、どん、と悪魔が突き飛ばし、それをさらに別の悪魔が突き飛ばし、転げたところをさらに、どん、とやって、この地上のどこかに存在する、絶望の裏路地へ押しやろうとしているのではないか、とそんな思いにもなった。

気付けば私は、刑事の車に乗っていた。パトカーではなく、ごく普通のセダンで、これがテレビドラマで見たことのある、覆面パトカーかと感慨深い思いにも駆られた。

「血、どうされました？」ハンドルを握る刑事が言ってきたのは、駅まで送りますよ、と発進してから十分もしないうちだ。ようやくそこで、刑事をちゃんと見た。

右手首に血がついていますよ、と言った。

確かに、血がついていた。絵の具に息を吹きかけ、その色を飛ばして付着させたかのようだ。「ああ」と私はその時も、また胸を小突かれた、と思った。世の中のバランスを壊す、悪魔のようなものが、私を困らせて、楽しんでいるのだ、と。

「その血は、先ほどの二人組にやられたんですか？」

「いえ」

「ですよね。あの二人はそんな風に、たくさん血を流すようなことはやっていませんでした」刑事は、名探偵然としていた。こちらを見透かす言い方をする。

車はしばらく無言のまま、進んだ。

すでに夜更《よふ》けであるような気分でいたのだが、空にはまだ少し明るさが残っている。時間帯からすれば夕刻だったのだ。女に遭遇した時から、私の周囲には光りが消え、暗闇《くらやみ》の中で立つような感覚になっていた。ようやく、景色が正常に戻る。

「丸岡さん、何かやったんじゃないですか」次の信号で停止した時、刑事がそう言い放ち、私は言葉に詰まった。どうやら私は自分の名も伝えていたらしかった。黙っているとさらに彼は、「私の目は誤魔化せませんよ。人に刃物でも使ったんじゃないですか」と続けた。

粘るつもりはなかった。こういう状況になった今、白を切って、誤魔化せるとは思えない。もはや、どうなっても良い。世の中のバランスとして納得がいかない、とは思ったが、刑事に自分のしたことを話した。

息子を奪った女に会ったこと、はじめは平静であったにもかかわらず、話を交わしているうちに我を失ったこと、気づいた時には、ポケットに入っていた小刀で、相手の首元を刺していたことをだ。


「この小刀がちょうど栓のようになって、だから血がほとんどこぼれなかったんですね」刑事は、ワゴンで横たわる女の首を覗《のぞ》き込んだ後で一歩下がると、振り返り、私に言った。「最初に刺した瞬間に、血が噴き出して、それが丸岡さんの右手にかかったんでしょう」

その通りだった。現場で次々と推理を口にする刑事はやはり、探偵役の男のようでもあった。私は恐ろしくて刑事の姿をまともに見ることができず、ただ彼のしている大きな腕時計をじっと見つめている。

「それにしても、こんな小刀をどうして持っていたんですか」

「それは、小学校で鉛筆を削る練習をするために」

「ああ、昔、やりましたよね。私も子供の頃、こういうのを持っていました。これで鉛筆を削るのは、慣れないと危なくて、困りました。まあ、慣れると楽しいんですがね。ただ、今、聞いたのはそういう思い出の話ではなく、この刃物を今、どうして持っていたかということです」

「私ではなくて、近所の子供が、小学校で使うためのものでした」

「それをどうして丸岡さんが」

「小学生が落としたんです」

私は、前々日、その少年に会った時の場面を、「じゃあ、おじさんも僕も、お互い、頑張って、また来週会おうね」と歩いていった彼の荷物から小刀が落ちたところを思い出した。

「どうしてすぐに声をかけて、その子に手渡さなかったんですか」

「特に理由はなかったんです。彼は学校が終業式で、冬休みに入るところでしたから、その小刀がすぐに必要になるとは思えませんでしたし、何より、次に彼と会った時のとっかかりになるとも思ったんです。『ほら、これ落としていたよ』と」

もしあの時に、少年に小刀を返していたならば、小刀を持っていなければ、事の成り行きは違っていたのだろうか。私は想像した。女はまだ生きており、私は刑事の車になど乗っていないのだろうか、と。そうではないようにも思う。東京から大阪に向かわねばならぬ人間は、新幹線が運行停止になろうと、飛行機が飛び立てなくとも、車が壊れようとも、どうにかして向かうものだ。経路や手段が変わっても、起きるべきことは起きる。

学校から持ち帰る荷物はかなりの量だった。道具箱に、図工の時間に作った牛乳パックのロボットであったり、写生で描いた絵を入れたり、教科書や算数セットを箱の上に載せたら、持つのが大変になった。鋏《はさみ》や糊《のり》やら文房具はまとめて、ぐしゃっと巾《きん》着《ちゃく》に入れて、工作ロボットの脇《わき》に入れた。ランドセルにもぎっしり物が詰まっているから、バランスが取りづらい。

帰ったら、ばあちゃんが、「またいろいろ持ち帰ってきて」と顔をしかめるのだろう。ばあちゃんは綺麗《きれい》好きで、家には物を置きたがらない。空っぽの部屋が一番落ち着くようだった。つまらない、と僕は感じるけれど、ばあちゃんは満足している。

冬休みに入るため、一月になるまで同級生とは顔を合わせない。寂しくもなければ、解放感があるわけでもなかった。

駅ビル近くの、屋内広場を横切っていたら、「これ落ちたよ」とおじさんに声をかけられた。巾着から鋏が落ちたらしく、それを手渡してくれた。ありがとうございます、と礼を言い、道具箱を持ったままその手の端で、鋏を受け取ろうとすると、今度は、糊が落ちた。一度座ったほうがいいよ、とおじさんが言うので、脇にあるベンチに腰掛けた。抱えた荷物をいったん置き、積み方を考える。

「おじさん、子供が死んじゃったんでしょ」僕はふと言っていた。同じ町内に住むおじさんだと分かったからだ。マンションに、少し前に一人で引っ越してきた。ばあちゃんが、「あの人、奥さんには逃げられるわ、子供は車に轢《ひ》かれちゃうわ、散々なんだよ」とじいちゃんに喋っているのを、聞いた。ばあちゃんは、同情するのではなく、不吉な鴉《からす》を嫌うような言い方をする。

「よく知っているね」おじさんは少し驚いた。

「ばあちゃんが言っていたから」

「噂話《うわさばなし》は怖いなあ」

「でも、僕の噂話は、怖くないよ」

「君に関する噂話？」

「僕がもっと小さい時に、お父さんもお母さんもどこかに行っちゃったんだ。言うことを聞かない僕はいらなかったんだって」

「いや、充分に怖いよ。どういうこと」

「弟は連れて行ったのにさ。僕は、親に見捨てられちゃったんだよ。嫌われて」

幼稚園児の頃、僕は耳が悪かったらしい。だから、誰かの喋ることがよく分からなくて、叱られても悪戯《いたずら》をやめず、頼まれたこともできず、教えられたことも覚えられなかった。耳のことが分かったのは、小学校に入ってからだったので、お母さんは、どうして僕がそんなに言うことを聞かないのか、理解できなくて、悩んで、怒って、泣いたんだ。悩みすぎて、心が暗くなって、お父さんと一緒にどこかに行った。ばあちゃんはそう言った。

「覚えているのは、ばあちゃんが凄《すご》く面倒臭そうな顔で、『これからは、お母さんもお父さんもいないけど、ちゃんとやりなさいよ』と言って、僕が悲しくて泣いてると、『泣いてると二度とお母さんに会えないよ』と怒鳴ったことだよ。だから、僕はあれから泣かないようにしているけど、でも、お母さんには会えない。ばあちゃん、また、僕を騙《だま》したんだ。でも、せめて弟は楽しく暮らしていればいいな」

「そんなに重々しい噂話、知りたくなかったよ」おじさんは冗談のように言った。

「でも、君が問題児だったのは、耳のせいだと分かったんだろ？　それなら、もう君の耳は治ったんだから、お母さんたちもそろそろ帰ってくるんじゃないかな」

「どうだろう。ばあちゃんは、何にも言わないけど。あ、時間」僕は近くのお店に飾られた時計で時刻を確認して、道具箱を持った。

「今度、どこか遊びに行かないか」おじさんが急に言った。

「え」

「おじさん、友達とかいないからさ」

同情してくれているのかな、と僕は思った。今までにも、そういう優しい人が時々、現われた。もちろん、ありがたいけれど、それほど相手に期待してはいけない、とも知っている。

「それなら、今度、ボールの投げ方を教えてよ。じいちゃんもばあちゃんも、キャッチボールの仕方も知らないんだ。四年生にもなって、ボールもちゃんと投げられないなんて、恰好悪いのに」新学期がはじまったら、授業で野球をすることになっていた。

きっと恥をかくんだろうと予想はできたけれど、どうしようもないと諦《あきら》めていた。

「いいよ。じゃあ、来週の土曜日、ここでまた。グローブ持ってくる。こう見えて、おじさん、キャッチボールが得意なんだよ」

「知ってるよ。ばあちゃんが言ってたから」

「え、そんな噂が？」

「嘘」僕は言う。

「怖いなあ」

「じゃあ、おじさんも僕も、お互い、頑張って、また来週会おうね」

そう答えて、僕は荷物のバランスを取った。


私からその少年とのやり取りを聞いた刑事は、少しの間、黙り、目をきょろきょろさせ、頭を整理している様子だった。「へえ」と呟《つぶや》き、ふう、と息を吐き、なるほどなあ、と自分で納得するように声を出した。

「どうしたんですか？」そのあたりで私は不安に襲われた。駐車場の地面から、黒々とした泥が湧《わ》き、自分の足を搦《から》め捕るようにしてくる気配があった。不安で、体が動かなくなったのだ。

「それは、俺かも」と意味不明なことを口にする。

「俺？　え、どういうことですか」

彼は、「なるほど、そうか。もう一度やり直したら、どうなるんだろう」とぼそぼそ続ける。

この刑事は何を考えているのか。罪を告白した私に手錠をかけるでもなく、死体をのんびりと確認しているのも妙だ。今すぐやるべきことは、私を拘束し、仲間を呼び、鑑識とやらにここを調べさせることではないか。

この刑事は、本当に刑事なのだろうか。

その基本的なことに、ようやく意識が行った。

警察手帳はあったが、偽物の可能性はある。私を何らかのことに利用しようとしているのではないか？　企《たくら》んでいるのではないか。

私はまだ、彼の腕時計を見たままだった。やがて刑事は、「まずは、凶器をどうするか」と言った。

「この小刀ですか。どうするも何も」

「これは丸岡さんがどこかにしまっておくようにしてください。間違っても、川になど捨てないように。いずれ、ばれるから」

何の話なのか、私には理解できなかった。足首をつかんだ泥がそのまま、腹や胸のあたりまで、攀《よ》じ登《のぼ》ってくるかのような感覚がある。

「それから、丸岡さん、考えておいたほうがいい」

「何をですか」

「今日の夕方、ほら、丸岡さんがこの女を殺害していた時間、どこにいたのか。よくいうアリバイというやつ。丸岡さんがあの女を憎んでいるのは、調べればすぐに分かるだろうから、もしかしたら、丸岡さんのもとに警察が行くかもしれない。たぶん、そうはならないと思うんだけれど、念のため、考えておいたほうがいいよね。アリバイは、具体的ではないほうが楽だと思う。家にいてテレビを観《み》ていた、本を読んでいた、といった程度のほうが。ただ、パソコンでネットを楽しんでいた、というのはやめたほうがいいです。もし、調べられたら、接続記録で嘘がばれます。こういった場合は、ネットよりテレビです」

私はさすがに、不可解さに苛立《いらだ》つ。「いったい」

「丸岡さんの指紋が調べられるとは思わないけれど、まあ、服に関しては拭《ふ》いておきますよ。そういう後処理は得意だから」

「あなたは本当に刑事なんですか。何をするつもりなんですか」

「その答えは、もう、車の中で丸岡さんが言っていましたよ」男は口を尖《とが》らせて、微笑《ほほえ》んだ。

「私が？」

「冷酷無比の殺人鬼だったら、どんなに楽だろうか、って。言ってましたよね」

私は覚えていなかった。「言いましたか」

「そうですよ。まあ、俺は、冷酷無比の殺人鬼とは少し違うけれど。一応、請け負った仕事としてしか、人を殺さないわけだから。ただ、とにかく、俺に対して、そう言ったんだから、可笑しい」

私は放心状態となり、そのままそこで植物のように動けなくなる。やがて、瞬《まばた》きはできる、と気づく。力を込めれば、腕も肩も動き、唇の開閉もできた。呼吸を整え、腹に力を込めると言葉も発せられた。「まったく状況が」と言いかけたところで、「あ、何をするんですか」と思わず、声を上げた。

ワゴンの中に再び体を入れた彼が、女の体に伸《の》し掛《か》かるような体勢を取ったからだ。

そこにいた私はようやく彼の姿をまともに見たのだが、背が高く腕が太く、体格が良かった。抱きつくのではないか、とぞっとしたが、刑事の行動は違った。手で、女の頭をつかむようにすると腕を動かした。首を折った。

　十五年以上前、首折り男は駅ビル近くのベンチに座っていた。その頃の彼は、首を折ることはもちろん、人に危害を加えた経験もなく、公立小学校に通う四年生に過ぎなかった。終業式のあった帰り道で、当たり前のように一人だった。机の中の荷物や、ロッカーに入っていた図画工作で作った紙の作品、たくさんのノート、上履きなどを抱えてきたのだが、道具箱への詰め方がうまくなかったため、何度か文房具を落とした。いったん荷物の整理を行う。

　隣に座ったのが、近所に住む男だとは、すぐに分かった。最近、同じ町内に引っ越してきた男で、祖母が、「奥さんに逃げられるわ、子供を事故で亡《な》くすわ、疫病神《やくびょうがみ》につかれた男だね、あれは」と評していた。

　二言三言話を交わすと、その近所の男は、「じゃあまた遊ぼうな」と言った。おそらく、少年が、「ずっと前に両親が弟だけを連れて、消えてしまい、今は、優しいとは言いがたい祖父母と暮らしている」と説明したために、こちらの孤独に同情し、さらには仲間意識を持ってくれたのだ。はじめは、大人と遊ぶ気持ちにもなれなかったが、ふと思い立ち、「キャッチボールを教えてくれないか」と言っていた。ボールを投げるくらいのことはできるようになりたかった。体は大きいが、その体格を役立てることができず、もどかしかった。

男は、「キャッチボールは得意だよ」と話し、来週の土曜日に会おう、と立ち去っていく。

ベンチに残った彼はやがて、約束というものを初めて交わしたと気づく。今までに経験してきたのは、命令であったり、叱責《しっせき》であったり、情報交換と呼べるものに過ぎず、他者が自分を対等に扱い、共通の目的のために、しかも楽しむ目的のために、取り決めをするのは初めてのことだった。それまでに感じたことのない、そわそわとした思いを胸に抱き、彼は、物心がついてから一度も思ったことのない願いを唱える。

明日が来ますように。そして、その次の明日がまた早く来ますように。

土曜日、彼はベンチで待っていた。グローブを持ったあの大人が来て、自分にボールの投げ方を教えてくれることを想像し、数時間後の自分に羨望《せんぼう》を覚えるほどだった。

約束の時間が過ぎた。空が夕陽で赤くなり、日が落ちて暗くなり、店の明かりが点《つ》き、行き交う人が減り、店の明かりが減りはじめ、警備員が心配そうに寄ってきて、「もう閉店だけれど、どうかしたのかい」と声をかけてくる。

首を折る理由は特にないんだ。それが一番、手っ取り早いからね。物騒な仕事の人間が、凶器のない場所で人を殺そうとするなら、首を折るのはよくやる。俺の場合は、それがどこか、トレードマークのようになってしまって、鬱陶《うっとう》しさもあるけれど、まあ、慣れないやり方をするのもリスクがある。

今日、車で走っていたら、丸岡さんが、男たちに絡まれているのが見えた。この寒い季節にタンクトップのあいつらに。可《か》哀《わい》想《そう》に思ったところもあるけれど、せっかく警察手帳を持っていたので、使ってみたかった、というのが本音で、だから、「警察だ」と助けてしまったんだ。あの警察手帳をどこで入手したのかは、言っても楽しくないだろうからやめておくよ。本物だということは間違いない。

ただ、丸岡さんが人殺しだとは思いもしなかった。返り血を少し浴びているので、かまをかけてみたけれど、まさか本当にそうだとは。面白いこともある。

そして、それ以上にはっとさせられたのが、丸岡さんと小学生の話だったんだ。キャッチボールの約束の話、あれは俺のことじゃないかな。


目の前で男の喋ることの内容は、丸岡直樹を混乱させた。丁寧な言葉で喋る男の表情は淡々としており、話の内容も難解ではなかったものの、果たして、どこまで本気で述べているのかが分からず、対応に困った。

「たぶん、その少年は、俺のことじゃないかな」男は言った。「小学生の頃の俺は、キャッチボールをするために、大人の男を待っていたんだ。約束を信じて。だけど、丸岡さんは来なかった」

「え、私のことですか」丸岡直樹は驚き、聞き返す。

「時空のねじれ、とかそういうのじゃないか。そうか、あの時、あの場所に来なかったのは、こういう事情があったからなんだなあ。この殺人のために、約束を守れなかったってことだね」

丸岡直樹が言葉を失っているうちに、男はさらに続けた。

「ということは、ここが分岐点じゃないか。俺はそう思ったんだ。丸岡さんがちゃんと約束を守れば、過去が変わるんじゃないか、と」

「過去が変わる？」

たとえば、と男は言う。俺の今までの経験が動画として保存されているとして、まだ完結していないけれど、とにかく、ずっと録画がされている。そして、ここで、その動画の一部分を別の映像で上書きできるとしたらどうなるのか。十五年前に俺が経験した、あの場面が、キャッチボールの記憶で塗り替えられる。

「もしかすると、その場面を変更することで、その後の映像もすべて変わるのかもしれない。連鎖反応が起きるように、ドミノがかたかた倒れて、影響が出る」

「それは、その、あなたの人生が変わるということですか」自分で口にして、恥ずかしさを覚える。これはいったい何の話なのか、と。

「タイムマシンで歴史を改変するお話があるけれど、それと同じでさ」男は真顔だった。

「本気で言ってるんですか？」ようやく、丸岡直樹はそう訊ねた。時空がねじれて、過去をやり直す、そんなことは作り話の世界でも陳腐に違いない。現実的な出来事としては絶対にない、と言い切れる。「ただ単に、あなたと同じような経験をしている少年が、今もいた、ということではないですか？　似たようなことが今も起きているのに過ぎないような」

キャッチボールの約束はいつの時代もあちこちで交わされているに違いない。

すると男は予想に反し、「かもしれないなあ」と首肯した。「ただ、それでもいいよ」

「それでもいい？」

「試してみよう。丸岡さんは、来週、少年との約束を果たす。キャッチボールをする」

「え」

「この女の死体は、俺が引き受けるから」

「引き受ける？」

「そう、引き受けるよ。ああ、そうだった」と言うと男はどこからか油性のフェルトペンを取り出した。そして、また車のスライドドアを開け、中に消えたと思うとすぐに戻ってきた。「俺は自分の仕事の時は、首を折った後は、その首のところにペンでサインをしておくんだ。俺の仕事だ、という印だ。たぶん、警察はそれを公表していないんだろうな。『秘密の暴露』用に伏せてあるのかもしれない。とにかく、俺が今、首を折って、サインをしたからには、これも俺の仕事の一つと考えられるだろう。だから、丸岡さんは今日のことは忘れて、普通に過ごしてくれればいい」

「あなたは」

「俺も今まで通り、普通に生きるから」男は目を細めた。

「ちょっと待ってください」丸岡直樹は上擦った声を出した。「もし、あなたの言うことが本当だとしたら、どうなるんですか。来週、私が会う少年は、昔のあなた、ということですか」

男は少し笑う。

丸岡直樹は眉間《みけん》に皺《しわ》を寄せた。「キャッチボールを教えることであなたの過去が変わるんでしょうか？　いや、もしそうだとしたら、あなたは今のあなたとは違う人生を送ることになるのかもしれません。そうなったらあなたは連続殺人犯にならず、今日の私の罪も救わないということになりませんか？　すると、です。私はキャッチボールの約束を果たせないことになるわけですから、結局、あなたの人生は元のままになるような」

「過去を変えたら、未来が変わり、帳尻が合わない。そういう話？」

「あの、刑事さん」丸岡直樹は思わず、そう声をかけてしまう。

「刑事ではないんだ」

「あの、本当に、その、時空のねじれの話を信じるつもりなんですか」


どっちでもいいから、やってみよう。

そういえば、車の中で、丸岡さん、鋭いことを言っていたよね。十キロの重石《おもし》を背負っているんだから、十一キロになろうと二十キロになろうとさほど違いはない。

その通りだよ。俺が殺害した人間がここで一人増えたところで、さほど違いはない。一個くらいもらってあげるよ。

僕の舟

水兵リーベ僕の舟、と若林絵美《わかばやしえみ》は小声で歌うようにした後で、「懐《なつ》かしいね。確かに、昔、よく言っていたかも」と言った。ふちが銀色の、レンズの丸い眼鏡をかけた彼女はにこやかな少女のような顔立ちだが、髪の毛はほとんど白一色で、皺《しわ》は目立たぬものの、かさかさとした肌が、年齢と共に蓄積された疲労を感じさせた。「黒澤《くろさわ》さん、それ、誰から聞いたの」

「高校を卒業した後に、勤めた職場があるだろう」

「わたしが？　ああ、あの駄菓子メーカーの」

「事務仕事で。真面目《まじめ》で、大人しくて、普段は無口なのに、お茶を入れながらよく口ずさんでいたらしいな。水兵リーベ僕の舟」黒澤は表情を変えず、椅子《いす》に座ったまま言った。

「わたし、どこでそれ習ったのか覚えていないんだけどね、好きだったの」若林絵美は目を細める。

七十手前の歳《とし》には見えない、あどけない表情だった。彼女の後ろにはベッドがあり、一つ年上の夫が寝ていた。三ヶ月ほど前から癌《がん》の悪化のため、ほとんど意識はない。若林絵美は看護師の助けを借りながら、その夫の食事や便の世話をし、風呂《ふろ》にも入れる。決して楽ではないはずだが、彼女はどこかのんびりとしているようにも見える。

「検診で発見してから、あっという間」と彼女は言った。

「元素記号を覚えるのが好きだったのか」

「別に覚えたかったわけではないんだけど、なんだか、楽しいじゃない。スイヘイリーベ、って言葉も良いけれど、何と言っても、僕の舟、って響きがね、勇ましいというか、可愛《かわい》らしいというか。そんな気がするじゃない。『わたしの舟』とか、『僕の舟』とかいうと」

「そんな小説がなかったか?」黒澤は足を組み、まっすぐ相手を見て、「『小さき者へ』の最後がそうだったじゃないか。『行け。勇んで』という、あれだ」

「行け。勇んで。小さき者よ。そうね、『僕の舟』にはそういう勇んで進んでいく感じがあるでしょ。あ、そうだ、思い出した。あの職場の給湯室に、カレンダーがあって、よく分からないんだけど、船員が写っていたのよ。港でポーズを取った恰好《かっこう》の。だからお茶を入れるのに、それをぼんやり眺めて、水兵さんかあ、と思っていると連想で自然と出てきちゃったんじゃないかなあ。『水兵リーベ』って」彼女は突如として思い出された記憶を楽しんでいる。「でも、何でそのことを知ってるの？　五十年くらい前よ。黒澤さん、そんなことまで調べられたの」

「そんなに難しいことをやったわけではない、依頼を受けて、まずは当時の仕事場を探した」

「今、もうないでしょ、あの会社」

「社長は生きていた。二代目だ。当時、一緒に働いていた、と言っていたぞ」

「ああ」若林絵美はずっと開けていなかった箱の存在に気付いたかのように、はっとした声を出した。「あの人、どうしているの？　同い年で、同じ頃に働いたのよ。どうにも仕事ができない人だな、と思ったら、社長の息子だと分かって、納得したり、驚いたり。今どうしてるのかしら」

当時の町の地図を探し出し、周辺で聞き込むと、その会社の経営者について分かった。十年前に会社は倒産したという。一度だけ年賀状が来たという町の花屋から住所を教わり、それはすでに北関東の別の県のものだったが、住民票の転出、転入を追いかけたところ、その二代目社長のもとに辿《たど》り着いた。

「でも住民票ってそんなに簡単に、他人がチェックできるの？」若林絵美が疑問を口にする。

「債権者とかな、理由がある人間や、委任状を持っていないと交付が受けられない。ただ、裏を返せば、そういったふりをするのに労を厭《いと》わない人間ならできる」

「それって、やっちゃいけないことでしょ」

黒澤は答えずに、肩をすくめる。

「今は、その社長の息子は果物を作っていた。潰《つぶ》れた会社の債務処理を必死に終えて、ようやく再スタートらしい」黒澤は、訪れた小さなアパートで、「これからですよ」と笑った男の姿を思い出す。力強く拳《こぶし》を握り、舌苔《ぜったい》のせいか白くなった舌を見せ、顔をくしゃりとした彼は、自分の人生を楽しんでいるようにも、自暴自棄になっているようにも、どちらにも見えた。若林絵美のことを、旧姓は佐藤であるから佐藤絵美のことを知っているか、と聞いたら、覚えていた。

「五十年前なのに？」

「彼にとっては、思い出深い女性だったんだろう」黒澤は言う。「絵美ちゃん、私、好きだったんですよね。でも当時、私はまだ女も知らないし、うぶだったからね、どう声をかけたらいいかも分からなくて。彼女はよくね、歌ってたんですよ。水兵リーベ、って。それ何？　って訊《き》いたら、子供の頃に教わったとか言って。『リーベって何なんですかね』って訊《たず》ねてくるから、私も無理して、『水兵の名前じゃないかな。外国の名前。水兵のリーベさん』とそれらしく答えたら、絵美ちゃんが大笑いしてくれてね。よく覚えてますよ」

わたしは覚えていないなあ。申し訳ないなあ。黒澤の前で、若林絵美は罪の意識を滲《にじ》ませ、苦笑した。「というよりも、あの人、わたしのことそんな風に思っていてくれたんですか」

「みたいだな」

「あらあ」若林絵美はけたけたと声を立てる。半年前から、病院を転々としつつ、寝たきりの夫の介護をしているのだから、疲れも溜《たま》っているのだろうが、こうして笑う時は若返るものだ、と黒澤は感心した。

「失敗したかしら。わたし、うまくいっていたら社長夫人だったのかもしれない」

「倒産したが」

「わたしが奥さんだったら、あの会社も苦難を乗り越えていたかもよ」若林絵美は言って、夫が寝ている背後をちらと窺《うかが》った。

「そうだな。もしかすると、そっちのほうが楽しいことが多い一生だったかもしれない。もちろん、つらいことが多かった可能性もある」

「想像してもしょうがないわよね」若林絵美が目を細める。「食べ物だったら、ほら」

「食べ物だったら？」

「喫茶店に行って、悩むじゃない。生クリームのケーキとモンブランとどっちがいいか、って」

「俺は間食をしないからな」

黒澤が言うと、若林絵美はのけぞるほどに驚き、「そんな人生に何の意味があるのか」となじり、「いっそのこと、ケーキを主食にしなさいよ」と言い切った。

「それで？」

「で、たとえば生クリームのケーキを頼んだ後で、もし、モンブランを頼んでいたらどうだったのかな、と想像することもあるでしょ。でも、一緒にいる人がモンブランを注文していたら、一口くらいは食べさせてもらえるかもしれない。ああ、こんな味だったのね、って」

「ただ、人生の分岐については無理だ。誰かに、そっちはどうだった？　とは訊けない」

「そうなのよ。もう一個の人生の味見は、できない。SFみたいな、何て言うのかな、時空がねじれる、とかそういうのがない限りね」

「そうだな」

「わたしは、この人と結婚したんだから、それで満足するしかないの」若林絵美が人差し指で、背後を指差した。

「後悔しているように聞こえる」

彼女は小さくかぶりを振った。「派手なことは一つもなかったけれど、悪くはなかったのよ。この人、いい人だったしね。真面目で、面白味はなかったけれど」

「聞こえてるぞ」黒澤は苦笑し、若林絵美の向こう側で横になっている、彼女の夫を顎《あご》で指す。

「悪いことじゃないんだから、真面目っていうのは」

「まあ、そうだな」

「浮気はされたけど。あ、これは前にも言ったわね」

黒澤は少し口元を歪《ゆが》ませ、首を傾《かし》げ、ベッドを指差す。「聞こえてるぞ」

意識はないとはいえ、耳は聞こえているのかもしれない。

「いいのよ。怒ったら、起きてくるかもしれないし」

「とにかく、昔の恋人の行方を調べて、その、もう一つの人生を知りたくなったわけか」

若林絵美は罪の意識からなのか、照れ隠しからなのか、笑い、「恋人ってほどではなかったんだから」と手を振った。「だって四日よ。四日だけだったんだから」

「五十年前の、たった四日間の男のことを今でも覚えてるとはな」

「前も言ったけど、初恋は一日よ。六十年以上前の一日だけ」


二ヶ月前、若林絵美は、思い出の男のことを調べてほしい、と黒澤に依頼をしてきた。寝たきりの夫の看病にかかりきりであるため、彼女が出向ける場所は限られている。だから黒澤が病院まで行き、院内の喫茶店で会い、話を聞いた。病院の匂《にお》いがこびりついているような、簡易テーブルが三組あるだけの小さな店だった。

彼女はかなり克明に、その男との出会いから別れまでの話を語った。「すごい記憶力だな」と黒澤が驚くと、「わたしの人生に、浮いた話がそれだけ少ないってことよ。

めったにない出来事だったから、人生の年表にばっちり載っちゃってるわけ」と言った。

「なるほど」

「あまりに毎日に刺激がないから、隣に住む男の人のことを、人殺しじゃないかと疑ったこともあるし」

「何なんだそれは」

「ほら、テレビとかで、未解決事件のこととかやってるでしょ。指名手配犯とか、犯人の人相とか放送して」

「それが隣の男に似ていたわけか」

「まあ、あれは実際、犯人だったはずよ。それはともかく、平凡な日々ってこと。子供の頃の初恋のことだって、いまだによく覚えているんだからね」彼女は言い、七歳の頃の、遊園地で迷子になった話を喋《しゃべ》り出したのだが、それもまた詳細で、黒澤としては驚くほかなかった。

都内の遊園地で迷子になり、おろおろしていると、やはり同じように迷子の少年と会った。古くからある、それほど大きくはないが、定番のアトラクションはたいがい揃《そろ》っている遊園地で、場所を聞けば、黒澤も、「ああ、あそこか」と分かった。

「類は友を呼ぶ、って言うのかしら。迷子同士が出会って」と彼女は笑って、黒澤に話した。「で、しょうがないから、二人で時間を潰したのよね」

「そんなことで、初恋になるのか」

「だって、頼りになったんだもん。あの時の男の子。トイレの近くにゴキブリがいたら、すぐに蹴《け》とばしてくれて」

「ああ」黒澤は苦笑する。「それは記憶に残るな」

「あっちの子はお小遣いを持っていたからね。二人で、炭火焼きの、焼き鳥だったかなあ、それを食べてね」

「迷子なのかデートなのか分からないな」

「でしょ。相合傘とか描いちゃったくらいだから、遊園地の管理棟の壁に。最近の子は、相合傘なんてやらないんでしょうね。iPhone とかそういうんじゃないの。何でも、アイ何とか、で。アイ相合傘とか言うのかもね」

　黒澤は苦笑する。「それが初恋だったわけか」

「後から思えばね。たぶん、迷子同士で一緒にいたのも一時間くらいのことだったと思うんだけど。結局、わたしのほうが先に、親に発見されて。ほっとしたけど、残念だったわよ。しかも、最後に挨拶《あいさつ》しようと思ったら、あっちの子はおしっこに行っちやってて」

「まさか、俺に、その時の子供を探してくれ、という調査を依頼するんじゃないだろうな」

「さすがにそんな無茶は言わないわよ」彼女は、黒澤の肩を叩《たた》いた。「調べてほしいのは、そうじゃなくて、最初に話した、大人のほうよ」

仙台から東京に出て、仕事をすることも増えてきたため、そのついでに調査をするのも悪くないか、と黒澤は引き受けた。

そして二ヶ月が経《た》ち、黒澤は再び、彼女に会うために、今度は病室にまでやってきたところだった。

「ずっと心にあったわけじゃないんだけれどね、こうやって病院で付き添っていたら、いろいろ昔のこととか考えちゃって。初恋のこととか、二十歳で銀座で会ったあの人はどうしてるかしら、とか」若林絵美は顔をくしゃっとする。「だって、モンブランの味も知りたいじゃない」

「で、どうする、その男の居場所が分かった、と言ったら、会いに行くのか」

「調べられたわけ」若林絵美が目を丸くした。眼鏡を一度取り、布で拭《ぬぐ》いはじめる。

「五十年前よ。あの時の彼のこと分かったの?」

「まあな」

「会えたってこと?」と前に乗り出してくる彼女は、さらに活《い》き活きとした。「今、どうしているんだろう」

「旦那《だんな》が聞いてるぞ」

「いいのよ、これくらい。ねえ、あなた」彼女はあっけらかんと後ろの夫に言う。

「結論から言えば」黒澤は隠す必要もないため、正直に報告する。調査結果が相手にどういった影響を与えるのか、そこまで考える気にはなれない。いや、考えようとはするのだが、人の気持ちを想像するのが、黒澤は苦手だった。「相手の男には会えたが、ろくに話はできなかった。あっちは覚えていない可能性も高い」

「ああ」若林絵美は落胆しつつも、あっさりしていた。「さっきのと同じね。わたしの職場の、社長の息子さんが、わたしのことを覚えてくれたけど、わたしのほうはあまり覚えていなかったし。同じ思い出も、人それぞれで、片方にとっては重要でも、もう片方にとってはそうでもないってことも多いんだろうね」

「かもしれない」

若林絵美は手を叩いて、「黒澤さん、そういえば」と大きな声を出した。「今、思い出したんだけれど、昔ね、うちの旦那が言っていたのよ」と背後のベッドを振り返る。

「何をだ」

「僕の舟」

「何だそれは」

「結婚というのは、男女が同じ舟に乗るようなものだって。一緒に漕《こ》いで、いろんなところを旅をして」

「言わんとすることは分かる」

「僕の舟に一緒に乗ってくれないか、って。ああ、そうか、あれ、プロポーズだったんだね」

「彼の舟はどうだった」

「まあ、ほら、あの銀座の男の舟に乗っていたらどうだったかな、とかね、想像はするけれど、ただ、この人の舟、転覆しなかったんだからそれだけでも良かったよね。欲を言ったら、きりがない」

絵美は銀座通りを歩いていた。会社を出て、地下鉄に乗り、兄と会うためにだ。地下鉄は夏に涼しく冬は暖かい、と言われているのはその通りだった。ひんやりとした駅から、地上に出ると少し蒸し暑さに覆《おお》われる。東京生まれとはいえ、郊外の出身であるため、華やかな町にやってくるといつも、野生動物にねめつけられるような恐怖を感じてしまう。こちらの無知と無教養を嗅《か》ぎ取り、嚙《か》みつかれるのではないか。周囲を行き交うのは、野生動物にはほど遠い、洒落《しゃれ》た服を着て、輝くような表情を浮かべた男女たちだった。ボタンダウンシャツの上に、三つボタンのブレザーを着た男性はもとより、背広を着た男たちも、会社にいる年配の者たちとは違い、颯爽《さっそう》として見えた。女性が着ているブラウスも、絵美のような、自分で仕立てたものとはずいぶん違い、垢抜《あかぬ》けていた。

柳の木のそばで笑い合っている若者たちが、眩《まぶ》しかった。

滅多なことでは銀座に出てくることがないため、地味な恰好では周囲から浮き上がってしまうのではないかと気になり、いつもよりも服装に気を配ってきたつもりであったが、先ほどまで一緒だった兄には、「おまえは今、この町で一番、ぱっとしない」とからかわれた。「それにいつもより化粧がすごいな。今日、おまえと三越のライオン前で待ち合わせだっただろ。ライオンがいると思ったら、絵美、おまえだった。一緒に暮らしている俺ですら、誰だか分からなかった」

冗談であるのは間違いないが、絵美は傷ついた。自分としては精一杯、可愛らしくメイクをし、自分で仕立てた中でも、自信のワンピースを着てきたが、まわりの人たちから見劣りするのは自覚していた。

兄が珍しく、一緒に銀座で食事でもするか、と誘ってきたため、やってきたのだが、ようするに、フィアンセを紹介するのが目的のようだった。食事の後、バーに連れて行かれたかと思うと、赤いワンピースを着た女性が現われ、「あら、あなたが絵美さんね。話はよく聞いているのよ」と快活に言われた。太いベルトが洒落ており、塗られた口紅は、流行《はや》りの、資生堂のものだ。目鼻立ちもはっきりとした彼女は、絵美の前であるにもかかわらず、兄にしなだれるようにし、柔らかな仕草のせいか、どこか色気を漂わせているため、どぎまぎとしてしまう。おまけに兄は兄で、威厳を強調したいからか、絵美に対し、「会社にいい男はいないのか」「母さんが持ってきた見合いには必ず、行けよ。数撃てば当たる」と言い、さらにフィアンセの女性も、「あと五年もしたら、子連れの男しか貰《もら》い手がいなくなるわよ」と脅すような言葉を重ねてくるので、すっかり、暗い気持ちになってしまった。「わたしが今度、東大の医学生を紹介してあげようか」とフィアンセが言い、兄が、「こいつにそれは、豚に真珠というものだ」とからかった。

絵美はすっかり重苦しい気持ちになり、「具合が悪くなったから、先に家に帰っていますね」と席を立った。体調を気に掛ける言葉もなく、兄はただ、「おふくろに、それとなく、彼女のことを良いように伝えておいてくれよ」と言うだけだった。女性の嬌声《きょうせい》がそれに被《かぶ》さり、背中にぶつかった。

時間はずいぶん遅くなっていたが、銀座に来るのは久しぶりであるからすぐに去るのも残念に思え、街路灯を頼りに銀座通りに出て、あれが三愛《さんあい》ビルか、とその明かりを横目に見ながら、数寄屋橋《すきやばし》のほうへと向かっていた。通りを、ブルーバードやコロナ、アメ車が走っていく。ルノーのタクシーが通る。

俯《うつむ》き気味に歩いていたが、その時、横道を入ったところに、黒い人影がさごそと動いているのが目に入った。はじめは行き過ぎ、その後でゆっくりと、一歩、二歩と後退し、そっと目をやると、ジャケットを羽織った男二人が、一人の男と向き合っていた。

どこか緊迫した空気があるな、と思った矢先、二人のうち一人が、前の男の胸ぐらをつかみ、絵美が、「あ」と思った時には、顔を殴っていた。殴られた男がその場に尻餅《しりもち》をついた。

「何をしているんですか」

彼女の声に、立っている男たちが振り向く。面倒臭そうに舌打ちをする。柄の悪い、チンピラとは違い、どちらかといえば、礼儀正しい学生にも見えた。が、殴ったのは事実だ。「暴力反対！」と声を震わせながらも大声を出せたのは、兄とのやり取りで溜まったストレスを吐き出したかったからかもしれない。

男たち二人は一瞬、きょとんとした後で、「お呼びじゃないよ」と小馬鹿《こばか》にした口調で、絵美に手を振った。しっ、しっ、あっちへ行ってろ、と。絵美は邪険にあしらわれたことに、腹が立ち、頭に血が昇った。さらに男の発した言葉と、植木等《うえきひとし》の流行りの台詞《せりふ》「お呼びでない」が結びついたからか、意識するよりも先に、「これはまた失礼いたしました！」と目をぎゅっと閉じ、叫んでいた。はっと目を横にやると、植木等の出演する映画のポスターが貼《は》られていたから、そこから連想したところもあったのだろうか。とにかく、彼女の必死の叫びがよほど可笑《おか》しかったのか、それともあまりに異様だったのか、気づいた時には、男二人は消え、殴られた男だけがその場に残っていた。

二ヶ月前、調査の依頼を受けた際、その思い出を若林絵美から聞いた黒澤は、自分が恥をかいたようなくすぐったさを覚えた。「大声でそんなことを叫ばれたら相手もさすがに怯《ひる》んだだろうな」

「当時、流行っていたのよ」

「流行語を叫ぶな、と学校で教わらなかったのか」

病院内の喫茶店は、利用客が入れ替わり立ち替わり、やってくるものの、ちょうどタイミングが良いからか、常にテーブルが一つ空いている状況で、話はしやすかった。

「それで、その殴られた男の人と、出会ったの。夜だったから薬局も開いていなくて、ほら、その人は殴られて、目とか腫《は》れちゃっているから、わたしがハンカチを噴水の水で濡《ぬ》らして、貸してあげて」

「絵に描いたような出会いだな」黒澤は感心して、言った。

「でしょ、絵に描いた餅って言うのかしらね」

「それはちょっと意味が違うだろうな」

「じゃあ、絵に描いたような餅？」

「ますますずれたな、それは」

「細かいのねえ、あなたも」若林絵美は、生意気な息子に呆《あき》れるようにして言う。そういえば、と黒澤は、彼女の息子たちについての情報を思い出す。それぞれ仕事の都合で遠方に住んでおり、病院にはなかなか来られない状況らしかった。

「で、その後で、どうしたんだ」

「そのまま、二人で喋ったの。通りの裏で。本当は、ニュートーキョーとかね、どこかお店に行けば良かったのかもしれないけど」

「殴られて、目が腫れてたら行けないだろうな」

「それもあるけど、あの当時はね、若い女が知らない男と飲み屋に行く、とか、そういうことってなかったんだから。おしとやかで控えめだったのよ。わたしも警戒していたし。ベンチで並んでいるのだって、どきどきしていたんだから。でも、今のわたしだったら迷うことなく、ついていっちゃうけどね」と若林絵美は笑った。

「今、病室で寝ている夫が怒るぞ」黒澤は店の外、リノリウムの床の通路に眼差《まなざ》しを向けた。

「いいのよ、だって、あの人、真面目な顔してるけど、まあ性格も真面目なんだけど、浮気したこともあるくらいなんだから」

「そうなのか」

「そうよ」若林絵美が口を大きく開き、手のひらで空気を叩くようにした。「お見合い結婚だったし、お互い、恋愛の楽しみがない人生だったからねえ。そういうのに惹《ひ》かれちゃった気持ちは分からないでもないけれど。うちの夫は、わたしのことをよく、『おまえの世界は狭い』って馬鹿にしていたのよ。でも、お互い似たようなものだったんだから」

「世界は実際に狭いものだけれどな」

「ああ、ディズニーランドにもあるわよね」

「何がだ」

「イッツ・ア・スモールワールドって。あれってそういう意味なのかしら。世界は狭いよって」

「どうだろうな。とにかく、その狭い世界で生きてきた中で、自分も、昔会ったことのある男のことを気にしはじめたってわけか」

「これまでは、時々、ふとした拍子に思い出すくらいだったけどね。ほら、たとえば、柳ね。あれを見ると、思い出したり」

「柳？」

「銀座って昔は、柳が並んでいたんだけど。何回か撤去されちゃって、今は減っていて。で、どうして街路樹が柳なのか、黒澤さん、あなた知ってる？」

　黒澤は突然、投げかけられ、少し困惑するがすぐに、「おおかた、土壌か何かの関係じゃないか」と答えた。

「何だ、知ってたの？」

「いや、想像だ。植物にとって重要なのは土か水だ」

「あと、酸素ね。でもまあ、どうして銀座には柳が植えられたのか、って理由は有名なのかもしれないわね。うちの旦那も前に言っていたし」

「その柳がどうかしたのか」

「五十年前の、あの時の彼が、教えてくれたのよ」


　目が腫れて、みっともないな、と男は自嘲《じちょう》した。たまたま空いていたベンチに、二人で並んで座ったところだった。

　通りを歩いていたら、酔った二人の男に絡《から》まれてしまった。殴られたものの、あなたが割り込んでくれたから助かったのだ。ありがとう。男は少し恥ずかしげに頭を下げた。それにこのハンカチも、と付け足す。

絵美は、初対面の男と並んでいることに、緊張と高揚を感じ、地に足がついていなかった。今日は何の用事なのか、と男に訊ねられた際に、「ダンスホールによく行くから」と嘘《うそ》をついたのは、心が浮ついていたからと、あとは、見栄《みえ》だった。遊び慣れしていない、うぶな女だと思われると、侮《あなど》られるのではないかと思った。ぼろが出ないように先に質問をぶつける。「銀座にはよく来るんですか」

「そうだね。よく来るけれど」とぼんやりと男は言い、「そういえば、君は、どうして銀座には柳が植えられているのか、知っている？」とハンカチで隠した傷を気にしつつ、顔を向けてきた。反射的に、絵美は顔を逸《そ》らした。

「明治時代、銀座の道が広くなった時に、日本で初めての街路樹ができたんだ。当時は、桜や松や楓《かえで》だったらしい」

「桜や松が銀座に？」

「そう。ただ、銀座は埋立地だからね、水分が多すぎて、植物もなかなか難しいんだ。立ち枯れたり、根腐れを起こしたりして。だから、どうせならもともと水に強い柳を植えようということになったらしいんだ」

ああ、そういうことなのか、と絵美は感心する。銀座の名物とも言える、柳の並木にそんな理由があったとは知らなかった。「木にとって、水って重要なんですね」

「そうだよ。あとさ、君、知っている？　木は二酸化炭素を吸って、酸素を出すんだ」

誇らしげに教えてくれるため、絵美も反応に困る。小学校で習う知識でもあるのだから、「さすがに知っていますよ」と答えた。

「そうか」と彼は少しプライドを傷つけられたのか、むっとした声になったが、また口を開く。風邪で喉《のど》を痛めているから、と飴《あめ》を舐《な》めながらだ。「でもねそう考えると、樹《き》が減ってきたら、人間の吐く二酸化炭素が増える一方で、大変なことになると思わないかい」

「樹って減っているんですか？」

「だって、紙だって、樹をもとにしたパルプからできているんだから、これだけ新聞や雑誌が増えてきたら、どんどん樹が伐採されることになるんじゃないかな。酸素がそのうち足りなくなるよ」

「ああ、確かにそうですよね」急に自分の周りの空気が薄くなるような気分になる。

「あ、ねえ」と男は声の調子を変えた。

「はい」絵美は背筋を伸ばす。

「これから、二人で、バーにでも行かないかい」

彼女はもちろん、動揺した。もちろん、胸が弾んだ。こうして男から誘われることなど初めてであったし、さらには、夜に予期せぬ成り行きで知り合った二人、といった非日常的な状況が高揚を生み出していた。ただ、喜び以上に、怯《おび》えがあったのも事実だった。

ああ、いえ、あの、としどろもどろになってしまう。ぴしゃりと断ることへの恐怖と抵抗、そして、劇的な出会いを失うもったいなさが入り混じっていた。

男は、絵美の態度をちらと見て、小さく息を吐く。

無言の間が続く。街路灯の照らす中、騒ぐようにして通り過ぎていく会社員は、羽目を外し、品をなくしている。鬱憤《うっぷん》が溜まっているのだろうか、大声を発しながら、遠ざかって行った。

気まずくなってきたと感じはじめた頃、「小松ストアーの小判の話、知っている？」と男が口を開いた。

「え」

「今から、五、六年前だったかな、銀座六丁目の小松ストアーが新築工事をしていたら、小判が見つかったんだ。結構な騒ぎになったんだけど」

記憶があるような、ないような、言われてみればそんな話を見がしていたかもしれない。絵美は思い出そうとしても、記憶があまりない。六年も前であれば、まだ、中学生くらいであるから、銀座の小判騒動など、遠い国の出来事と同然だったはずだ。

「その小判、どうなったんですか。見つけた人がもらっちゃったんですか？」

「国のものになったみたいだよ」

「あら、何かもったいない」

男は声を立てて笑い、それから、「痛てて」と目を押さえた手にもう一方の手も重ねた。笑うと、痛むらしい。大丈夫ですかと声をかけるよりも先に男が、「まあ、もったいなかったけれど、小松ストアーはそのおかげで有名になったから、と社長さんはそう言っていたらしいよ。頭のいい人なんだろうね」と続ける。「その次の年には、ほら、あっちの富士銀行の工事現場からも少し小判が出て」

「凄《すご》いじゃないですか。大判小判がざくざくと、って憧《あこが》れちゃうな」

「本当に？」

「え」

「実は、僕も狙《ねら》っているんだよ」男は顔を上げ、まっすぐに前を見ていた。視線の先にあるのは、ガード下だけだった。「他にも銀座には、小判が埋まっているという話を聞いたんだ」

「そ、そうなんですか」

ああ、うん、と男は意味ありげに答えた後で、「僕、どういう仕事をしているように見えるかな」と訊ねてきた。

どういう仕事かと言われても困る。左横に座る男をまじまじと見たが、夜の暗さの上にハンカチで覆われているため、よくは把握できない。男は髪は長く、耳にかかるほどで、中肉中背だった。鼻筋は通っている。何の仕事をしている人なんだろうと考えても、思い浮かばない。そもそも外見から人の職業など分かるのか。「ええと、顔にハンカチを当てる仕事？」と言ったのは、ふざけたつもりよりも、それしか思いつかないだけだったのだが、男は噴き出した。「そういう仕事、あるの？」

「分かりません」

「分からなくはないよ。僕には分かるよ。ハンカチで顔を押さえるだけの仕事なんて、絶対にないね」

「ですよね」と絵美は同意し、今度は自分でも笑った。「いったい何の仕事しているんですか」

「当てられない？」

「ええと」問いに答えなくてはならない重圧を感じた。良い印象の仕事を挙げたほうが喜ばれるのではないかと想像する。「医学生とか」

「ああ」と男は少し驚きの声を発した。「よく分かったね」

当たったんですか、と絵美が口に手を当て、じっと彼を見ると、彼の目が驚きのせいなのか、右へ左へ動いた。

「僕はね」と彼はぼそぼそと喋る。「ほら、少し前に、国会に学生たちが集まって、装甲車を乗り越えて侵入したり、数十万人がデモで集まったりしただろう」

絵美は聞きながらも、いつ、君はどう思う？　と問い質《ただ》されるかとどぎまぎした。新聞などによって、学生運動の騒ぎは知っていたものの、政治的な事柄には関心がなく、難しいことは分からなかった。そもそも、アメリカとの条約が承認されるといったことが、自分の日々の生活にどう影響するのかも見当がつかなかった。それより、あの兄のフィアンセが、いずれ我が家にやってくることを考えると、そのほうが重要な問題に感じられる。

「僕はあれに参加したわけではないんだけれど」

「そうなんですね」

「きっとあの数十万の人たちの中には、騒乱を起こすことだけが目的で、面白半分とまでは言わないけれど、先のことを本当に考えていない人も多かったような気がするんだ」

「先のこと？」

「国をどうするのか。共産主義と言うけれど、それをどう実現するのかまで考えていない。国会を取り囲んで、仮に、条約を潰せたとして、内閣を倒せたとしてもね、そこから、じゃあ、どうするのかって思うんだ。ただ、積み木を壊すことだけに躍起になっているようだと、ほら、それこそ新聞が書いたように、ただの暴動、東京暴動で終わってしまう」

「ああ、うん」

「僕はだから、そこには混ざらずに、まず資金を集めようと思っているんだ」

「お金を？」

「資本主義を打倒して、共産主義の革命を起こすとしても、だからと言って、まず最初から共産主義のやり方で倒そうとするのは、至難の業だ。そもそも、暴動だけで事を成すのは難しい。僕から言わせれば、まずは相手のルールに則《のっと》って、つまり、資本主義の根幹、お金を使って、偉くなって、それからのちに、自分の望む社会にすればいいんだ」

絵美は相槌《あいづち》に困ったが、男の理屈っぽい言い方は新鮮だった。家にいる兄は自分の服や髪型、買いたい車のことばかり気にかけ、職場にいる男たちも仕事の愚痴や飲み屋の話が多く、身近で、国のことを話す人間はいなかった。

「それで、小判を？」

「見つけようと思っているんだ。地図みたいなものが手に入る予定だから」

「地図？」

ああ、と男は言い、「さっき、殴られたのは実はそれが関係していたんだ」とぼそりと溢《こぼ》した。

「え」

「小判を僕に手に入れられたら困るグループがいくつかあってね、だから、脅してきたんだよ」男はそこで、思い出したかのように指で、前歯を触った。

「どうしたんですか」

「歯が折れていないかと思って」

「大丈夫ですよ」と絵美は言う。会った時から、彼の歯が白く、美しいことには気づいていた。「でも、その、脅してきたグループというのはいったい何なんですか」

男は少し顔を背け、こちらを見ようとしない。そしてしばらくすると、自分の靴の爪先《つまさき》を見つめるようにして、「ねえ、明日も会わないかい」と言った。


「二ヶ月前、調査を依頼された時に聞いた際も思ったが、そんな胡散臭《うさんくさ》い話をよく真に受けたものだな」今、病室で若林絵美と向き合う黒澤は、本題に入る前に、彼女の依頼内容を再確認しつつ、そう言った。「小判があると思ったのか？」

「さあ。そりゃね、今から考えれば怪しいけれど、当時は、わたしも純粋だったんだから。それに、あの時は夜で、不思議な雰囲気があって、見知らぬ男の人と二人きりだし、独特の、何と言うのかしら。洗脳？」

黒澤は笑う。「そんなに本格的なものではないだろう」

「でも、わたし、どこかで、日常とは違ったものを期待していたのかな。毎日、お茶を汲《く》んで、真面目《まじめ》に仕事をしているだけだったから、夜の銀座でたまたま会った男の人が、宝の地図を持って、危ないことをしようとしているなんてね、知ったら、やっぱり信じたくなるじゃない」

「俺にはそういった感覚はよく分からないが」黒澤は言いかけたが、そこで、「日常とは違う体験といえば、俺にもある。思えばあれも銀座だった」と洩《も》らした。

「へえ、小判でも？」

「前に夜の銀座で、楽器店に立ち寄ったんだがな、そこで」

「そこで？」

「すごい音楽が」

「何それ」

黒澤は口のまわりの縫い目を綻《ほころ》ばせるようにし、「もったいないから内緒だ。あれはすごい体験だった」と言う。

「もったいつけるわねえ」

「とにかく、五十年前の銀座で、小判の話をした後、翌日もその男と会ったわけだな。名前は教え合わなかったのか？」

「そうなの」若林絵美は答えた後で、堪《こら》えきれない笑いを口から噴出させた。「彼がこう言ったのよ。今でも覚えてる。『僕は危ない使命を担《にな》っているから、僕の名前などは知らないほうがいい。何か事が起きても、君は知らぬ存ぜぬで通せるからね。君の名前も聞かないでおこう。そのほうがお互いのためだ』って。で、わたしもわたしで純情だったもんだから、『う、うん』とか受け入れちゃってね」

黒澤は苦笑する。

「でも、記憶は定かではないけど、ほら、『君の名は』ってドラマとかあったじゃない。ラジオで」

「あったのか」

「あれは太平洋戦争の空襲で、数寄屋橋で二人が出会っちゃうけど、似てるでしょ」

「似てる？」

「わたしとその男の人の出会いが」

「かなり大雑把に分類すると、似ているかもしれないな」

「あれも、二人は名乗らないのよ。だから、わたしもね、そのヒロインになったような気持ちでいたのかも」

「それで次の日も会った。さらにその翌日も会ったわけだ」

「その翌日も」

会社を終えた後、銀座の三越のライオン前に到着した際、絵美は自分が騙《だま》され、からかわれているのかもしれないと不安になったものの、すぐに眼帯をあてた男の姿が見えたため、ほっとした。

「殴られた痕《あと》、大丈夫ですか」と訊《たず》ねると、「こんな風に眼帯を着けると恥ずかしいけれど、なければないで、青く腫れているから目立つんだ。かと言って、せっかく君と会う約束をしたのに、来ないわけにもいかず」と答える。やはり飴を口に入れていた。絵美は大きく笑う。普段は出したことのない、笑い声であることに、自分でも驚いた。

どちらから言うでもなく、数寄屋橋方面に向かい、ベンチで並んで、喋り合った。

「ほら、こうして眼帯などしていると、銀座にもよく座っている傷痍《しょうい》軍人だと思われたりしないかな。これで犬でも連れていれば、投げ銭をもらえるかもしれない」

「その時に、小判も投げてもらえるかもしれないですね」絵美は気持ちが前のめりになり、声が高くなった。気の利《き》いた台詞を思いつき、口にすることなど生まれて初めての経験だ。

ああ小判とはね、これはいい。男が愉快そうに噴き出してくれ、絵美はほっとする。心地よさもあった。

「でもほら、銀座の傷痍軍人を、どこかの刑事が気にして、後をつけていったところ、立派な自宅で、妻子もいた、という話もあるだろう。見かけによらぬというか、何が富を生み出すのかは分からないのかもしれない」それから男はまた、社会の未来について、熱く語り出した。絵美はその話に惹きつけられ、高揚した。自分が違う世界を覗《のぞ》き込んでいるような錯覚にも陥り、男から、「ところで君は今、どういう仕事をしているの」と訊《き》かれた際には、咄嗟《とっさ》に、「翻訳の仕事をしています」と嘘をついていた。どうしてそう口走ったのか自分でも理由は分からなかったが、他国と繋《つな》がる仕事のほうが、男に軽蔑《けいべつ》されないのではないかと考えた。

「翻訳の！」男は驚き、「英語？　それともドイツ語？」と続けて問うてきた。仕方がなく、「スペインのほうの」と答えた。単に、職場の上司にスペイン語の勉強をしている男がいたからだった。幸いなことに、男はそれ以上、質してはこなかった。

黒澤は笑みを浮かべずにはいられなかった。「翻訳家とはな」

「なかなか、いい嘘でしょ」若林絵美は開き直ったのか、胸を張る。「センスがいいよね、我ながら」

「嘘としては危なっかしいが。たとえばどんな翻訳を、と訊かれる可能性はある」

「守秘義務があるので、って答えるわよ」

「今なら、だろ。当時は無理だ。若いし、純粋だったんだろうしな」

「黒澤さん、鋭い。あれはまあ、恥ずかしい過去だね」

「四日目でその逢瀬《おうせ》はおしまいだったわけだ」

「二十一世紀に、逢瀬、って言葉はまだ、生きているの?」彼女は笑う。「でも、そうだったのよ。四日目に、彼は言ったわけ。『やっぱり、これ以上、会っていると君を危険に巻き込むことになるだろう』って」

「危険に、か」

「自分がやろうとしていることは、全学連からも、内閣からも反感を食らうだろう。両者から目をつけられるかもしれない。だから、君が危ない目に遭う前に、もう、会うのはやめよう。そう言ったわけ」

なるほど、と再び言う黒澤は明らかに、笑いを嚙み殺している。「ずいぶん、劇的な別れの口上だな」

「でしょ。本当はね、わたし、そこで言いたかったの。『半年後に、またここで会いませんか』って。まさに、『君の名は』と同じようにね。だけど、そんなこと言えるわけもなくて」

「で、それきりになったわけだな」今日のところは調査結果の報告に来たわけだが、こうして概要を再び確認すると、笑わずにはいられない。

「だから、四日間、夜だけ。ベンチに座って、二時間くらい喋ったただけなのよ」

「八時間ってことか」

「黒澤さん、馬鹿にしているんでしょ」若林絵美が笑う。「たった八時間の思い出を、五十年経っても大事にしているなんて」

いや。黒澤はすぐにかぶりを振った。「昔見た、陸上のカール・ルイスの百メートル走は、ほとんど十秒くらいだったが、今でもよく記憶している。思い出は別に、時間とは関係がない」

「カール・ルイスと一緒にされてもねえ。嬉《うれ》しいような、嬉しくないような」

「とにかく、その男のことが気になったんだな」

「そうだねえ。だって、あんなに無茶なことばっかり言ってる人が、ちゃんと生きていけるのかどうか心配だったし。わたし、しばらくは新聞を見るたび、あの男の人が載っているんじゃないかと気にしていたのよ」

「小判を拾ったニュースでか」

「そう。もしくは、暴力を受けたり、脅されたり。そうじゃなかったら、スパイ容疑とかね」

「スパイ？」

「そんな雰囲気があったから」

「たぶん嘘だぞ、全部」

若林絵美は驚くでもなく、「黒澤さん、よくあの人のことを調べられたね」と言う。

「それはな」と黒澤は何事もないように、実際、彼からすれば大したことはしていないのだが、続ける。「ほら、さっきも言っただろ。二代目社長だった男に会った、と」

「ああ、あの、わたしに好意を抱いてくれていた」

「モンブランのポジションの、男だ」

若林絵美が笑う。「で、その人がどうかしたの」

「実は、あの男は、当時、気になる女性がいつになく、足取り軽く退社していくことを気にしたようだ」

「わたしのこと？」

「そうだ」

調査を続け、二代目社長に辿《たど》り着いたのは一ヶ月前だった。突然、現われた黒澤が、五十年前の話を訊ねると、彼は最初こそ当惑したものの、すぐに饒舌《じようぜつ》になった。果樹の栽培に関する会社をはじめたばかりとはいえ、細君はすでに他界しており、二人の息子はともに事業に失敗し、借金の処理に奔走しているらしかった。親子そろって、借金に押し潰《つぶ》されてしまいました。これもDNAが関係しているんですかねえ、と自ら大きく笑う様子は、豪胆で大らかな性格ゆえというよりは、暗く落ち込むことにくたびれ果てたから、とも受け取れた。空元気《から》だ。だから、若林絵美の話は、彼にとっては現実から少しでも遠ざかる、恰好《かっこう》の話だったのかもしれない。嬉々《きき》として、縋《すが》るような必死さを持って、話した。

「私ね、後をつけたんだよね。確か」二代目社長は罪悪感なく、言った。

「後をか」

「ええ。あまりにも絵美ちゃんが楽しそうで、それこそいつもの、水兵リーベも鼻歌みたいにしていてね。スキップしはじめるくらいで。だから、会社が終わった後で、どこに行くのかとつけたんです」

そうしたところ銀座じゃないですか。二代目社長は手を大きく開き、華やかな街に驚き、目を輝かせる真似《まね》をした。

「彼女はすぐに三越に入ったんです。それで、トイレに行って、出てくると、もう着替えていてね。赤色のワンピースで。私も驚いちゃって。そうしたら、ライオンの前で男と待ち合わせていて、歩き出して」

「片思い、破れたりだな」黒澤がからかうように言うと、二代目社長は、「まあ、往《おう》生際《じょうぎわ》が悪いからね、私はちょっと違う風に考えたんですよ」と鼻をこする。

「違う風に？」

「ああ、これは男に騙されているに違いない、とね。だって、相手の男は胡散臭い眼帯をしているし、二人でどこへ行くでもなく、日比谷近くのベンチに座って、喋《しゃべ》っているだけなんだから。こりゃあ、うまいこと言われて、金の無心でもされているのか、もしくはほら、口車に乗せられて、ショーガールの仕事でもさせられるんじゃないかと思ってね」

「いろいろ考えるものだな」

「単に、絵美ちゃんに恋人がいることを認めたくなかったんだろうね、私も。それで、二人が別れた後で、今度は男の後を追ったんだ」

尾行にはそれほど苦労しなかったという。地下鉄に乗ったものの、男は寄り道もなく、まっすぐに小さなアパートに帰った。二代目社長は頭に血が昇っていたのか、迷うことなく、男の消えた部屋の玄関ドアを叩《たた》いた。出てきた男が何事かとたじろいでいる間に、「あの子に何をしているんだ」とまくし立てた。

「俺はあの女性の後見を任されているものだからな、とか、でたらめを喋っちゃってね、私も。いいか、とにかく二度とあの子と会うな、って」

「ひどいもんだな」黒澤は呆れる。それによって、一人の女性の、動き出したばかりの恋愛が、急停止を余儀なくされたのだ。横からの強風で、線路からひっくり返ったようなものだ。

「そうしたら、あの男もね、こう言ったんです。分かった、言う通りに、女にはこれ以上、関わるのをやめておく。実際、俺も、彼女の前で見栄を張り、身の丈に合わない嘘をついてしまっているから、どうしたものかと悩んでいるところだったんだ、とね。どうやら、あの男、自分のことを東大の医学生だと説明していたらしくてね」

「違うのか」

「そんなに、東大の医学生は転がっていませんよ」二代目社長は笑う。「あとは、政治のことなどまったく知らないくせに、偉そうなことを語ってしまった、と悔いていました。ただ、男は、もう一度だけ会って、別れを言わせてくれ、と私に頭を下げたんです。明日の晩も会う約束をしてしまった。彼女に待ちぼうけを食わせて、不安がらせるのは忍びない。明日、会って、それでもう会うのはおしまいにする、と言わせてくれとね。今から思えば、ちゃんとした男だったのかもしれない」

というわけだ。と説明すると、若林絵美は驚いて、「あの、社長の息子さん、そんなことをしたわけ?」と目を見開き、「あらあ」と言った。頭の整理がなかなかつかないのだろう。

「でもまあ、二代目社長が邪魔をしなかったとしても、その男とはうまくはいかなかったかもしれないな。東大医学生は嘘であったし、ほら、そっちも」

「翻訳家だしね」彼女は目を細くする。「嘘の上に嘘を塗って、何が何だか分からなくなっちゃって。でも、人の恋路を邪魔するとはねえ」

「馬には蹴《け》られなかったが、借金には潰されている」黒澤は肩をすくめる。「だけどあの二代目社長のおかげで、今回、男のことを追えたのも事実だ」

「え、そうなの?」

「男のアパートを覚えていたからな。正確には、アパートと部屋の位置を覚えていた。だから、俺はそこに出向き、あたりを聞き込んだ。もちろん、当時のアパートはなくて、同じ場所には賃貸マンションが建っていた。大家は代替わりしていたが、とはいえ、それは当時の大家の息子だった」

「あらあ」

「もともとの大家は几帳面《きちょうめん》だったらしくてな、今までの契約書のたぐいや家賃の領収書の控えなどを、全部、取ってあった」

「昔のものも？」

「そうだ。手書きの台帳のようなものがあった。で、俺は、当時の、その部屋の借主の記述を見つけたんだ」

「古いとはいえ、個人情報でしょ。よく見せてくれたわねえ」

「まあな」

もちろん、黒澤が訪れて、「昔の借主の情報を知りたい」と言っても、相手は許可しなかった。急にやってきた、愛想もない黒澤にそこまでする必要はない。門前払いは、常識的な対応と言える。黒澤には、金を支払い、交渉する手もあったが、相手があまりに傲慢《ごうまん》な頭ごなしの態度を取ったことが引っかかり、その手はやめた。かわりに、慣れたやり方を選択した。相手の生活スタイルを観察し、不在のタイミングを狙って、家に忍び込んだのだ。台帳を見つけると、目当ての情報を探した。ついでに、簞笥《たんす》の中にしまわれていた封筒の、へそくりと呼ぶにはあまりにも分厚い札束の中から、数枚を抜き取った。盗んだ金額を記した、領収書めいたメモを残し、立ち去った。空き巣と探偵のどちらが副業なのか、だんだんと分からなくなってきている。

「でも、黒澤さん、そこからどうやってさらに、男の居場所を見つけたのよ。そこで分かるのはせいぜい、名前くらいじゃない」

「当時の勤め先も記してあったな」

「そこに今度は訪ねていったの？　黒澤さん、大変だったわねえ」

「まったく、依頼してきた奴《やつ》の顔が見たいくらいだ」と黒澤は言って、指を出し、彼女を指した。

「あの彼って、どこに勤めていたの？」

「ああ。田口広告《こうこく》という名前の」

「広告代理店？」

「広告を代理している、という意味ではそうかもしれないな」

「広告を代理ってどういうこと」

「当時、銀座の通りをサンドウィッチマンがよく歩いていたらしいな。それだ。田口広告が請け負っていたのは」

若林絵美は一瞬、どういう意味か分からないためか、きょとんとしていたが、すぐに、「あらあ」と笑った。「本当に、東大の医学生じゃなかったのね」

黒澤はうなずく。「そっちが、翻訳家ではなかったように」

さて、と黒澤はそこで声の調子を変えた後で、「どうする？　まだ話を続けるか」と訊ねる。

「まだ、続きがあるの？」

「せっかく二ヶ月も調べて、これだけしか報告できないのは申し訳ないからな、俺なりに面白い話を考えてきた」

「あなた、面白いことを言える雰囲気ないけどね」若林絵美は鋭く指摘すると、腰を上げ、「ちょっと待ってね」とベッドへと歩み寄った。夫の呼吸を確認するように自分の耳を、相手の鼻に近づけ、それからまわりの器具に触り、布団《ふとん》を掛け直した。

「この人の夕食まで、少し時間があるから、教えてちょうだい。面白い話」と再び椅《い》子《す》に戻る。

「期待されると困るが」黒澤は首を回す。「ただのこじつけだからな」

「ただのこじつけかあ」若林絵美が大袈裟《おおげさ》に、がっかりしてみせた。

「実は、ふと、そっちから聞いた話の中で、出てきたキーワードのことを考えてみたんだ」

「キーワード？　わたしの話にそんなのあった？」

「いや、俺が勝手に、拾い上げただけなんだけどな。たとえばだ、銀座で初めて、その男と喋った時、何が話題になった」

「何だっけ。小判とか」

「柳だろ」

「ああ、そうね、柳ね」

「柳は植物だから、二酸化炭素を吸って酸素を出す、と」

「よく覚えているわね、黒澤さん、そんな話」

こっちの台詞《せりふ》だ、と黒澤は顔を歪《ゆが》める。「それから、こう言っていたじゃないか。男はやたら、歯が綺麗《きれい》だった、と。前歯が折れなくて良かった、と男が言った」

「それがどうかしたの」

「それでだ、もう一つ、六十年前の思い出話も使わせてくれ」

「六十年前の思い出話って何よ。ああ、あの、迷子になった時のね。わたしが小学生の時の。使うってどうするの」

「遊園地で、迷子の少年と会ったのは、ゴキブリが原因だった。そうだろ」

「違うわよ。会った後で、ゴキブリを見つけて、あっちの子が蹴ってくれたの」

「ああ、そうだな。ちなみにゴキブリを倒すグッズを知っているか？　昔はよくつかわれたらしいが」

「スプレーじゃなくて？　ホウ酸団子《だんご》とか？」

黒澤は口角を上げ、指を立てる。「それだ」

「あのね、何が言いたいのか分からないんだけれど、黒澤さん」

「すぐに分かる。その後で、迷子の恋人同士は炭火焼きの焼き鳥を食べた。そう言っていただろ」

「そうね」

「炭に含まれているのは何だか分かるか？　炭素だ」

「え」

黒澤は喋る速度を上げる。「そして、迷子の恋人同士は別れ際に挨拶《あいさつ》をできなかった。なぜなら、少年がトイレに行っていたからだ。小便をしに、な。小便といえば、アンモニアだ。アンモニアの化学式を知っているか。NH_3だ。Nっていうのは、窒素だ」

すでに、黒澤の意図が分かったからか、若林絵美は愉快げに相好を崩し、横にした手のひらで、「どうぞどうぞ、好きに進めなさい」と仕草で示していた。

「今度は銀座での話に戻るぞ。さっきも言ったように、男との話題に出たのは、柳だ。酸素を吐き出す、植物の話だ。それから、前歯だ」

「フッ素ね」

「そうだ。当時は、虫歯予防の概念なんてなかっただろうがな、今ならフッ素を配合された歯磨き粉が売られている。まあ、フッ素が良いとか悪いとか、賛否両論あるみたいだが、とにかく、歯とフッ素は結び付けられる」

「こじつけね。それでどうなるの？　ちゃんとそろったわけ」

「察しがいいな」

「黒澤さんの喋り方が親切だからね。順番をちゃんとすれば、最初は、ホウ酸団子でしょ。ホウ酸のホウ素がBだっけ」

「そうだ。ホウ素、炭素、窒素、酸素、フッ素、と並べば、B、C、N、O、F」

「僕の舟ね。最後の、Neはないけれど」

「Neはネオンだ。銀座にはきっとたくさんあっただろう」

水兵リーベ僕の舟、と若林絵美はリズム良く、口ずさみ、手を小さく叩いた。ぱちぱち、よくできました、と言う。

「教えてもらった思い出話には、偶然にも、僕の舟の元素が全部、入っていたわけだ」

「こじつけよ」

「驚いたか」黒澤は言う。「ちゃんと元素記号の並び通りになる。発見だろ」

「でもさ、黒澤さん、それはほんと、無理やりでしょ。炭火焼きが炭素とか、歯が綺麗だからフッ素だとか、全部、あなたが強引にこじつけただけじゃないの」

「そうだな。やれば、こんなことは誰にでもできる」黒澤は認める。「ただ、楽しいだろ？」

「確かに、まあ、楽しいけど」若林絵美は言うと、ふっと息を吐いた。「それで黒澤さん、話を戻すけれど」

「戻すか。今の、俺の大発見の余韻にもっと浸っていなくても大丈夫か？」と自ら失笑するように、言った。

大丈夫大丈夫、と若林絵美も笑う。「それで、黒澤さん、あなたの報告はまだあるの？」

黒澤は持ってきた鞄《かばん》からデジタルカメラを取り出す。

「その、カメラは何かしら」若林絵美が訊ねる。「ああ、そうか。黒澤さん、あの時の銀座の男に会って、写真を撮ってくれたのね？　そうなんでしょ。ねえ、見せて。どんな男になっているのか、どきどきするわね」若林絵美は立ち上がり、黒澤の隣にやってきたかと思うと、体を押し付けてきて、カメラを覗くようにした。

「いや」黒澤はかぶりを振る。「撮っていなかったな」

「ちょっと、それくらいしてくれても良かったんじゃないの」若林絵美は言葉ほど不満げではなく、軽口を叩いているだけのようにも見えた。「そんなの、手抜きもいいところでしょ」

「確かに、写真くらいは撮っておくべきだったかもしれない」黒澤はカメラの電源を入れ、構える。正面には、若林絵美の夫が寝ているベッドがあった。器具が囲んでいる。シャッターを押すと、清冽《せいれつ》な泉から水が跳ねるかのような音がし、室内の光景を掴《つか》み取る光が走った。

「何してるのよ。試し撮り？」

黒澤はボタンを押し、デジタルカメラの液晶画面に今、撮ったばかりのベッドを表示させる。それを、若林絵美に渡す。「ほら、これだ」

「これだ、って何よ」

「おまえの探していた男だ」

若林絵美は、侮《あなど》られた、軽んじられた、と言わんばかりの不快感をはじめは浮かべ、「ちょっとふざけないでよ」と声を上げたが、「え」と首を傾《かし》げると、「ちょっと、どういうこと」と黒澤の前の椅子に座り直した。

「五十年前のアパートの台帳を調べた。田口広告に勤めている、その男の名前は、若林順一、となっていた。どうだ、旦那《だんな》の名前と一緒じゃないか?」

「まさか」彼女は口元を歪め、こめかみを引《ひ》き攣《つ》らせた。「からかっているでしょ、黒澤さん」

「からかう理由がない。もちろん、同姓同名の可能性はある。偶然かもしれない。五年後に、見合いして結婚した男と同じ名前だった、というだけだ」

「だって、お互い、気付かなかったなんて、ありえると思う?」

「暗い夜、四日間だけ。しかも、眼帯をしていた。何より、二人とも、自分の仕事を偽って、銀座の恋を楽しんでいたんだからな、平静な精神状態ではなかったはずだ。記憶は加工される。美化されることも多い。たぶん、若林順一はその時、ただ単に、町で酔っ払いに絡《から》まれていただけなんだろう。それではあまりにみっともないから、話をでっち上げた。バーに誘っても断られ、恥を掻《か》いたから、虚勢を張ろうとした。そんなところじゃないか？」

「どうしてそんなことを」

「女と懇《ねんご》ろな間柄になりたかったんじゃないか」

「この人が？　そういうタイプじゃなかったわよ。真面目で」

「だからこそ、結婚した後も言えなかったのかもしれないぞ」

「ありえるかしら。普通は、そういう若い頃の話を喋ったりするものじゃない」

「それなら、自分はどうだ？　銀座での四日間の、謎《なぞ》の男との思い出を、夫に話したか」

若林絵美は押し黙った後で、「でも、友達には話をしたことあるわよ。『こう見えてもわたしも昔は、ロマンチックなことがあったのよ』って」と主張した。

「彼も一緒だ」黒澤はベッドを指差す。「彼の昔の友人を見つけて、話を聞いた。三人と会って、一人から聞き出せたよ。若林順一が酔った際に、自慢したらしい。若い頃、サンドウィッチマンの仕事をしていた時に、『君の名は』を地で行くような、出会いがあったんだ、と」

「ちょっと待って」若林絵美は手を出した。ストップ、一時停止、と合図を出すかのようだ。「落ち着いて考えさせて。ええと、それって、うちの旦那も、わたしがあの時のニセ翻訳家だとは気付いていなかったってこと?」

「たぶんな」黒澤は言う。「今、そこで話を聞いて、びっくりしているところだろう」

若林絵美も体を反転させ、後ろを見る。「ちょっと、あなた、本当なの?　ねえ。すごくびっくりよ」

寝たきりの夫はまったく動かないのだが、黒澤はじっと目を凝らしてしまう。「さっきの俺の、元素記号のこじつけのほうがよほど、びっくりすべきことだけれどな」と真面目な顔で言い、腕時計を見る。そろそろ面会時間も終わりに近づいている。

「最後にもう一つ」

「何?」

「さっきも言ったように、今回、俺はさほど大した調査をしなかった。難しい仕事ではなかったんだ」

「それは良かった」若林絵美は笑うが、今はそれどころではないのか、立ち上がり、そわそわと室内を行き来し、「ねえ、何なの、結局、わたしは、あの銀座の人と結婚したってことなの?」と言った。

「せっかくだから、初恋のほうも調べようと思ったんだ」

「え？」

「オプションサービスみたいなものだな。六十年前の遊園地に足を伸ばした。ほとんどが新しくなっていたし、管理棟も綺麗になっていた」

「でしょうね。というか、本当に行ったの？　一人で」

「偉いだろ」

「どうしてまた」

「六十年前の、迷子の男の子が見つからないかと思ってな」

「嘘《うそ》でしょ。もう、何も残っていないんじゃないのかしら」

「いや、ところがな、昔の管理棟も一応、遺《のこ》されてはいたんだ。資料館という名目で、木造のぼろぼろだったが」黒澤はデジタルカメラをまた操作する。軽やかな音が鳴る。半月前に撮った写真を表示させる。「ちゃんと見えればいいんだが」

「何を？」

「その管理棟の壁だ」

「壁？」

「最初に依頼してきた時の話で言っていただろう。迷子になった二人は、管理棟の壁に落書きをした、と。俺が訪れた建物を見ると、確かに、壁にはたくさん、相合傘が描かれていたんだ」

「本当に？」

「子供の背丈を考えれば探す場所は限定できた。尖《とが》った石で削ったんだろうな、消えずに残っていたぞ」

「嘘でしょ」若林絵美がまた、黒澤のもとにやってきて、カメラを覗き込む。

「俺もさすがに笑った。『えみ』と書かれた名前の横に、何と書いてあったか分かるか？」

六十年前よ、分かるはずがないじゃない、と若林絵美は言った。が、すぐに表情を硬くすると、「あ」と口を開き、「まさか。そんなことないわよね」と黒澤の横顔を見つめた。

黒澤はカメラのボタンを操作し、表示した画像を拡大する。若林絵美が覗き込む。すでに、そこに記されている名前を想像しているのか、伸ばした指が震えていた。

「偶然、同じ名前なのか、それとも、イッツ・ア・スモールワールドなのかは分からないがな、後者だとすれば、ずっとこの男の」黒澤はベッドを指差す。「『僕の舟』に乗っていたわけだな」

少しして若林絵美は、「まったく」と大きな溜《た》め息《いき》を吐き出した。「嬉しいような、がっかりしたような、何とも言えない気分ね。わたしの大事な思い出が、夫に崩されたような」と言い、「ああ、さっきの傘もこっちから見たら舟みたいだったしね」とカメラを指差し、表情を緩めたかと思うと頬に涙を流した。

黒澤は腰を上げ、「どちらにしても」と小さなテーブルの上に封筒を置き、「調査費用の振込先はここに書いてあるから」と声をかけ、病室から出て行く。

人間らしく

神も仏もいやしない。依頼人は、黒澤の横で言った。

四十代後半の専業主婦である彼女は、「神や仏の存在を認めるかどうか、疑うべきかどうか」といった問題に対する答えを口にしたのではなく、ただの嘆き言葉としてそう言った。洋画で主役が危機に陥り、「ジーザス」「オーマイゴッド」と口走るのに近い。

仙台駅東口の裏通りに位置する釣り堀だ。小さなプールじみた水槽があり、それをいくつかのベンチが取り囲んでいる。最近、時間を持て余すと黒澤はそこで竿《さお》を持ち、鯉《こい》釣《つ》りをすることが多かった。興ずるでもなく、勤《いそ》しむでもなく、漫然と竿を傾けている。平日の昼間はほとんど客がおらず、自然、よく見かける人間とは顔馴染《かおなじ》みになるのだが、女はその一人だった。

黒澤が探偵仕事を請け負っていると知ると、「お願いしたいことがあって」と言ってきた。「義理の弟のことを調べてほしいの。不倫の証拠を」

竿の先の浮きがぴくんと水中に潜る。反射的に黒澤は手首を返し、竿を跳ねさせるが、感触はゼロで、エサが奪われただけだ。釣り糸を引き、指で練ったエサを針に付ける。

「義理とはいえ、弟だなんて呼びたくないんだけれどね」隣に座る女は竿を構えたまま、続ける。「妹の旦那《だんな》ってだけで、あれはもう、ただの不快な男に過ぎないし」

それから黒澤に、五つ年下の妹のことを、自分の半生を語るかのような熱心さで、話した。

「妹はね、若い頃、看護師をしていて、そこに入院してきた患者の男と結婚したんだけど。まあ、交際中はそれなりに、恋人関係を楽しんでいたんだろうね。あの男は、愛してるよ、君しかいない、と甘い言葉を連発して、結婚にこぎつけたわけ」

「そうなのか？」「え」「そういう台詞《せりふ》を吐いたのか」

「知らないけど、そうに決まってるでしょ。で、いざ結婚したら、豹変《ひょうへん》よ。釣った魚にエサをやらない、の典型ね」

「釣られずにエサだけ食っていく魚も多いけどな」竿を振り、離れた場所に浮きを沈める。

「黒澤さん、あなた、いちいちつまらないことを言うね」女も竿を上げた。エサだけが取られている。針に返しがないため、鯉が食いついてもなかなかひっかからない。

「鯉の話ではないんだから」

鯉ではなく恋、と黒澤は駄洒落《だじゃれ》が頭に浮かぶ。「結婚して、どうなったんだ」

「あの男の態度は分かりやすいくらいに冷たくなってね、もともと名の知れた企業で忙しくしていたらしいけど、家にはなかなか帰ってこなくて。そして、あれよあれよという間に、同居がはじまったの。あの男の両親の家で暮らすことになったわけ。もともと、義父は痴呆《ちほう》もあって、寝たきりだったらしいから、これはもうね、もとからそういうつもりだったとしか思えないでしょ」

「そういうつもり？」

「看護師だから、介護に向いていると考えたんでしょ。絶対そう」

「釣った魚に介護をさせたわけか」

「黒澤さん、魚の譬《たと》えしつこいね」

「釣り堀には適していないか？」

「ＴＰＯとかどうでもいいから」

彼女の妹は一切の家事をこなし、義理の両親はそれに甘えた。やれ肩が凝っただの、やれ甘い物が食べたいだの、やれ甘い物のせいで歯が痛くなっただの、我儘《わがまま》の波状攻撃に襲われた。

「でも、あの子は根が真面目《まじめ》で優しいからね、困りはしても、できる限りのことはしたわけ」

「その旦那のほうは」

「もちろん何もしないわよ。あ、そんなに何もしないことってできるんですね、と感心しちゃうくらい何もしなくて。あの子の相談に乗ることもなければ、労をねぎらうこともなく」

「その旦那に兄弟はいないのか。介護ができるような」

「それがいるのよ。お兄さんとお姉さんと弟が。ずらっと揃《そろ》ってるわけ。コンプリートよ」

「コンプリートという言い方が正しいかどうかはさておき」

「けど、みんな、実家には寄りつかなくて。ようするに、面倒だから全部、あの子に任せちゃってたってことでしょ。実際、あの子、介護に一生懸命で。でも、傍目から見ても、もう満身創痍《そうい》だからね、見るに見かねて、施設に入れたらどうか、って言ったこともあったんだけど」

そんなみっともないことができると思っているのか！

「妹は怒られたわけ」「誰にだ。旦那に？」「そう。あとは、兄弟やお姉さんからも」

「コンプリートしているのにか」

結局、施設に入れることはなかったという。やがて、義父が亡《な》くなった。

黒澤は竿を振り上げる。また、空振りだ。エサを付け直す。

「その頃から、母親のほうは、あ、あの子の義理の母親ってことね、そのお義母《かあ》さんは心を開くようになったらしいの。まあ、それはそうだよね。あの子以外に親身になってくれる人がいないんだから」

さて一方、旦那のほうはどうしていたかといえば、よそに親しい女性を作り、不倫活動に勤しんでいた。

「ご活躍のようで何より」

「最悪でしょ。嫁に親の介護をさせて、自分はほかの女といちゃついてるの。で、少し前にお義母さんが亡くなったわけ。最後には病院に入ることになったんだけど、あの子には感謝していたみたい。息を引き取る直前は、あの子の手をずっと握っていたんだって」

「いい話だな」

「そんなにいいとは思わないけど。でもまあ、ここまでならまだ、穏やかに喋《しゃべ》っていられるんだけど」

「続きがあるのか」「驚きの展開」「『エル・トポ』のような、か」「何それ」「映画のことだ。前半と後半で違う、という譬えだ」「その映画、魚が出てくるの？」「どうだったかな」「TPOはどうなったのよ」

彼女の妹の話の後半は、こうだ。

妹は離婚を切り出される。今まで実の親の面倒をまったく見ず、奔放に人生を楽しんでいた夫から、「女がいるから、別れてくれ」と言われるのだ。相談や提案ではなく、宣言や命令に近かった。

「あの男のおうちはね、地主だったからそれなりに遺産があったんだって」

「相続問題も登場か」

「相続って、親から子供に行くものだから、嫁って関係ないんでしょ？　あれって変なものね。老人の世話をするのは、たいがいお嫁さんなのに。しかも、離婚すればまったくの他人だしね。もちろんあの子も遺産が欲しくて、介護をしていたわけじゃないし、そんなこと一言も愚痴っていないけれど、でも、わたしからしたら納得いかかないわけ。だって、自分の人生の時間を削るようにして面倒を見てあげた挙句、離婚してくれ、じゃあ、さよなら、なんて。本当にただの介護要員だったわけでしょ」

「なるほど」

「しかもあちらのお義母さんはね、あの子に感謝してそれなりに遺産相続のことを書面で残していたんだって。『寄りつかない実の子よりも、お嫁さんにたくさん、遺産を渡してあげるように』って」

「いい話だな」

「ただ、正式に作った遺言状ってわけじゃないから、法律的にはまったく効力がなかった、というオチ」

「惜しい」

「本人が言い残してるのに、変でしょ」

妹が哀れに思え、一方で、妹の人生をそのように利用した男が許せず、一矢報《いっし》いてやりたい、と思い立った彼女は、黒澤に、「義弟の浮気の証拠写真でも撮って」と依頼してきた。「せいぜい、慰謝料をたっぷり取ってやらないと」

黒澤には断る理由が特になかった。竿の先の浮きは静かなまま、水面を漂っている。

「でも、いったいどういうつもりなんだろうね」女も竿から垂れる釣り糸をじっと見つめる。「罪の意識というか、罪悪感ってないのかしら。それでも人間か、って言ってやりたい」

「それでも人間なんだろう」

「もっと人間らしく生きなくていいわけ？」誰に言うとでもなく、訴えるように溢《こぼ》す女を眺めながら黒澤は、人間らしくとはどういったことを指すのか、と思う。

神も仏もいやしない。女がまた嘆いた。浮きがぴくんと沈み、素早く、竿が上げられる。鯉はかかっていない。勢いよく振り上げたため、針が上部の柱に引っかかり、女は店員を呼ぶ。

少数の生徒に対し、一人の講師、これが学力を上げます。

学習塾は、そう提唱していた。杉並区のとある駅の裏手にできたばかりのビル、その二階の角、小さな教室だ。

彼がその学習塾に通いはじめたのは、中学三年、サッカー部の夏の大会の、ちなみに二回戦で敗退したのだが、その後だった。受験勉強に本腰を入れようと思い立った時、たまたま家に入っていたチラシで、その塾を選んだ。受験に必要な英語の文法や方程式の解法ではなく、そこで彼が学ぶことができたのは、まったく別のことだった。

少数制を謳《うた》うその塾の教室には、彼のほかに三人の生徒がいた。彼の通う公立中学校とは別の、私立中学に通っている三人だ。

一人は体格の良い、背丈はそれほどではないものの、肩幅が広く、髪型に凝った男子で、大河内《おおこうち》と言った。整髪剤のせいか、髪に光沢があった。

他の二人は小嶋《こじま》に中山《なかやま》、どちらも小柄だった。学校内での流行なのか、髪型については大河内と同様、前髪を伸ばし、横に流すようにしている。

塾に通いはじめて数回は、何事もなく済んだ。彼は講師による授業を受け、自転車で家に帰る。それだけだった。

きっかけは、消しゴムだ。

授業中、彼が足元に消しゴムを落とした。拾おうと腰を屈《かが》める。なかなかつかみ取れず、苦労していると、小嶋が激突してきた。小嶋は挙手してから講師に、「トイレ行ってきます」と立ち上がり、つまりトイレに行くのを装《よそお》った上で、ぶつかったのだ。

ああ、ごめん、と小嶋はすぐに謝ったが、その膝《ひざ》が、彼の丸めた背に食い込み、体重がかかったものだから、彼は呼吸ができなくなる。

大丈夫か、と講師は声をかけてきたが、寄ってはこなかった。

おいおい、大丈夫か。小嶋がしゃがむがその表情は明らかに笑っており、彼が痛みを感じている箇所を念入りに、押すようにした。彼はさらに身をよじる。

すると今度は、前に座っている中山が、「大丈夫かい」と立った。と思うとすぐ後ろの、つまりは彼の机にひっかかった。わざとではあるが、その時の彼はもちろん、わざとそのようなことをされるとは思いもしなかった。

机は、倒れている彼の上にひっくり返った。うわあ、と中山は芝居がかった悲鳴を上げ、ようするに、「これは事故である」「故意ではない」という表現のための掛け声のようなものだったが、とにかく倒れた机の上に、彼自身も覆《おお》いかぶさり、さらなる重みを与えてきた。

大丈夫かい。大丈夫かい。と心配する声は聞こえてくるものの、彼には痛みと苦しみが加わってくる。状況が分からない。水もないのに溺《おぼ》れている心境だった。「大丈夫?」の言葉ばかりが覆いかぶさり、その重みに潰《つぶ》される。

やがて、どうにか体を起こした。

講師は教壇から一歩も動いていなかった。「大丈夫か?」と声を投げかけてくるだけで、「歩行」する労力すら出し惜しみ、発声だけでどうにか責任を果たそうとしている。

「何だか大騒ぎになっちゃったな」そう言ったのは、机についたままの大河内だった。着ているシャツがカラフルで、虹《にじ》の色を模すかのようだ。「先生、早く授業、続きをやりましょうよ」

小嶋と中山がばたばたと机に戻る。彼も体を起こし、机を立て直す。

「おまえたち、授業に集中しろ」と講師が言う。

彼は横にいる小嶋がノートを開き、前を向くのを眺め、「君はそもそもトイレに行くのではなかったか、どうして座り直しているのか。小便はどこにいった」と疑問を抱かずにいられない。

右も左も分からない。作家である男は、黒澤の前で言った。

本名の窪田《くぼた》のままで小説を発表している彼は仙台市内に一人で暮らしている。三十半ばの独り身だが、特に、結婚する気もないのか、どこかのんびり生活をしている印象があった。以前、出版社とトラブルになった際、書類をどうにか取り返してほしい、と黒澤に依頼してきたことで知り合った。

仙台市内の端、国道を北西に向かったところの山形との県境に近い、山のふもとの小ぶりの一戸建てに引っ越したらしく、「近くに来た時には、黒澤さん、ぜひ遊びに来てください」と言われていた。独身同士の親近感を抱いているのかもしれないが、黒澤からすれば迷惑この上なかった。

「いやあ、嬉《うれ》しいですよ」窪田は、突然の黒澤の訪問にも嫌な顔をせず、むしろ分かりやすいほどに喜んでいた。

「仕事で作並《さくなみ》温泉に日帰りで来たが、まさか帰れなくなるとはな」

「明日にはたぶん、道も通れますよ。たいがいそうです。部屋は余っているんで、泊まってくれても平気です」

急に天候が荒れ、雨がひどくなった。車で三十分も行けば市街地に続くのだが、小さな土砂崩れがあったらしく、道が通れなくなり、そこで窪田の家のことを思い出したのだ。

「一人で生活するには、贅沢《ぜいたく》な一戸建てだな」黒澤は本心から言った。

「クワガタ飼育のために、温室を作りたくて」

「何型？」

「クワガタですよ。あれ、黒澤さんに言ってませんでしたか。僕、ここ数年、クワガタのブリードをやっているんですよ」

「ブリード」黒澤は聞き慣れない言葉を、発音してみる。

「その飼育用のスペースを確保したくて、マンションから引っ越すことにしたんです」

国産のクワガタであれば常温で飼えるが、海外のクワガタとなるとそれなりの温度管理が必要になる。幼虫やら成虫やらで飼育ケースが嵩張《かさば》るため、敷地の広い地域に引っ越して、飼育部屋を用意することにしたのだという。

居間のソファに座ると、テレビ画面には一時停止された映画が映っていた。

「ちょうど観《み》ていたところなんですよ」窪田はリモコンを手に取り、ボタンをいじる。

白黒の映像が動きはじめる。

黒澤は、「『チャップリンの消防夫』だ」と言った。

「よく知ってますね、黒澤さん」

「この、馬がバックするシーンが印象に残っている」

チャップリンが乗る馬車が、後ろ向きに進み、車が駐車場にバックで停めるかのように、綺麗《きれい》に下がるのだ。もちろん、馬が後ろ向きに歩くわけがない。逆回しをしているのだ。

映画が終わると窪田が、「右も左も分からないですよ」と溢した。

「箸《はし》を持つほうが右」

窪田は弱々しく笑う。「この間、ある雑誌から随筆の依頼があったんですけどね」

少し毛先の丸まった髪をし、鼻の大きな彼は、若く見える場合もあるが、見る角度によっては皺《しわ》がくっきり見え、老《ふ》け顔とも捉《とら》えられる。「その随筆の中で、『平和がいいね』と書いたんです。深い意味はなかったんですよ。ただほら、アジアのいくつかの国で、新しい兵器の実験があったり、物騒なニュースが多いじゃないですか。だから、平和がいいね、というようなことを」

「平和がいいね、と書いて、金がもらえる仕事があるとはな」

「そうしたところ、上京した時に会った同業者から、『ああいうひ弱なことを書くのはどうかと思う』『左翼的だな』と言われちゃいまして」

「なるほど」

「左翼ってのはどういうことなんですかね」

「辞書によれば、共産主義ってことだろう」

「ですよね」窪田は顔をしかめながら、うなずいた。「でも、僕はめちゃくちゃ資本主義ですよ。なれるのならば、金の亡者《もうじゃ》になりたいくらいの」

黒澤は同意する。窪田の仕事がどれほど儲《もう》かっているのか、詳しくは知らないが、家の外に並んでいる国産の高級車を眺めれば、資本主義とうまく付き合いたい思いは、伝わってくる。

「しかもその同業者から、『そういう平和ボケの、腑《ふ》抜《ぬ》けたことを言う人間は、国のことを考えていないんだ』とも言われちゃいまして。でも、正直なところ、あの彼よりは僕のほうがよっぽど、この国のことが好きだと思うんですよ。僕は、この国の風土が好きですし、シンプルな国旗も好きです。協調を大事にする国民性も大好きです。日本企業に貢献したいから、できるだけ、日本のブランドの商品を買おうとしているくらいだし。それに比べて、あの同業者は輸入ブランドばっかり買うし、おまけに音楽もゲームも違法にダウンロードしている」

「企業と国とは別物かもしれない」

「でも、たとえば極端なことを言えば、戦争ほど自国の経済が悪化するイベントはないじゃないですか。コストはかかりますし、そもそも経済活動もまともに成り立ちませんし、ただでさえ少子化なのに、若者たちが死んでいったらどうなるっていうんですか」

「まあ、戦争がどういうものなのか俺は知らないが」黒澤は相槌《あいづち》を打つが、特に関心があるわけでもなかった。

「僕も戦争のことは知らないですけど、あれを観て、分かりました」「何だ」「『プライベート・ライアン』の冒頭、三十分」

「ああ」黒澤も首をゆすった。「あれは、大変そうだったな」

「あれを観て、僕は本当に、戦争ってのはむちゃくちゃだな、と学びましたよ。若い兵士たちがあっという間に、死んでいきますし、何が何だか分からなくて、これが戦争なのか、と」

「スピルバーグに教わったのか」黒澤は皮肉めいた言い方をする。「だが、確かあのビーチは、ドイツ側のトーチカへの爆撃が失敗していて、だから、連合国側の被害が大きかったんじゃなかったか。あれはあれで、標準的な戦争でもないのかもしれない」

「いや、黒澤さん、そうだとしても、あれはひどいですよ。どっちが勝者なのか分からないです。どっちも敗《ま》けたようなものですよ」

「『史上最大の作戦』でも兵士が同じことを言っていたな」

「そうなんですか。僕は、ノルマンディー上陸の話しか興味がないので」

「そっちもノルマンディー上陸の映画だぞ」黒澤は言った後で、「史上最大の作戦」のラストに出てくる兵士のことを思い出していた。パラシュート部隊の一員として降下したものの、「まだ銃を一発も撃っていないのだ」と打ち明ける。「パラシュートで降りてから、必死に走り回り、あっちで銃撃戦が起きていると思って、行けば、もう終わっているし、うろうろしているだけなのだ」と途方に暮れたように言う。

俺は、あの兵士に似ている、と黒澤は思い出すことが時折、あった。やる気がないわけでもないのに、いつも、ずれた場所に立っている。人の気持ちを理解しようとしているにもかかわらず、見当違いのものをつかんでいる。銃を撃ちたいにもかかわらず、撃つ機会をことごとく逃している。みなと同じ作戦に乗りたいのに、乗れずにいる。

「何ですぐに、右とか左とか言われちゃうんですかね」

「今はそんなに言われることもないだろう」

「僕は言われましたけど」窪田は承服しかねる様子で、子供のように頬を膨らませる。

「安心していい」黒澤は宥《なだ》めるつもりでもなかったが、「愛国者で、かつ、戦争反対、というスタンスは矛盾していない。むしろ大半がそうだろう」と言う。

「そうなんですかね。愛国者といえば、戦争も辞さずのイメージがありますし」

「それもまた偏見だ」

「僕は、いわゆる右翼と呼ばれる人も嫌いじゃないんです。前に、仙台市内の横断歩道で、おばあちゃんが倒れた時、まっさきに車から降りてきて駆けつけたのは、街宣車の若者でした。あの行動力と正義感には感心しました。ただ、確かに黒澤さんが言うように、愛国者で戦争反対、ってポジションはアリですよね。僕も、国を守る方法がそれしかないというのなら戦争だって致し方がないと思います。ただ、それは最後の最後だと思うんですよ。僕は別に、みんなを愛して仲良くしましょう、なんて博愛を訴えたいわけではないんです。ただ、すぐに、好戦的なことを言う人が果たして、国のことを考えているのかと言えば、そうは思えなくて。だって、戦争はいろんな意味で、国にとって最悪じゃないですか」

「まあ、たぶんな」

「僕は、学校では過去の戦争の、ひどい事例をたくさん教えるべきだと思うんです。日本が当事者になった戦争の話になると、難しい問題がいろいろ絡《から》んできちゃうので、よその国の戦争の事例を使って、いかに戦争が最悪なのか、秩序が消えて、一般市民の生活がはちゃめちゃになるか、国に損害があるか、ということは教えないと」

「そうすると、何かいいことがあるのか」

「もっと別の、被害が少なくて、言ってしまえば、巧妙なやり方で勝つ方法を探すことを考えるようになります。そのほうがよほど、国のためになりますよ。戦争は儲かるとも言われますけど、それは自国が戦場にならず、しかも長引かない時です。そういったことを考えず、すぐに荒っぽいことを言う人は信用できません。戦争に反対するなんておまえは愛国心がないのか、なんていうのはちょっと違います。国のことを考えるなら、まずは被害の少ない戦略を選ぶべきですから」

そこで黒澤は、「平和がいいね、というコメントは」と言う。「人類みな兄弟、というような綺麗事の匂《にお》いがする。だから、人気が出ないんだろう」

「それはあれですか、高校時代に、学級委員長が、『みんな、仲良くしましょうよ』と訴えても白けたけれど、サッカー部の加藤君が、『あの学校の奴《やつ》ら生意気だから、シメに行こうぜ』って言い出した時には、盛り上がったようなものですか」

「加藤君の人望の可能性もあるが」

「その加藤君は今や映画制作会社に就職して、殺戮《さつりく》映画作っていますよ」

「適材適所だ」

「でも、後先考えない好戦的な人は、戦うこと自体に目的があって、勝つのが得意とも思えないですよね」

「どちらかと言えば、臆病《おくびょう》で慎重な男についていったほうが、長生きできる」

「感情に任せて、攻撃を仕掛けるよりも、落ち着いて冷静に考えるほうが人間らしいです」

「人間らしい、か」黒澤はその言葉の意味を嚙《か》み砕くようにゆっくりと口にした。

「いや、人間も動物と同じだろう。冷静に論理的に行動するばかりではない。ローレンツが引用した、『軍旗がひるがえると理性がラッパを吹きならす』というウクライナの諺《ことわざ》は、動物にも人間にも当てはまる」

「ラッパ？　それ、どういうことですか」

「熱狂こそが、攻撃性を生み出す。そして一番、熱狂を生み出すために簡単なのは」黒澤は表情を崩さず、言う。「敵を作ることだ。俺たちはこのままではやばいぜ、このままだとやられてしまうぞ、と恐怖を煽《あお》る。怒りは一過性だが、恐怖は継続する。恐怖に立ち向かうために、熱狂が生まれる。さらに言えば、敵自体はいなくてもいいんだ。ローレンツも言っている。架空の敵を用意して、旗を振れば、理性がラッパを鳴らす。そういう仕組みだ」

窪田は聞いているのかいないのか、「攻撃性という意味では、クワガタは縄張り意識が強くて、基本的には一匹ずつ飼わないと、すぐに争いが起きて、死んでしまうんですよ」と語ると、「黒澤さん、クワガタの飼育ルーム、見て行ってくださいよ」と声を高くした。

「いや、遠慮する」

黒澤は答えたものの、窪田はすでに二階への階段を上りはじめていた。「こっちです」

授業が終わった後、階段を下り、ビルから出て、自転車の鍵《かぎ》を外していたところ、後ろから、「おまえさ」と彼は呼びかけられた。ビルの裏手で、駅前の通りからは奥まった場所だったが、見ればそこに大河内が立っており、後ろには小嶋と中山がいる。

「何」と彼が言うと、大河内が、「おいおい、とぼけないでくれよ」とむすっとしたまま、封筒めいたものを突き出してきた。

彼が手に取り、中を覗《のぞ》くと、紙切れが一枚あった。「請求書」と記されている。手書きの、「授業料三人分五千円」という文字が見える。

「え」

「塾には授業料があるのは知ってるよね？　みんなお金払って、勉強教わりに来てるんだ。それが、おまえの一人芝居で授業が妨害されちゃったんだから、その分、おまえが埋め合わせるのが筋でしょ」

「一人芝居って」彼は当惑した。塾が有料である事実は、理解できる。が、自分が妨害した、であるとか、埋め合わせる、とはどういう理屈なのか。だいたいが、ぶつかってきたのは小嶋なのだ。その思いが彼の顔に出たからか、「俺はもう、払ったぜ」と小嶋が能面じみた表情で言う。

嘘《うそ》だろう。が、彼には証明できない。

「この五千円は誰に？」

「俺たち三人だ」

小嶋が数に入っているのはおかしいではないか、と彼はさすがに苦笑する。しかも三人分だとするなら、三で割り切れない金額であるのもでたらめすぎる。

だから彼は、「いや、それはおかしいよ」と言い返した。「払えるわけがない」

直後、目の前がばちっと光った。いや、光ったのではなく、一瞬、暗くなり、すぐに元に戻った。

　殴られた。

　左の頬から後ろに衝撃が来る。彼の頭は揺れ、同時に体のバランスが崩れた。目を開くと、大河内が紅潮した顔で体を振っていた。ただでさえ、後ろによろめいていたが、そこに小嶋が体当たりをしてくる。

　彼はなすすべもなく、尻《しり》もちをつく。地面の固さが、体を揺らした。

　さらに中山が、倒れた彼の胸の部分を踏みつけた。大河内は脇腹《わきばら》をつま先で蹴《け》ってくる。

　その後で彼は襟首をつかまれ、引っ張り上げられた。倒れているところを誰かに見られては困る、という判断なのだろう。

「おまえ、あんまり金、持ってないのね」中山が横で財布を広げていた。彼の尻ポケットに入っていたものだ。千円札二枚を奪うとその財布を放り投げ、その場から三人は立ち去る。

　彼は体に外傷がないかを確かめながら、服についた砂や小石を手で払う。足元がふらつく。痛み以上に、胸の内側をえぐられた感覚で力が入らない。屈辱に対する怒りと自分への情けなさに、知らず涙が瞳《ひとみ》を覆いはじめた。自転車のスタンドを外し、サドルに尻を載せたのだが、そこで、「君の前にいた生徒は」と声をかけられた。

彼は目を拭《ぬぐ》い、後ろを見た。見知らぬ女性がいた。背は低く、肌の色は白い。目は小さく、眉毛《まゆげ》も薄く、声も小さかった。影が薄いどころか、輪郭もぼやけている。全身から、「健康」が蒸発しているかのようだ。

「君がこの塾に通う前に、別の生徒がいたんだけれどね、その生徒は、彼らのせいで瀕死《ひんし》状態にされたんですよ」と恐ろしいことを言う。

どういうことか、と彼は目をしばたたくしかない。怪しげな団体への勧誘かとも疑う。

「君の前にも生徒がいてね。同じ机に座っていたんだけれど」

「はあ」

「でも、あいつらにやられちゃったわけ」

あいつら、が大河内たちを指すのは理解できた。「やられた？　瀕死って」

「文字通りの瀕死。気付いた時には、体の骨が折れ曲がっていて」

「え」

「だんだん攻撃はエスカレートしていったの。ある時、体当たりを食らわされて。部屋のドアに挟まれて。鼻の骨が折れて、体もひしゃげて」

「それはもう犯罪じゃないですか」

「もしルールが適用されるならね」

「ルール？　法律ってことですか」

「法律以上のもの。たとえば、君は子供の頃教わらなかった？　善い行いは報われ、悪事を働けば罰が下る、って」

「勧善懲悪のようなものですか」

「どう？」

「あったらいいな、と思いますけど、ないんですよね」

「どうしてそう思うわけ」

だって、と彼は噴き出しそうになる。あの三人があんなにひどい暴力を振るい、しかも他の生徒を瀕死の状態にまでしているにもかかわらず、平然と、のうのうと生きているのだから、その、「勧善懲悪」のルールが機能しているとは思い難かった。そのようなルールは、あの三人から、お呼びでない、と追い返されるのがオチではないか。

神も仏もいやしない、と彼は吐き捨てるように、言った。

クワガタは基本的に、一つのケースに一匹ずつ、これが基本なんです。

二階の奥の部屋に黒澤を案内すると、窪田はそう言った。屋根が近いからか、豪雨がぶつかる音がよく聞こえた。これは本当に今日は帰れないかもしれない、と黒澤は考えはじめる。

六畳の部屋の壁沿いに棚が置かれていた。ガーデニング用のものだ。そしてその棚の上に、ケースがぎっしりと並べてあった。部屋の真ん中には横に長い勉強机のようなものが置かれ、窪田は、「この机でクワガタを観察したり、ケースの掃除をするんですよ」と誇らしげに言う。

「ケースはそれぞれ温度調節できるんです。国内にいるクワガタは常温で育てますけれど、海外のやつは温度を調節しないと駄目ですからね」

「こういう整理や作業は得意なんだな」

「まあ、そうですね。かわりに、タブレット端末とかスマートフォンは苦手なんですよ。使い方も分からなくて」

「海外の虫もいるんだったな」

「もちろん」窪田は活《い》き活きしていた。棚を一つずつ指差す。「あっちはアンタエウスオオクワガタで、こっちはオウゴンオニがいるし、そっちではシカクワガタを」「オニとかシカとか」黒澤はぼそぼそと相槌を打つ。「こういうのは、どんどん繁殖させるものなのか。夏が終わると死ぬものではないのか？」

「いえ、カブトムシはそのシーズンで死んじゃいますけど、クワガタは冬眠して、二、三年生きるのも多いので」「そうなのか」「カブトとクワガタは全然違うんですよ」窪田は少し鼻の穴を膨らませ、とうとうと語る。カブトムシは羽化した時からエネルギッシュで、とにかく交尾に忙しいし、エサも毎日、大量に食べるのだ、と。

「それに比べてクワガタは静かなものですよ。ドルクス属の、オオクワガタだとかコクワガタはたいがい樹《き》の洞《ほら》にいますから、夜中にそっと出てきて、ゼリーを食べるんです。しかも、カブトムシに比べれば小食です。あっちは日に一度は交換する必要がありますけど、クワガタは週に一度か二度、まあ多くても三度くらいで」

「自社製品を売り込む男がそういう喋り方をする」あっちよりもこっちのほうがよっぽど優れていますよ。ぜひカブトムシよりもクワガタを、といった具合だ。「カブトには発がん性物質が含まれています、と言い出さないだろうな」

窪田はその言葉には答えず、「オオクワガタは交尾も上品なんですよ」と言う。「いつか、クワガタの交尾の話を聞く日が来ると、信じていたよ」

オオクワガタのオスとメスは横に並び、そっとお尻をくっつけるんです、上から見るとV字になるような感じで、しかも動くわけでもなくて、じっとしているんです、カブトムシのオスがメスに乗って動き回るような、ああいう下品なのとはまるで違います、と窪田はうっとりする。クワガタとカブトは全然違う、とまた言った。

「それで、クワガタは縄張り意識が強い、という話だったか」

「あ、そうですそうです」窪田がうなずく。「さっきも言いましたけれど、一匹ずつ飼わないといけないんです。そうじゃないと、物騒な言い方をすると、殺し合うことになってしまいます」

「そんなにか」

「この間、ためしに、あの大きめの水槽で、オオクワガタとコクワガタを飼ってみたんです。両方ともオスで」窪田はケースの一つを指差した。

「オオクワガタを二匹飼うのでは、まずいのか」

窪田の顔に光が射《さ》す。よくぞ聞いてくれました、というわけだ。「オオクワ同士では確実に喧嘩《けんか》をします。コクワ同士もです。ただ、オオクワとコクワでは大きさが全然違うんですよ。体長でいえば、オオクワは二倍くらいありますからね」

「だったら、どうなるんだ」

「コクワは怯《おび》えて、オオクワに喧嘩を売ろうとなんてしないわけですよ」「そういうものなのか」「と僕は思っていたんです」「なるほど」「もちろん、樹の洞は、住処《すみか》は二つ用意しました。ゼリー置き場も二ヶ所」

「二世帯住宅というわけか」

「ケースもそれなりに広いですし、これなら共存できるんじゃないか、と。実際、二匹はそれぞれの家に入って、居心地は良さそうでした」

「居心地を訊《き》けたとすれば」

「ただ、実際、飼ってみたら僕の思ったようにはならなかったんですよね」窪田は見るからに寂しげな表情になった。

「殺し合いが起きたのか」

「コクワがちょっかいを出したんです。わざわざ、オオクワのいる洞に入って行って、攻撃を仕掛けて。大人しいと言われているオオクワもさすがに縄張りに入ってきたら、ガブッといっちゃいますからね。身体《からだ》に穴が空いて、即死です」

「おまえはその様子をじっと観察していたのか?」黒澤は言う。「おまえの仕事は、俺が会った時から変わっていなければ」

「小説を書く仕事です」

「クワガタを観察しながら、小説を書けるのか？」

「いえ、隣が仕事部屋なんで、そっちで仕事をしているんです。で、夜に、少し煮詰まるとこっちの部屋に来て、その弱い懐中電灯で、ケースを覗くんですよ」窪田が指した先には、赤いセロファンを被《かぶ》せた懐中電灯が置かれていた。「癒《いや》されます」

「アロマキャンドルみたいな効用なわけだな」黒澤はからかうために言ったが、窪田は、我が意を得たり、とばかりにうなずいた。

「まあ、そういうわけでコクワには悪いことをしちゃったんですけど、今度は別の作戦を考えまして」

「懲《こ》りないものだな」

「次はあまり強くないクワガタを一緒に飼ってみようと思いまして」

「強くないものがいるのか」

「ええ。クワガタのあの挟む部分、あれを顎《あご》と呼ぶんですけど、その顎の形状からして、殺傷能力が低いといいますか、一応、気性が荒くない、とされているものを選んで、飼ってみたんです」

「どんな性質のものでも、一緒に飼えば、喧嘩は起きる」

「人間とは違いますからね」

「人間にも本能としての、攻撃性がある」

「人間のいじめがどうしてなくならないか、という話ですか」

一階から笛の音がする。お湯が沸いたのだ、と窪田は言い、一階で和菓子でも食べましょうか、と黒澤を誘った。


次に塾へ行った時、教室に入る際に彼は内臓をぎゅっと絞られる緊張を覚えた。前回の恐怖を、体の細胞一つ一つが記憶しているかのようだった。

が、予想に反し、大河内と小嶋、中山は、むすりと挨拶《あいさつ》をするだけで、因縁をつけてくることもなく、講師がくれば授業がはじまった。

先日のあれは自分の錯覚か、もしくは夢の中の出来事であったのか、と彼は思いかけた。が、授業が終わり、トイレに立ち寄ったところで、大河内たちがずかずかと入ってきて、嗜虐《しぎやく》趣味丸出しの、高揚した笑みをじんわりと浮かべたため、ああやはり続きがあるのだ、と彼は認識した。

全身から汗が噴き出し、毛が逆立つ。危険であるから逃げろ、もしくは、隠れろ、と頭の中では指令が出る。にもかかわらず、本来であれば勇敢に動くべき筋肉や関節は、すっかり怯《ひる》んでいる。心の兵士が弱り、その場にへたり込んでいる。

「そっちの部屋に入れよ」と大河内たちは、彼をトイレの個室の便器に座らせた。「じっとしていろよ」と押さえつける。「大便してもいいからな」

そして、個室の前に並ぶと、一人ずつ、「いきまーす」と宣誓し、トイレに座る彼の上半身を靴の裏で蹴るようにした。

勢いをつけ、足で踏むように蹴っている。

大河内たちは、きゃっきゃっとはしゃぎながら打撃を、連続で繰り出した。

彼が立ち上がろうとすると、そこをまた蹴る。

「とどめ、いきます」大河内が言うと個室の扉の、フレーム上部を鉄棒のようにつかみ、両足を浮かせ、彼の顔面にドロップキックさながらに、蹴りを加えた。顔面が破裂し、首が飛んだと感じた。

視界が戻ると、すぐ目の前に大河内がいて、「汚ねえ、便器に手が触れてしまった」と顔をしかめ、座る彼の頬でその手を拭っている。

少ししてから彼はようやく、立ち上がった。彼らもその、キック作業に疲弊したのか、攻撃はしかけてこない。

「あのさ、こいつの前にいた奴、誰だっけ」大河内が横の、小嶋に言う。

「ああ、あの、背骨が折れちゃった子ね」小嶋が笑う。「カルシウム不足」

彼は咄嗟《とっさ》に、先日、自転車置き場のところで話しかけてきた女のことを思い出した。君の前にいた生徒は、瀕死状態にされたんですよ、と言われたことだ。

「それ、本当なのか」と彼は呟《つぶや》く。

「え、何だって?」中山が耳に手をやり、大袈裟《おおげさ》に聞き返してくる。「聞こえないんですけど」

「その話、本当なのかい」「本当ですか、教えてください、だろ」「本当ですか、教えてください」「本当だよ。俺たちがちょっとぶつかったら、病院に運ばれた。困るよね、弱い奴は。むしろこっちが被害者だよ」「むしろ、そうだよ」「針のむしろだよ」「ちなみに、おまえが誰かに告げ口しても、どうにもならないからね」「その通り。前の奴だって、結局、事故扱いだし、俺たちはまったく無関係だった」

「何でまた」

大河内が腕を組み、社会の仕組みに感心するかのように強くうなずく。「弱肉強食というか、進化の法則というか、淘汰《とうた》っていうんだっけ？　おまえの人生が粉砕されるまで、俺たちはおまえを痛めつける所存です」

彼はそこで天を仰ぐ思いだった。

神も仏もいやしない。

また、そう思った。

がその直後、空間に隙間《すきま》ができた。

大河内がいなくなったのだ。突如、そこから消失し、その分だけ空間が広くなったように思えた。

「え」小嶋と中山が顔を見合わせる。彼も首を前に出し、目を何度かしばたたき、何が起きたのかと考えるが、答えは見つけられない。

いったい、どうして大河内が消えたのか。

思いつく可能性は多くない。

大河内が、文字通りの、「目にも留まらぬ速さ」により、立ち去ったか。

そうでなければ、自分たちが意識を失うかどうかして、その間に大河内が消えたのか。

時空のねじれのようなものに潜り込んでしまったのか。

小嶋も中山も、その大河内消失の事態に動揺しており、さんざん首を捻《ひね》ったかと思うとトイレから出て行った。

彼もやはり、何が起きたのかと考え込みながら外に向かった。「もしかしたら」と思いついたのは、建物から出て、自転車の鍵を外した時だ。

もしかしたら大河内はもともと存在しなかったのではないか？

お化けとはいかないまでも、何か、現実味のある幻覚に近いものだったのではないだろうか。

まさかな、と思いつつ、そうとしか思えなかった。

次に塾へ行った時には、緊張した。大河内の机が消えているのではないか、もしくは、大河内に関する情報がすべてなくなっているのではないか、と想像したのだ。

杞憂《きゆう》だった。

次に塾へ行った時、教室内に大河内の姿はあった。頭には包帯が巻かれていた。


さっきも言ったが、ローレンツの『攻撃』という本があるだろ。黒澤は話した。

「読むといいことがあるんですか」

読み物を執筆する仕事の男が、「読むといいことがあるのか」と問うてくることに黒澤は、紺屋《こうや》の白袴《しろばかま》、医者の不養生、人のふり見てわがふり直せ、少し違うが、とにかく、矛盾めいたものを感じた。「ローレンツはこう書いていた。『定住する動物はすべて、自分の仲間がどのように分布しているのか、を気にしている』と。ようするに、動物は縄張りを気にしないではいられない。さっきおまえが言ったクワガタもそうだろう。で、人間もそうだ」

「人間もですか」

「もちろんだ。人間の攻撃性は、本能的なものだからな。後天的なものではない。うまく育てれば、攻撃性がなくなった人間が生まれるなんてことはないわけだ。あの本によれば、アメリカの教育者たちは昔、こう考えたらしい」

「どう」

「子供たちをフラストレーションなしで、ストレスなしで育てれば、神経質ではない、ようするに大らかで、攻撃性のない人間が育つんだろう、と」

「ああ、そんな気がしますね。どうだったんですか」

「結局、分かったのは、そう育てたところで攻撃性は自然と芽生えてくる、という事実だ。攻撃衝動は、学習で起きるものじゃない。性欲や食欲と同じで、制御できないってわけだ。しかも、攻撃性を抑えようとすればするほど厄介になるらしい」

「厄介に？」

「本能を抑制しようとすれば、結局、本能は発散先を見つけるために、ハードルを下げる」「ローレンツさんが言うには、ですね」「そうだ。たとえば、交尾する相手がいない動物は、そのうち、メスに似たぬいぐるみ相手にも発情する」「そうなんですか」

「本能の引き金が簡単に引かれるようになる、とでも言おうか。攻撃性も抑えつければ、抑えつけるほど、ちょっとした刺激で飛び出すわけだ」

「すぐキレちゃう、というような」

「だから俺から言わせれば、学校でいじめが起きるのは当然だ。教室に押し込められて、暴力は抑制されて、みんな仲良くすることを強いられる。ろくに喋《しゃべ》ったことのない誰かに対しても、優しくなりなさい、と強要される」

「でも、それは悪いことではないですよ」

「その通り。間違っていない。共同体を維持するためには必要であるし、ほら、さっき話に出た、『平和がいいね』は綺麗ごとではなく、全員の本心だ。ただ、本能として存在する攻撃性は、どこかで発散させてやらないと駄目だ」

「スポーツとか？」

「鋭いな」黒澤が言うと、窪田は少年のように目を細め、喜んだ。「おまえの言う通り、スポーツは悪くない。ローレンツも言っている。ルールのある中で、勝った負けたとムキになるのは、攻撃性の行き場としては正しい。健全な青少年の育成のために、スポーツを推奨するのはあながち間違っていないというわけだ。ただ俺は思うんだが、スポーツってのは、不得意な人間はやりたがらない。余計に劣等感を覚えることもある。そうだろ。それに、スポーツは健全、というイメージがある一方で、馬鹿《ばか》にして敬遠する人間もいる」

「人間って面倒臭いですよね。じゃあ、どうすれば」

「俺なら、サバイバルゲームでもやらせる」

「え」

「学校で、グループを分けて、ゲーム用の武器でも与えて、サバイバルゲームをさせる」

「それはさすがに」

「恐怖も興奮も、攻撃性もそこで発散させてやればいい。特定のスポーツよりは参加しやすい」

「女子もですか」

「攻撃本能は誰にでもある。他人を虐《しいた》げて、エリアを確保したい、という思いは性別に関係ないだろ。サバイバルゲームで攻撃性を発散させれば、いじめは減るんじゃないか。学習指導要領に入れるべきだ」と黒澤はそこでようやく少し笑みを浮かべる。

どこまで本気で言っているのか、彼自身が理解していない様子だ。

「絶対実現しないでしょうね、それ。サバイバルゲームなんて野蛮だ！　という批判が文部科学省に殺到しますよ」

「だろうな」黒澤はすぐに答える。「そうじゃなければ、祭りだな」

「祭り？」

「町中の人間たちが、恐ろしい鬼と戦うような祭りを毎年、開催すべきだ。疑似戦争みたいなものだが、それでも、攻撃性は発散できる。もともと、祭りにはそういう側面があったんじゃないか？　積もり積もった欲望やストレスを吐き出す目的が。今はネット上で鬱憤《うっぷん》を発散させているのかもしれないな。あれも一つの疑似戦争と考えればいいのか？」

「攻撃性といえば、ほら、さっきの話の続きなんですけれど」

「右か左の話か」「いえ、クワガタの」「殺傷能力の低いクワガタを飼ったという話だったか」

「ええ、そうなんです」窪田はそこでまた、活き活きとしはじめる。本の話よりもクワガタの話に意気揚々となるくらいならば、仕事を変えるべきではないか、と黒澤は思うが、言わない。

窪田はまず、両手をぴんと頭の上にまっすぐ伸ばした。「こういう形の、メタリフェルホソアカクワガタというのがいるんですよ。体にメタリックな光沢があるんです。それで、顎がこんな風に長いんですけど、これ、威力ないんですよ。挟まれても、痛くないですし。箸で挟まれる感じですから」

「なるほど、それなら喧嘩しても致命傷は与えないというわけか」

「あとは、ニジイロクワガタです。緑がかった色なんですけど、きらきらしていて」窪田は言うと、今度は両腕の肘《ひじ》を折り曲げ、体の前に構えた。ボクサーが顔面へのパンチを防ぐために、ガードを固める仕草そっくりだ。「顎が、こういう形なんです」

「それで挟めるのか?」通常のクワガタの形状とはずいぶん違う。カブトムシのツノの小さいものが二つ並んでいるようなものだ。

「攻撃しようにも押したり、下から突き上げたりしかできないんです」

「確かに、その形なら無理だ」黒澤は、窪田の腕の形を指す。

「そういった種類のクワガタであれば、オス同士を一つのケースに入れても、仲良く暮らすんじゃないかな、と思ったんです。あ、あとはパプアキンイロクワガタというのもいまして」

「今、即興で作ったような名前だな」

「もしそんなセンスがあるなら、僕の小説はもっと売れますよ」「だろうな」「縮めて、パプキンと呼ばれています。このパプキンは、ニジイロクワガタをそのまま小型にしたような形なんです。小指の第一関節くらいの大きさでして」

「やっぱりさっきみたいな顎をしているわけか」ボクサーの防御の腕だ。

「色も綺麗で可愛《かわい》いんですけど。で、とりあえずそれらを大きめの飼育ケースで飼ってみたんです。メタリフェルとニジイロを一匹ずつ。パプキンは小さいですから、二匹。ゼリーは三ヶ所に置いて。これで、自然の光景を作れたと思って、嬉《うれ》しくて仕方がなかったんですよ」

「それが本当に自然の光景かどうかは分からないがな」

「宇宙を作っている感じです。そういう話がありませんでしたっけ。フェッセンデンの話か何か」

「フェッセンデンクワガタか？」

「小説の登場人物です。宇宙を作る人の話で。やっぱり宇宙を作る作業は格別、面白いでしょうね」窪田は全人類共通の楽しみについて語るかのようだったが、黒澤にはまるでぴんと来ない。

「で、どうなんだ。やはり、その水槽では平和が維持されたのか？」

「いや」窪田はかぶりを振った。「駄目でした」

「駄目？」

「はじめ、エサ場ではニジイロとメタリフェルが睨《にら》み合っていたんですね。お互い、牽制《けんせい》し合って、相撲のようにやり合って。それは僕が見たかった場面ですから、興奮しましたし、非常に楽しかったんですよ。ただ、予想以上にニジイロが強かったんです」

「大して挟む力はないんじゃなかったか」

「ええ。ただ、軽く挟むことはできるんで、それでつかんだ後で、メタリフェルを思い切り投げ飛ばしたんですよ。メタリフェルは顎が長いですからそのまま、ひっくり返ってしまい。そうそう、クワガタは転倒もまずいんですよ」

「まずい？」

「じたばたするしかなくて、無駄に体力を使っちゃうんです。だから、それで死ぬケースもすごく多いんです」

「自力で起き上がれないものなのか？」

「平らすぎる地面では、なかなか難しいんです。ケースにはなるべく木の枝なり葉っぱなりを入れて、起き上がる時の足場にしてあげます。それでも時々、覗くとひっくり返って、足をバタつかせているから、慌《あわ》てちゃうんですが」

「誰が慌てるんだ」

「僕です。転倒はかなり深刻なんです。だから、ひっくり返っているのを見つけると、もとに戻すんですけど」

「まるで神様だな」黒澤が言うと、窪田は一瞬、きょとんとし、どうして自分が神様扱いをされたのか、と驚いた。

「もう駄目だと弱っていたクワガタからすれば、ケースの蓋《ふた》を開け、手を入れて、裏返しを直してくれるのは、神の力のように感じるんじゃないのか」

「でも神様とは大違いですよ」窪田が苦笑する。「ずっとケースを見ていることもできませんし」

「仕事の合間だったな」

「集中力が切れた時に」

「おまえの集中力が切れる時があるなんて」と黒澤はこれは明らかに皮肉めいた口ぶりで言ったのだが、「実はあるんですよ」と窪田は真面目《まじめ》に首肯する。「それでとにかく、メタリフェルはニジイロにひっくり返されて、おまけに小さなパプキンたちが乗っかってきたりするものだから、すっかり弱ってしまって」

「その、パプキンとやらは、ニジイロ側の陣営についた、というわけか」

「僕の目にはそう見えましたね。実際に、同盟を結んだかどうかは分かりませんけど。恐ろしいものです」

「何がだ」

「はじめはただの小《こ》競《ぜ》り合いかと思ったんですよ。エサ場のポジション争いのような。それがよく見てると、結構それなりに、えげつないんですよね、攻撃の仕方が」

「えげつないというと」

「ぐいぐい押して、メタリフェルの長い体を木の切れ端にぶつけて、体を折ろうとしているように見えて。さすがに、ぞっとしました。悪意のようなものを感じて」

「悪意がクワガタにもあるとはな」

大河内は消えることもなく、それまで通りに塾に通ってきて、教室にいた。が、頭には包帯がぐるぐる巻かれており、その姿はどこか異様だった。

教室に入ると、大河内は例によって愛想のない、無関心この上ない挨拶をしてきたが、こちらの視線が包帯に向いていると分かったからか居心地悪そうに、おろおろした。

「その頭は」と彼が訊《たず》ねる。

「怪我《けが》をしたんだよ」大河内はそれ以上、話すつもりはないのか、眉間《みけん》に皺《しわ》を寄せ、威嚇《いかく》するような顔つきになった。

授業が終わると、大河内はそそくさと帰り支度をはじめ、出て行く。逃げる様子に近かった。

あれはいったいどういうことか。何があったのか。

教室に残っていた小嶋に話しかける。「大河内君のあの怪我、何かあったの?」

小嶋は先日、トイレでいたぶったばかりの彼に、対等に話しかけられることを良しとしたくない気配でもあったが、「ああ、そうらしい。頭に怪我を」とぼそぼそと答える。

「頭に怪我をしたのは見れば分かるよ」彼は笑った。あの包帯ぐるぐる巻きで、実は、尾てい骨にひびが、と言われたらそのほうが驚く。

「急に暗いところに、いや、明るいところと言っていたかな、知らない場所に引きずり込まれたらしいんだ」小嶋は分からないなりにも、恐怖を感じているのか声を落とす。「強い力で体を押さえつけられて、頭を殴られたって」

「通り魔？」

「何が何だか分からなかったんだって。痛い、と感じるよりも、衝撃のほうがひどくて、体がばちんと跳ねるくらいだったみたい」

「犯人はつかまっていないのかな」

「たぶん、まだだよ。もしかすると、気のせいかもしれないし」

「大河内君の？」

「あまりにぼんやりしていると思わない？　どこでやられたのかも、どんな相手にやられたのかも、曖昧《あいまい》で」

なるほど、と彼は言い、それからバッグを手に取ると教室の出口へと向かったが、途中でふと思い浮かぶことがあり、立ち止まった。「もしかすると、天罰でも食らったんじゃないのかな」とぶつけた。

小嶋はじっとしたまま、彼をまじまじと見つめる。

「ほら、僕にあんなことをしたじゃないか。暴力を振るって、攻撃をしてきた。僕だけではなくて、別の生徒も怪我させたんだろ。反省もしていないし。そのせいで、天罰を食らったんじゃないのかな」

「まさか」

「だから君たちも」危ないんじゃないの、と続けるのはやめた。

さて、それからも彼は、塾には通い続けた。天罰説は半ば軽口ではあったが、「悪事を働けば天の罰がくだるのではないか、そうであってほしい」という思いは本心だった。

もし天罰が落ちたのであれば、大河内は頭の怪我をきっかけに心を入れ替えるのではないか。いや、入れ替えないにしても行動は改め、改めないにしても少しは横暴さの程度を低くするのではないか。

ただ、期待通りにはならない。

大河内は怪我が治り、包帯が外れるに連れ、少しずつ態度も戻り、定期的に彼にちよっかいを出すようになった。口頭で乱暴な脅しをかけ、実際に暴力を振るうこともある。

「おい、おまえ、俺の怪我を天罰だと言ったらしいな」と怒鳴り、唾《つば》を飛ばすこともあった。

致し方がない。彼は受け入れた。そして、日が経《た》つにつれ、大河内たちとの衝突をうまく回避する作法を身に着けはじめた。大河内たちも、「おまえの人生を粉砕する」というほどのことは言わなくなった。

成長期がうまく作用し、彼の体格が日増しに良くなったことも関係しているのだろう。

だから、当初恐れていたよりは平穏に、彼は塾で勉強を続けることができた。学力は年末から年明けにかけ、急上昇し、高望みの範囲だった進学校に入学した。

さらに高校生活も真面目に過ごした彼は、やがて、国立大学の医学部へと進み、脳外科医となる。そして、病で苦しめられる、いくにんもの人たちの人生を救ったのだそうです。めでたしめでたし。

和菓子を食べながら、黒澤はテレビでボクシングの試合中継を眺めていた。「レフェリー、どこ見てるのよ。今、肘が入ってる!」と窪田は憤慨し、何度も審判を詰《なじ》った。確かに、審判は立ち位置が悪いのか、チャンピオンの反則すれすれの動きを何度か見逃した。「反則だよ、反則!」「集中力のないレフェリーだな」と黒澤もさすがに言いたくなるほどだ。結果的には、レフェリーに対して抗議もせず、ひたすら耐えに耐えた挑戦者がKO勝ちを収めた。試合後、「チャンピオンのパンチは際《きわ》どいものがあったんじゃないですか」とマイクを向けられた勝者は、「まあ、レフェリーも見つけた時には、注意してくれましたから」と答えた。

「真面目で好感が持てますね」と窪田は感動していた。

「見つけた時には注意する、か」黒澤が言う。

「あ、黒澤さん、そうだ、あれも見てほしいんですよ」窪田は急に声を大きくしたかと思うと手をぱんと叩《たた》き、また黒澤を二階の飼育部屋に連れて行った。

気が進まないにもかかわらず、黒澤も階段を昇り、我ながら人が好《よ》い、と自ら感心した。

棚の一画に置かれた小さなプラスチックケースを窪田は指した。「ほら、これがメタリフェルホソアカクワガタです」

ケースの中には、顎の長い、クワガタがいた。窪田の説明通り、手をぴんと伸ばしたかのような長い顎で、胴体部分のほうが短い。「なかなか恰好《かっこう》いいな」と黒澤は感想を口にする。「光沢もある。銅色《あかがねいろ》というか、飴色《あめいろ》というか」

「ですよね！　これが実は、さっき話した、ニジイロクワガタにひっくり返されちゃったクワガタなんです。本人です」

「本人という言い方が正しいのかどうか。ただ、まだ生きているんだな」ケースの中のクワガタは、元気一杯とは言い難いが、触角を動かし、エサに頭を載せている。

「僕が覗《のぞ》いた時に、ニジイロが突進して、メタリフェルの体をぐいぐい潰《つぶ》そうとしていたんで、慌てて救出して。その個室に移動してあげたんですよ」

「個室か」黒澤はケースを見る。

「で、バナナをあげたりしているうちに、少しずつ元気になってきて」

「バナナ？」

「バナナは大好物ですよ。栄養価も高いから、産卵前のメスにあげる人も多いみたいですけど。すぐ黒くなって傷《いた》んじゃうので、めったにあげないんですけれど」

「それならこいつは幸運だったわけだ」黒澤は言った後で、触角だけを揺らすクワガタを眺め、「瀕死の状態にはなったわけだが」と洩《も》らす。

「攻撃したニジイロたちは、まさかこのメタリフェルがVIPルームでバナナをもらっているとは思ってもいないでしょうね」そう話す窪田は、自分がニジイロクワガタたちを出し抜いた達成感を滲《にじ》ませていたため、黒澤も、「どちらもおまえが飼っているクワガタだろうに」と呆《あき》れた。勝手に一緒に住まわせて、争いを起こして、勝手に片側に肩入れしているだけではないか、と。

「まあ、そうなんですけれど、ただ、そのニジイロクワガタがね、あまりに傲岸不遜《ごうがんふそん》な、いじめっ子ぶりを見せているので、僕も腹が立っちゃいまして」

「だから、それはおまえが勝手にそう解釈しているだけだろう」

「懲らしめてやろうと思って、昨日、別のニジイロクワガタも同居させたんですよ」

「また複数、住まわせたのか」

「前のニジイロよりも一回り体格が大きい奴《やつ》ですから、こいつなら対等にやり合って、あいつにも他者の痛みを分からせることができるんじゃないかと」

「おまえはいったい何がしたいんだ」黒澤は息を大きく吐く。「動物の縄張り争いはなかなか止められない。どうせ、また喧嘩するだけだ」

「偉そうにしている奴は懲らしめたいじゃないですか」

「で、どうなったんだ」

「それを今、確かめようと思ったんですけど」さて、いったいどうなっていますかね、と窪田は嬉しそうに言った。棚のちょうど人の目線と同じ高さのところに、五十センチ幅ほどのケースがある。近づくと、「あら」と声を上げた。

「どうした」

「黒澤さん、見てください。まさに、その現場ですよ」

「何の現場だ」

「争いです。黒澤さんが言うところの、攻撃性が発散されているところです」

黒澤は部屋の奥へと行く。ケース内には例によって、土に苔《こけ》や小さな草が生え、流木を使っているのか木が複雑に置かれており、箱庭の森ができあがっていた。じっと目を凝らす。「プライベート・ライアン」の冒頭三十分のような光景がそこに広がっているように思え、ためらってしまうが、クワガタの居場所はすぐに発見できた。緑の美しい光沢が独特だった上に、がさごそと動いていたからだ。

ケースの端に、虫がひっくり返っており、そこにもう一匹、同じ外見の緑のクワガタが体当たりをしている。一般的なクワガタとは形状が違っている。なるほどこれがニジイロクワガタか。カブトムシのツノのように、下から上に反りかえったものが二つ並んでいる。そしてその、二つの顎で、ひっくり返ったクワガタをぐいぐいと押していた。

さらには、小型のモスグリーンの虫がその劣勢のクワガタを踏みつけるように通り過ぎる。

「ああ、ほら、黒澤さん見てくださいよ。パプキンが、こっちのニジイロの手下みたいになって、攻撃していますよ！　この腰巾着《こしぎんちゃく》が」窪田は冷静さを失い、口に手を当て、慄《おのの》いている。「信じられない」と言わんばかりだ。

「このやられているほうは」

「後から入れたニジイロクワガタです。体格はいいんですけど、やっぱり元からいる先輩ってことで、こっちのほうが強いんですかね」窪田は言うとケースに手を伸ばし、透明の蓋を持ち上げた。

何をするつもりなのか、と黒澤は見る。

窪田はまず、ケース内で倒れているクワガタをつかみ、少し離れた木の陰に避難させた。その後で今度は、攻撃を仕掛けていたほうのクワガタを持って、外に出した。

「ほら、こいつですよ」と右手で背中側からつかみ、黒澤に見せる。

「諸悪の根源のような言い方をするが、何てことはない、ただのクワガタだぞ。まあ、光って綺麗《きれい》なクワガタではあるが」

「こういう悪さをするのには、やっぱり指導をしないと駄目です」窪田は言うが早いか、そのニジイロクワガタをテーブルの上に置くと、指で背中を弾《はじ》いた。子供同士がやる、でこぴん遊びのようにして、ばちん、ばちん、と二度叩く。クワガタは衝撃に体を強張《こわば》らせる。

「そんな風にしてもいいものなのか?」小さな虫を相手に、むきになって、指で攻撃を加える姿は滑稽《こっけい》でありつつも、過剰な反応にも見える。

「だって、こういうのは教えないと分からないんですよ。罰を与えないと」

「子供の教育や犬のしつけとはまた違うだろうに」何せ、相手はクワガタなのだ。本能で動いているにすぎない。「それにこれは、おまえが作り出した状況だろうが」

窪田は、はっとし、「ああ、そうですね」と赤くした顔を歪《ゆが》めた。「昔、僕も小さい頃、よく親に叩かれたんですよ。そういうのがやっぱり関係しているんですかね」としょげる。

「人は時々、かっとする。脳幹のある部分が活動すれば、攻撃性が生まれて、興奮する。そういう時は誰にでもある。別に、おまえの子供の頃のせいではない。もちろん、子供の頃に原因を求めたいのなら、反対もしないが」

はあ、と窪田はニジイロクワガタをケースに戻した。落ち着きを取り戻し、肩を落としている。「やっぱり、複数のクワガタを一緒に飼うっていうのは、無茶なんですかね」

「俺に訊かれても困る」

そこで黒澤の携帯電話に着信があった。誰からかと思えば、依頼人の女からだった。出ると、「今どこ」と言われる。「クワガタの家だ」「何型?」「いや、作並温泉の近くにいる。ほら、例の義理の弟が女と泊まりに行ってるから、写真を撮って、その帰りだった。どうかしたのか」

「まだ作並の近くにいるのね? ちょうど良かった。今、妹から連絡があったんだけれど、ちょっとどんな様子か見てきてほしくて」

「何があったんだ」

「それが、妹もおろおろしちゃって要領を得ないの。旅館に行ってみて」

天候はだいぶ落ち着いているように感じられたが、車のフロントライトで照らすと、雨脚がいくつもの筋を作っている。

仙台市街地への道はまだ通行禁止のようだった。とはいえ、反対方向、作並温泉へ向かう分には問題がなかった。窪田の家を出て、十五分もしないうちに温泉旅館がちらほら見えはじめる。

夜の垂《た》れ絹《ぎぬ》がかかり、周囲はすっかり暗くなっている。ぽつりぽつりと並ぶ街路灯が道筋を照らしていた。左の細道に入り、奥へと行くと目的の旅館の建物が見えるに従い、鮮やかな赤色が騒がしく、空中を踊っていた。赤色灯だ。サイレンの音はない。救急車は旅館のすぐ前に駐車し、夜の暗さを赤いライトで撫《な》で回している。

黒澤は路肩に車を停める。旅館の方向へ目を凝らすと、かなり遅い時間にもかかわらず、人がうろついていた。浴衣《ゆかた》を着ていることからすると、宿泊客かもしれない。野次馬心に衝《つ》き動かされ、外に出てきたのかもしれない。

話を聞こう、と黒澤は運転席から降りようとしたが、そこで先ほどの、窪田とのやり取りを思い出した。

「雨、大丈夫ですかね」と心配そうに玄関の外まで見送りに来た時、窪田は、「黒澤さん、もしかすると」と言った。「もしかすると神様というのは、こんなものかもしれないですね」

「神様？」黒澤は眉《まゆ》をひそめる。いったい何を言うのか、といぶかる。

「さっきの僕ですよ。クワガタたちからすれば、ケースの外で作業をしたり、眺めている僕は神様のようなものじゃないですか。自分たちの世界とは違う次元にいる、というか。黒澤さんも言っていましたよね、ひっくり返ったクワガタを、そっともとに戻してあげるという話をした時に、神様みたいだ、と」

「ただ、おまえ自身も、『神様ならずっと見守っているはずだ』と否定した」

「そこなんですよ」

「そこ？」

「神様も結局、僕と同じじゃないんでしょうか。今ふと、そう思ったんです」

「おまえと神様が同じ。それはまた大きく出たな」

「いえ、ほら、僕はいつも仕事をしていて、その合間に気が向けば、隣の部屋のクワガタのケースを確認します」

「癒されたくて」「そうです。そして、その時にクワガタがひっくり返っていれば直しますし、理不尽な喧嘩《けんか》が起きていれば」「助けてやる」「悪いニジイロは指で叩きます。つまり」「つまり？」「天罰ですよ」「なるほど」「それにほら、やられそうになった可哀想《かわいそう》なクワガタは、僕によって隔離されて、バナナを与えられます」

「神のご加護というわけか」黒澤は早く話を切り上げ、作並に向かうべきだと思いはじめる。

「ここで、クワガタたちの気持ちになって考えてみると」

「さすが作家は違うな。虫の心も分かるわけだ」

「たとえば、ニジイロクワガタにぐいぐい苛《いじ》められる別のクワガタは、こう思うはずです。『神様助けてください！　どうして救ってくれないんですか』と。ひっくり返っているクワガタにしても、そうですよ。『どうして私がこのような目に遭うんですか。悪いことなどしていないのに。このまま動けず、死ぬなんて。何がいけなかったんですか』と」

「神も仏もいやしない、と嘆く」

「その通りです。でも、神様はいるんですよ。隣の部屋で仕事をしているだけです。気が向けば、ケースを覗いて、そこで気づけば、助けてくれますし」

「悪い奴には罰を与える」

「そう考えれば、ほっとしませんか。神様はいつもこっちを見ているわけではない。その点はがっくりきますけれど、ただ、見ている時には、ルールを適用してくれるんです。ルール違反があれば、不公平や理不尽な偏《かたよ》りがあれば、それを直してくれる。悪人に天罰を与え、善き人には」

「バナナを」

「勧善懲悪の法則は、ないわけではないってことですよ。今、そう思ったら、救われた気分になりました」

「神様は時々、見ているわけか」

「天網恢々疎《てんもうかいかいそ》にして、そこそこ漏らす、ってところですかね」

「そこそこ、か」黒澤は苦笑せずにはいられない。「今度、それをネタにして小説に書いてみたら、どうだ。アイディアに困っているんだろう? クワガタを人間のようにして描いてみれば。何というんだったか、擬人化だったか? 譬《たと》え話にすればいい」

「神様の在り方についての?」

「まあ、そんな深いものかどうかは別にしてな」神様が隣の部屋で仕事をしている、とは何を意味するのかも分からない。「せいぜい、いかにも人間らしく、書くんだな」

書きませんよ、と答えた窪田はかなりムキになっていた。

黒澤は旅館前でスマートフォンをいじくっている白髪の男に、近づく。男は、旅館名の記された浴衣の上に丹前を着ていた。

「救急車、何かあったのか？」

よく見れば、旅館の脇《わき》には警察車両も停まっていた。今日は別段、違法な仕事はしていないにもかかわらず、黒澤はもぞもぞと居心地の悪さを感じてしまう。

「屋上に、家族風呂《ぶろ》があるんだけど、男女が落ちたらしいんだよ」白髪の男は興奮気味だった。

「落ちた？」

「下は崖《がけ》だからさ」

「土砂崩れが起きるような豪雨の中、露天風呂に入っていたのか」

「この旅館の周りだけ、雨が止《や》んでいたんだ」

そのようなことがあるわけがない、と否定する気にはなれなかった。嘘《うそ》をつく理由がない。

裸のまま不倫相手と一緒に崖の下に落ちるのは、天罰なのかご褒美《ほうび》なのか。それから黒澤は、相続のことを考える。

離婚前であるのならば、例の、「義母の財産」は息子からその妻へと渡るかもしれない。


「でもな」白髪男が首を捻っている。「その家族風呂、高い柵《さく》もあるし落ちるような場所じゃないんだよ」

「おそらく、それは」黒澤は答えた。「ちょうど隣の部屋の仕事に飽きて、覗きにきたところだったんだろうな」

「誰がさ」

さすがに黒澤も、その名前を口にするのは躊躇《ちゅうちょ》した。巨大な指が雨雲の間からにゅっと飛び出し、風呂に浸《つ》かる男の頭を摘《つ》まむ光景が、黒澤の頭を過《よぎ》る。

月曜日から逃げろ

月曜日

釣り堀は空《す》いていたが、鯉《こい》の腹は空いていない。

平日だからか客はほとんどいなかった。浮きの反応を見落としたかと竿《さお》を引き上げれば、エサはついたままだ。ベンチに座った黒澤は無言で、また釣り糸を垂らす。

客が少ないがために、鯉もやる気を失っているのか。

最近、予定のない日は、つまり、「誰かのために探偵仕事をすること」もなければ、「自分のために空き巣仕事をすること」もない日なのだが、そういった時にはたいがいここに来て、一時間から二時間、鯉釣りをすることが多かった。浮きが沈むと同時に間髪容《い》れずに、手首を返し、振る。針が鯉に食い込む力強い感触がある。小さな達成感が生まれ、黒澤は、射幸心について思いを巡らしそうになる。が、鯉には逃げられた。

「黒澤さん、やっぱりここにいるんですね」と背後から声がする。見ずにも誰なのかは分かった。一ヶ月ほど前から接触を図ってきた、東京の制作プロダクションの男だ。地上波のテレビ放送の番組を作ることが多いらしく、主にドキュメンタリー番組を手掛ける、と聞いた。

初めは東京で会ったが、それなりに調査能力はあるのか、黒澤が釣り堀常連客であることも、いつの間にか知っていた。

高給で安定した地位のテレビ局の社員とは異なり、下請け的な立場のプロダクションは、残業代もままならない状態で朝も夜も働いている先入観があったが、この、久《く》喜《き》山《やま》なる男は立派な生地の背広を着て、余裕のある顔色をしている。四十代後半にしては若く見える。顎《あご》に生えた鬚《ひげ》は、老いよりも、ファッションセンスを主張していた。

一ヶ月前、空き巣を専門とする同業者、中村《なかむら》から話を聞いた。「久喜山は、テレビ業界の偉い人間たちとつながりがあるんだろうな。だから羽振りがいい」

「偉い人間に信頼されているわけか」

「信頼というか、弱味を握っているか、そうじゃなかったらほら、一緒に悪いことでもしてるんだろ。共犯関係ってわけだ」

実際、会ってみると久喜山は調子の良い、軽薄な男のようではあったが、頭が切れるのは分かった。他者に直接的に何かを命じたり、依頼するのではなく、言葉巧みに相手を誘導する能力に長《た》けている。初めて会った時も、雑談に見せかけ、黒澤に空き巣を唆《そそのか》した。

「今朝の新幹線で仙台に来たんですよ」ベンチの隣に座った久喜山は、「黒澤さん、お願いがあるんですが」と続けた。口元が緩んでいる。笑っているのか、困っているのか判断がつきにくい。

「俺にできることがあるのか？」

「もちろんです。黒澤さんの、ほら、裏の顔って言うんですか。あっちのほうの仕事で」

黒澤は眉《まゆ》を少し動かす。相手の勝ち誇るかのような口ぶりは、その魂胆を知っているとはいえ、心地良くない。そもそも、久喜山が黒澤に会いに来て、最初に言ったのが、「テレビ番組で、空き巣テクニックを披露してくれませんか」だ。どこで話を拾ったのか、自信たっぷりの物言いだった。

俺は、おまえが探している黒澤とは別人だ、「黒澤のふりをしているだけなのだ」と話しても、相手は取り合わなかった。

仕方がなく、相手の話にはそれとなく合わせることにしたのだが、空き巣だとは認めなかった。

「黒澤さん、東京で仕事をしてもらうということは可能ですか?」

「東京?」

「実はこれが、びっくりすることが起きてしまいまして」

「びっくりすることなら、そっちの専門だろうに」

「専門?」

「テレビというのは、視聴者をびっくりさせるものが必要なんだろ。年間、数万人が自殺してるというのに滅多にニュースにならないのは、それがもはや常態化したからだ。驚きがない」

「まあ、そうですけどね」久喜山は聞き流している。「でも、今回起きたのは、本当に謎《なぞ》めいたことなんですよね、これが」

黒澤は竿の先を眺めたまま、「ますますテレビ向けじゃないのか」と言ってみる。

「まあ、そうなんですけど。私自身が当事者なもんで」

久喜山の言葉に、黒澤は噴き出しそうになる。

浮きが沈むのに気づき、手首を返す。竿が弾《はじ》かれるように上がるが、そこで手応《てごた》えがあった。握手を交わすのにも似た感触で、小さな歓《よろこ》びが胸の内側で膨らむ。針に引っかかった鯉が水中を移動するのに合わせ、竿を寝かす。「網の準備をしてくれ」

「え」久喜山ははっとした。突然の、網係任命に戸惑いつつ、ベンチに立てかけてあった網を手に取った。ラクロスのラケットを大きくしたかのような、柄のついた網だ。

「どうすれば」

「もう少し、鯉を寄せる。見えたら掬《すく》ってくれ」

鯉は大きく、ぐいぐいと引っ張っていくが、それに逆らわず、けれど牽制《けんせい》もしながら黒澤は竿を右へ左へと動かし、そこで、「で、何が起きた」と訊《たず》ねた。

「え」網を持って、おろおろしている久喜山が言う。

「びっくりする出来事の当事者になったんだろ」

「ああ、はいはい」久喜山は細かくうなずく。「東京の私の自宅に、この間久しぶりに帰ったら」

「自宅に、久しぶりか」黒澤は、久喜山の家族構成を思い浮かべる。若い頃に結婚した妻と、成人して広告代理店に勤める息子がいた。

「まあ、そこはほら、私、風来坊なところがあるから、家にはめったに帰らず」

「普段は、若くて綺麗《きれい》な女のところにか」

「調べたんですか」久喜山は警戒心に満ちた苦々しい表情を浮かべる。

「ウィキペディアに載っていた」黒澤は冗談を口にする。加えて、風来坊という表現はあまりに古臭いのではないか、と言いかけたがやめた。

「というよりも先週はロケで地方に行っていたので」

「それで、自宅がどうした」

「知らない絵が飾ってあったんですよ」

「知らない絵？　絵画のことか」と言ったところで黒澤は、「今だ」と竿を引いた。突然の命令に跳ねるようになった久喜山は、当惑しながら網を駆使し、水中を引っ搔《か》く。「取れた！」と興奮を露《あら》わにし、網を外に出した。

「なかなか大きい」水の中から引き揚げられた鯉は、陸上の潜水艦のような非現実的な雰囲気を漂わせ、ぴちゃぴちゃと体をくねらしている。黒澤はタオルでそれをつかむと、水中に垂らしてある魚籠《びく》に入れた。

網を戻し、竿を構え直す。「で、知らない絵がどうした」

ああ、と久喜山は新聞紙を取り出す。「これ、半月ほど前の記事ですけど」都内の美術蒐集家《しゆうしゆうか》のコレクションから絵画が盗まれた、というニュースだ。

「ああそれか」

「やっぱり、窃盗のニュースには精通しているわけですね」

「そのニュースがどうした」

「この記事に、盗まれた絵が載ってますけど、これが私の家に飾られていたんですよ。いいですか、盗難でニュースになった絵が、私の家にあったんです」

黒澤は顔を横に向け、久喜山をまじまじと見た。観察した後で、竿に視線を戻す。

「よく盗んできたな」

「勘弁してくださいよ。やるわけないじゃないですか。黒澤さんと一緒にしないでください」

「なかなか家に夫が帰ってこないから、妻が絵画泥棒にでもなったんじゃないか」

「なわけないですよ。うちのカミさんは家にテレビとインターネットがあれば幸せ、って人間なんです。絵画のことを問《と》い質《ただ》しても、いつからあったのか分からないらしくて。私の書斎に飾ってあったから、てっきり私が買ってきたんだと思ってたそうで。もともと、絵画はいくつか所有していますし、ほかにも、仕事柄、テレビの放送で使った小道具やグッズを持って帰ってくることがあるから、そういったものかと思ったみたいで」

「有名な画家の絵なんだろ」

「ほら、こいつですよ。一ヶ月くらい前に来日してました」

外国人画家であることは知っていたものの、存命中の人物とは黒澤は思ってもいなかった。加えて、日本に来ていたとは。久喜山の広げた新聞は別の日付のものらしく、スペインから来た、現代画家の巨匠という見出しとともに、白髪の老人が写っている。

「どこかの頑固じいさんにしか見えないですけどね」

記事に目を通すと、気難しいだろう性格が滲《にじ》む発言が続く。来日中に、気まぐれで東京の路上に座り、似顔絵を描いていたというエピソードには、黒澤も驚いた。「なるほど」

「遊び心がある、といえば聞こえはいいですけど、外国人ホームレスにしか思われなかったみたいですね。もし、知ってれば、絵描いてもらって、高く売り払ってましたよ。コレクターが、びっくりするくらいの値段で買ってくれるでしょうし」久喜山は、黒澤を見て、「どうして笑ってるんですか」と訊ねた。

そう言われ、笑みが浮かんでいたことに気づく。「もし知っていたら、テレビで中継していただろうに」

「あ、まあ、そうですね」久喜山は認める。「それでとにかく、どういうわけか、私の家に、この画家の絵が飾られているんですよ」

「あまりに、不可解だ」黒澤は笑みを浮かべ続けていた。「信じられないが」

「そうなんです。こんなの信じてもらえるとは思えないんですよ。だから」

「だから？」

「黒澤さん、返してくれませんか？」

久喜山の言葉に、顔をしかめる。「返す？ この絵をおまえの書斎から」

「もともとの持ち主の所蔵部屋に」

「荷物の移動は、宅配便や引っ越し業者のほうが得意だ」

「そんなおおっぴらには困りますよ」

「こっそりか」

「もちろんです。黒澤さんならできますよ。空き巣と同じじゃないですか。しかも、この場合は、盗むんじゃなくて戻すだけです」

「だけ、と言ってもやることはほとんど同じだ」黒澤はかぶりを振った。「それに戻す家がどこかも分からない」

「私が、その美術蒐集家の家の場所はお知らせします。お願いしますよ。だって、困りますし」

「俺は困らないが」

「困りますよ」久喜山はそこで、策士めいた目つきとなり、頬を緩めた。「なぜなら」

「おまえは、俺の弱味を握っているからだ」黒澤は認める。

「ええ」

黒澤は溜《た》め息《いき》を吐《つ》く。まいった、と嘆く表情を浮かべた。

「明日にでもすぐ東京に行ってくれませんか。お願いします。うちの住所は教えます」

「明日？　無理だ。最近の俺は忙しいんだ」

久喜山はまばたきをぱちぱちとやった後で、水槽を眺める。「週のはじまりの月曜日に、こんなところで魚釣りをしていますけど」

「俺は、仕事をする前には調査をする。準備と調査を怠れば、うまくいく仕事もうまくいかないだろう。今日の明日では、引き受けられない」

「駄目です。私、明々後日《しあさって》からまた、別のロケで出張なんです。木曜日から。一週間で帰ってはきますけれど」

「一週間か。それなら、一週間後でもいいだろう」

「いやあ、それだと遅すぎますよ」

「忙しいんだな」

「自分がもう一人欲しいくらいでして」

「替え玉が欲しい、といえば、チャップリンが、チャップリンのそっくりさん大会に自ら出場した話を知っているか」

「どうしてチャップリンの話なんですか」

「当時、チャップリンは人気者で、あちらこちらで、物まねが流行《はや》ったらしい。偽物《にせもの》が映画を撮って、チャップリンの映画として上映されたことも」

「あったんですか？　それはすごいなあ」

「で、そのそっくりさん大会に、チャップリン本人が出たが、決勝にも出られなかったという話がある」

久喜山が笑う。「本当ですか」

「もしかすると、面白おかしいただの作り話かもしれないがな、ようするに、本物と偽物の区別は難しい。それを見る人間の、イメージや先入観にも影響を受ける。だからおまえもその気になれば、自分に似た別人に仕事をさせることもできるかもしれない」

「なるほど」久喜山は言った。「もし私なら、曜日ごとに担当を決めますよ。月曜日はあの偽者で、火曜日はこの偽者」

「おまえは何曜日担当だ」

「もちろん、週末です」

「だろうな」黒澤はつまらなそうに答える。「まあ、おまえが見ている俺も、本当の俺ではない可能性はあるという話だ」

「何言ってるんですか。とにかく黒澤さん、明日、お願いしますよ」

「無理なものは無理だ」

「黒澤さん、立場的には、私のほうが優位なんですよ。黒澤さんの仕事のこと、裏のほうの仕事ですよ、その裏の仕事のことは」

「表も裏もないんだがな」

「とぼけないでくださいよ。とにかく、私ががっちりつかんでるんですから。いつでも警察に出せちゃいます。だから、ほら、何というんですか、お互い、持ちつ持たれつと言いますか、交換条件と言いますか、嫌だな、そこまで言わせますか」

「絵画を戻すにも、その美術コレクターの家のことを調べる必要がある」

「黒澤さんの知り合いに、そういう情報に詳しい同業者がいるとか言ってませんでしたっけ」

頭に浮かんだのは、中村だった。最近、仙台から都内に足を伸ばし、コレクターやらオークションに関する仕事にも手を広げている。あの、大らかで、のんきな性格では、新しい分野で成功するとは思い難く、やめたほうがいいだろうに、と思うのだが、関わりをもつつもりもないため、口出しはしていない。

「とにかく、無理だ」黒澤はぴしゃりと言い切る。それから、「そういえば、金は盗まれていなかったのか」と尋ねた。おまえの家に忍び込んだ絵画泥棒は、金のほうは盗んでいなかったのか、と。

「ああ、それはまだ調べていませんでした。どうしてですか」

「盗まれていれば、ざまあみろだな、と思っただけだ」

「黒澤さんには交渉の余地はないですよ。一週間後、出張から帰ってきた時、絵画がまだ、私の家にあったら」

「あったら？」

「警察に黒澤さんのことを話しますよ」

少しの間、考える表情になったものの黒澤は、やがて、やむをえない、と首を揺する。

久喜山が満足げに、他者を屈服させた喜びに溢《あふ》れた表情で、うなずいた。

「ところで」黒澤は話題を変えた。「チャップリンの映画で」

「またですか。黒澤さん、好きなんですか？」

黒澤は、「好きだよ」と即答した。「コミカルで、どたばたしているけれど、サイレント映画の中で、どうやったら躍動感が出せるかと必死に考えていたんだろう。あの動きを見るだけで、子供も大人も表情が緩む。人を笑わせることがどれだけ難しいか」

「黒澤さんは、笑いそうもないですけど」

「昔の短編映画で、『給料日』という作品がある」

「チャップリンの？」

「その中で、チャップリンが建設現場でレンガを積む仕事をする場面がある。神業に近くてな。あれはとても素晴らしいシーンだ。それで」

「じゃあ、黒澤さんも神業みたいにして、さっさと絵を元の場所に戻してください」

「そういう話ではないんだがな」

火曜日

東京のその住宅街が高級であることは、仮に町名を隠されていたとしても、黒澤にはすぐ分かった。立ち並ぶ家の構えが見るからに立派であるし、建物が胸を張るかのような威厳を放っているのも伝わってくる。仙台にもこういった家はなくもないが、このように群れを作っているのは興味深かった。が、映画の中で、長身の役者たちばかりが並び、結果的に、その背の高さがまるで観客に伝わらないのと同様、高級住宅地の中で、家の立派さはまわりに埋もれているのも事実だ。

家の塀を素早く乗り越えると、庭を回り、裏手へと移動する。ジップアップの黒いジャージに黒のパンツを穿《は》いていた。

台所に通じる裏口があるのは分かっていたが、そちらの鍵《かぎ》の形状までは把握していなかった。ダブル・ディスク・タンブラー錠だ。ピッキング対策のために開発されたものだが、だとしてもいかんせん、古い。少しほっとする。この手のタイプであれば、難しくない。

眼鏡をかける。黒縁のフレームに手を加え、小さなLEDライトを眉間《みけん》のあたりに組み込んだものだ。両手を使いながらも、前を照らすことができる。器具を使い、ドアノブの錠をいじる。

何とも不毛な行動だな、と黒澤は思ってしまう。通常の空き巣の場合は、自らの収入のために、裕福な家庭から金銭を得る。今回と来たら、「絵を右から左へ移動する」だけなのだ。

が、やることにしたのだから、やるほかない。久喜山のへらへらとした表情が思い浮かぶ。人の弱味を握り、見下す者の笑い方だ。

開錠に成功したところで黒澤は一度、裏口から離れ、庭を囲む塀に戻る。事前に上から、吊《つ》るすように下ろしていた箱がある。一メートル四方ほどで、厚さ五センチほどの額箱だ。中に、額縁入りの絵画が入っている。

月だけが照らしてくる中、黒い服装の黒澤は、黒臼子《くろうすご》と思《おぼ》しき庭木の脇《わき》を通り、額箱を抱え、裏口へ戻る。

開錠した戸から中に入る。足元は、空き巣をする際によく履く、足袋《たび》だ。手で払うだけで土や汚れが取れる。

足音を立てず、廊下を進む。

部屋に入っても電気はつけなかった。眼鏡のＬＥＤで事足りる。黒澤は箱をそっと置くと、中から額縁を引っ張り出す。

コレクションケースの並ぶ部屋だった。価値があるのかないのか分からぬものが並んでいる。

奥の壁には、別の額が掛かっていた。白髪の老女の肖像画のような絵画だ。こういったものの値打ちはさっぱり判断がつかないな、と黒澤は感じながらも、子供の頃に読んだ小説に、老女が主人公のものがあったことを思い出した。未解決の事件を、「火曜クラブ」なる集まりの中で、老女が解決するものだ。

　今日も火曜日だったと黒澤は気づく。

　それから、肩にかけていたリュックサックを下ろすと、中からビデオカメラを取り出した。ボタンやレンズをいじくり、室内を見渡し、設置場所を探す。

　自分の仕事ぶりを、証拠として久喜山に後で見せるため、録画しなくてはならない。棚にカメラを押し込むことができた。角度を調節した上で、録画ボタンを押す。

　肖像画を外し、足元に置く。かわりに持ってきた絵画の額を持ち上げ、フックに引っ掛ける。斜めにならぬように、と傾きを直した。

　これでよし、と一歩下がり、その絵画を眺める。暗い中では全貌《ぜんぼう》は把握できない。有名画家のものであるのだから、それなりに優れた作品なのだろうが、黒澤は興味を抱かなかった。

　撮影が終わり、ビデオカメラをリュックサックにしまうと、やるべきことは完了した。

　あとは来た経路で退出すれば万事終了と相成る。

　足音がしないように気を配り、抜き足差し足のリズムで歩を進めている最中、一番奥の部屋に対し、黒澤の空き巣としての嗅覚《きゅうかく》が働いた。金目のものがあるのならば、ここだろう、と。

中に入るとそちらの部屋には、書棚が並んでいた。奥に金庫があった。歩み寄り、しゃがむと、手袋をした指でダイヤルを回す。ついでに金をもらえるのであれば、それもいいだろう。わざわざ東京に来たのだから、少しは得るものがなければ空《むな》しい。

黒澤は金庫と対話をするかのように、ダイヤル合わせに神経を尖《とが》らせる。途中で、室内に防犯用のカメラはあったりしないだろうな、と部屋の中に視線を巡らせたが、見つけることはできなかった。

水曜日

「実はあの家、防犯カメラを設置してあったんですよ」久喜山は、喜びを抑えるようにして、言う。「だから、黒澤さんが金庫をいじくっているところはばっちり、撮れちゃってました」と。

黒澤は無言で、降参するように手を広げる。

仙台駅の西口、できたばかりの低層ビルが並ぶ一角、喫茶店のテーブルで、だ。

「仙台に浮気相手でもいるのか」黒澤はコーヒーに口をつけた後で、言う。

「はい？」

「こんなにこまめに仙台まで通ってくるからには、女でもいるのかと思っただけだ」

「何をおっしゃいますか、黒澤さんに会えるならば週一だろうが、中一日だろうが、来ますよ」

隣のテーブルでは若い男女が買ってきたばかりのＣＤについて、喋《しゃべ》り合っている。

「どうしてＣＤの発売日って水曜日なんだろうね」と言うのが耳に入り、黒澤は関心を抱いたが、声が小さく、聞き取れなかった。

テーブル上のノートパソコンに目をやる。久喜山が持ってきたのだが、開かれた画面には、白黒の映像が再生されている。暗闇《くらやみ》で人影が動いており、それは明らかに、黒澤のものだ。

「実はあの家、私の親しい老夫婦の家だったんですよ」

「騙《だま》して、俺に忍び込ませようとしたわけか」

「まさか黒澤さんが金庫を開けて、お金を取り出すとは思わなかったのですがね」

最初からそのつもりだったくせに、と言いたかった。

「とにかく、そこの老夫婦とはね、私はいろいろ昵懇《じっこん》だったので」

「昵懇ねえ」

「テレビ番組の撮影で知り合いまして」

「蕎麦《そば》屋か」念頭にあったのは、以前、中村から聞いた話だ。

「はい？　違いますけど。何で蕎麦屋だと」

「で、昵懇で、どうなった」

「よくお邪魔するんですよ。そりゃもう、家族同然の」

「その情報を最初に教えてほしかったな」

「先日、あのお宅にお邪魔した時に、防犯カメラを設置したんです。と言っても、小型のものですよ。赤外線の暗視カメラで、動くものに反応して、一定時間録画するやつです」

「動画はカードに保存されるのか」

「ええ、パソコンに取り込むことができます」

「そんなカメラが簡単に買えるものなのか」

「ネットで購入できる時代ですよ。だから、私が買って、その老夫婦の金庫番として設置してあげたんです」

「親密で何よりだ」

「昵懇ロールです」

黒澤は目つきを鋭くし、じっと相手を眺めてしまう。

久喜山は顔をしかめた。「ロックンロールと掛け合わせた駄洒落《だじゃれ》だったんですが、面白くないですか」

「悪くはない」

「とにかく、あのお宅にお邪魔して、防犯カメラのカードを回収したところ、この動画が保存されていたわけです」

「だが、こんな画質では、テレビで流すのには向いてないんじゃないか」黒澤は肩をすくめる。映像には、金庫の前で背を丸め、ダイヤルをいじっている自分の姿が映っていた。扉の開いた金庫から、紙幣の束のかたまりを両手でつかみ、取り出し、その場から立ち去る場面だ。時間にすれば、一分にも満たないが、久喜山はそれを何度か再生させた。

「まあ、テレビには使わなくても、価値はあります」

「たとえば？」

「黒澤さんと、よりいっそう、親しくなれるじゃないですか」

「流行りの言い方をすれば、昵懇になれるわけだ」

「表現はともかく。でも、ほら、ここの夫婦もまだ、金が盗まれたことには気づいていないんですよ。金庫なんて、めったに開けないものですし」

「おまえが教えてやればいい」

「そこですよ。私は、ここの家主に金庫を確認しろ、と言うこともせず、すぐにこの映像を警察に届けることも、テレビ局の報道部に持っていくこともせず、まず黒澤さんに話をしに来たんです。そのことをよく考えてください」

「感激してる」

久喜山が、この映像を高額借用書のように大事に保管し、黒澤の上に立とうとしているのは、明らかだった。優位に立ち、コントロールし、活用しようと考えているのだ。何を活用？　おそらくは、黒澤の空き巣としての技術だろう。「だが、その家に忍び込むことになったのは、そもそも、そっちが」

「私のほうは、『まさか、金庫から金を盗《と》るとまでは想像していなかった』と言うでしょう」

黒澤は頭を掻く。「テレビに携わる人間の中には、頭のいい奴《やつ》がいるもんだな」

久喜山は恍惚《こうこつ》とした面持ちで、うなずいた。「黒澤さんも空き巣にしては、頭がいいですよ」

「俺はその、空き巣の黒澤とは別人だと言ってるだろ」

「何をとぼけてるんですか」

「これからは、仕事の際には、カメラを気に掛けようと思う」

「それがいいでしょうね。人間にとって大事なのは、学習して、過《あやま》ちを繰り返さないことです」

木曜日

黒澤が受付で釣り竿を借り、練《ね》り餌《え》の入ったケースと魚籠を持ちながら、ベンチに向かうと、釣り上げた鯉の口から針を取ろうとしている男がいた。中村だ。

「紹介したキャバクラにはちっとも行かないくせに、俺の教えた釣り堀のほうには興味を抱くんだからな、本当に変わってるよ、おまえは」中村が呆《あき》れた言い方をする。

「ますます、スナフキンみたいになってきたじゃねえか」

「キャバクラ嬢は色恋営業をするが」黒澤がそこまで言うと、中村も言葉遊びの行く先を察したのか、「こっちは鯉がいるだけだよなあ」と歯を見せた。

中村が陣取る右隣のベンチに、腰を下ろした。魚籠を水槽に入れ、練り餌を針につける。

最初のうち中村は、鼻炎がひどくて耳鼻科に行ったのだけれど、休診だったのだ、と嘆いていた。「別の耳鼻科も探したんだけどな、やっぱり休診なんだよ。木曜日休診ってのは、多いのか？」

「開業医には多いのかもしれないな」

「何かに、ちなんでるのか」

「ちなむ？」

「木曜日には、沐浴《もくよく》で穢《けが》れを落とすためにも休みましょう、とかな」

「医者が駄洒落を好むかどうかは知らないが」

それから、しばらくは釣りに専念した。

「例のテレビの男はどうだよ」と中村が言ってきたのは、お互いに、エサだけを奪われ、空しくなった針をいじっている時だ。

「テレビの男？」

「おいおい」と中村が苦笑する。「大丈夫かよ。大事なことを忘れるな。おまえらしくもない」

「俺が空き巣をやる場面を録画していた」

黒澤は少し考えた末に、「あの男はやはり、食えないな」と答えた。「俺が空き巣を
やる場面を録画していた」

「録画？　おまえ、テレビクルーがいるのも気づかなかったのかよ」

「防犯カメラの映像だ」

「ああ、なるほど、そっちか」中村は何が面白いのか口を大きく開き、笑う。

「そういえば、この間、あの蕎麦屋に行ったぞ」黒澤は言う。

「あの蕎麦屋？」

「前に教えてくれたじゃないか。久喜山が作った番組の」

「ああ、あの、元タレントが店主の」

一ヶ月ほど前、「久喜山ってテレビ屋が、おまえのことを嗅《か》ぎまわっているぞ」と
最初に情報をくれたのは、中村だった。

そしてその際、蕎麦屋にまつわるエピソードも教えられた。

蕎麦屋の店主はもともと、タレント活動をしていた男性だったが、売れる気配がな
いため、潔《いさぎよ》く芸能活動をやめ、そこから老舗《しにせ》蕎麦屋で修業を積み、のれん分けを許さ

れたのだという。

久喜山はその店主と蕎麦屋を取材し、一時間のドキュメンタリー番組にまとめた。久喜山自身の企画というよりは押し付けられたものだったのか、久喜山のやり方はかなり、投げ遣《なや》りで不誠実だった。しかも、店主の真面目《まじめ》さゆえ、そのまま撮影したのではただの地味なドキュメンタリーとなるのが当然の帰結、と久喜山は予想したのだろう、途中で、ちょっとした悪戯《いたずら》を仕掛けた。

「何てことはない、隠しカメラだ。蕎麦の準備をしている店主のことを、こっそり撮影したわけだ」中村は、片手でテレビカメラを構えるような仕草をし、説明した。「店主の近くにこっそり、罠《わな》になるようなものを用意してな」

「罠になる？」

「成人向けの、裸満載のエロ雑誌を、いかにも客が忘れていったかのように、置いた。まあ、高校生が考えるような悪戯だ」

「そんなことで面白い番組ができあがるなら、世話はいらないな」

「実際、世話がいらなかったんだよ」

久喜山にとっては喜ばしい展開となった。盗み撮りのカメラには、そわそわとした店主が成人雑誌をめくり、熟読している姿が映っていたのだ。たわいのない場面だ。

違法行為でもなければ、倫理的に批判されるほどのものでもなく、どちらかといえば、微笑《ほほえ》ましい場面とも言えた。だが、久喜山はその映像を面白可笑《おもしろおか》しく編集し、放送した。

「店の得意客は、真面目で誠実な店主を支持する人間が多かったんだろうな。おまけに、そのエロ雑誌を見た後で、蕎麦打ちをしはじめたものだから、視聴者からすれば、不潔な印象が残ったわけだ」

「実際は、関係がないが」

「その通り。エロ雑誌を読んで、蕎麦を作ると食中毒が起きる、なんてこともない。ただ、客商売に大事なのは、イメージだろ」

「だろうな」

「テレビでは、エロ蕎麦一丁、みたいな掛け声もあったんじゃないか。評判は落ちて、蕎麦屋は目も当てられない状態になった。店主は怒って、久喜山を訴えるような勢いだったらしいがな、まあ、テレビ局が取り合うわけがない。そもそも、久喜山に罪はない」

「悪気はあっただろうが、罪はない。デリカシーもなかった」

「その蕎麦屋の店主が元タレントだった、ってのも久喜山に作用したんだろう」

「どういうことだ」黒澤は訊ねた。

「タレントだったら、それくらいの面白い演出は受け入れるべきだ、と思ったんだろ

うよ」

「タレント業が合わなくて、真面目な蕎麦屋になったんじゃないのか」

その話を聞いていたため、久喜山と初対面の時、会う場所を決める際に、久喜山が

その蕎麦屋を指定してきたことには、黒澤も驚いた。久喜山とその蕎麦屋は犬猿の仲、

裁判沙汰《ざた》にこそならないまでも、顔も合わせたくない間柄だと想像していたからだ。

「どういうつもりなんだろうな」中村が首を傾《かし》げた。「久喜山ってのは、そこまで鈍

感なのかよ」

おそらく、と黒澤は自分の推測を口にする。おそらく久喜山は、蕎麦屋が自分を憎

んでいるのを承知した上で、時折、店を訪れるのだろう。罪滅ぼしではない。相手が

嫌な思い出を忘れ、再出発を図りたいのを察した上で、顔を出し、そのたび、相手を

陰鬱《いんうつ》な気持ちにさせるのだ。蕎麦を食べる分には客であるのは間違いなく、おまけに、

真面目な店主は、客に対しては礼儀正しく接する。いまだに弄《もてあそ》んでいる、とも言えた。

「単なる嫌がらせじゃねえか」

「誰かの優位に立つのが好きな性格なんだろうな。時々、テレビ関係者をたくさん連

れてきて、蕎麦屋で宴会もするらしい。つまり、悪い客ではない」

「そこがまた小狡《こずる》いなあ。嫌だねえ、そういうのは」中村は、やだやだ、と全身に湿《しっ》疹《しん》ができ、掻くかのような仕草をした。

「俺が久喜山と店に行った時、蕎麦屋の息子がいてな、久喜山が席を外していると、俺に言ってきた。あのテレビのおじさん、いい人なのか悪い人なのか分からないって」

「何て答えたんだよ」

「忘れた」

「いや、実際、そこの息子も散々な目に遭ったらしいぜ。子供なんてのは残酷だからな、親のことをネタにからかうなんてのは、平気でやるだろうしな。実際、俺が聞いた話では、転校したほうがいいんじゃねえか、とかそんな話まで出てるようだぞ」

「そんなことまでよく知ってるな」

「調べたんだよ」中村は自慢げだった。「久喜山ってのが腹立たしいし、胡散臭《うさんくさ》いだろ。そうそう、久喜山は今度は、その蕎麦屋の店主と息子でコンビを組ませて、テレビで放送しようかとまで考えてるみたいだぞ」

「何のコンビだ」

「あまり品がいいもんじゃねえだろうな。しかも、蕎麦屋は金に困ってるから、ギャラが貰《もら》えるなら、断れない可能性もある」

「なるほど」

「まったく、久喜山ってのは。何とか、ぎゃふんと言わせてやりたいけどな」

「ああ、それなら」黒澤はそこで、有名な絵画についての話をした。

中村は喜んだ。「知らない間に、久喜山の自宅に美術品が？　他人のコレクションしていたやつか。愉快じゃねえか。さすがに自分のこととなると、ニュースにもできないだろうな」

黒澤は竿《さお》をつかんだまま、肩を少しすくめるようにした。「どうやら、よっぽどテレビが嫌いみたいだな」

「黒澤、おまえは好きなのか？」

「好きだとか嫌いだとか考えたこともないな。あまり観《み》ないせいか、腹を立てることもない」

「テレビってのは何だかんだ影響力が大きいくせに、しかも、その効果を深く考えていないようで、腹が立つ」

「たとえば」

「たとえば、レッサーパンダが二本足で立ち上がれば、テレビで大騒ぎだっただろうが」

「もともとレッサーパンダはああいう姿勢になることがあるんじゃなかったか」

「その通りだ。どのレッサーパンダも立つ可能性はある。ただ、テレビで流れれば、ひときわそのレッサーパンダが大人気で、当然のごとく、フィーバーだ」

「フィーバーか」

「一方で、毎年、エイズ患者になる日本人がかなり多いってなことは、それほど話題にならない。下手すれば、『エイズも沈静化してきたのね、昔の病気ね、うふ』と思ってるやつもいるんじゃねえか」

「うふ、については置いておくとしても。ただ、エイズのこともテレビで時々、報道されているんじゃないのか」

さらに中村は、不祥事を起こした企業の社長がカメラの前で激昂《げっこう》したり、もしくは、不可解な言動を取ったりするのは、テレビからすれば大好物だ、と力説した。「真面目な蕎麦屋の店主が、エロ雑誌をめくるのを盗み撮りした、ってのも同じようなもんだな」

黒澤には納得できる部分もあったが、受け入れがたい部分もある。「俺からすれば、テレビというのはそういうものなんだ。コントもやれば、音楽も流す。しかも、不特定多数の人間のために、だ。最大公約数を提供する中で、工夫を凝らしている。それはそれで大変な仕事だ」

「肩を持つわけか」

「いや、そうではない」黒澤は答えながら、自分の思いを分析する。「俺には人の気持ちや善悪は分からない。ただ、せめて、フェアではありたいと思うだけだ。相手を批判するにしても、相手の事情は考慮したくなる」

「そういうものか?」

「いつだって、自分にこう問いかければいい。『俺が、もし、あいつの立場だったら、正しいことができたのか?』とな。そこで、『俺ならできた』と思えるなら、とことんまで非難してもいい。ただ、『同じ立場だったら、同じようなものだったかもしれない』と感じるならば、批判もぐっと堪えるべきだ」

「分かるような、分からないような」

「安全地帯から文句を言うだけなら、ただの、謙虚さをなくした評論家だ」

「おまえは、そう思うわけか」

「あくまでも俺のものさしだが」

「フェアプレイは結構だけどな、黒澤、久喜山は相当、ずるい奴だ。頭もいい。かなり警戒しないとやばいぞ。だいたい、今回は映像も撮られたわけだろ。テレビ局ってのは、映像を駆使して、いんちき臭いことをやるのには慣れてるんだから」

「それも偏見だが」

「まあ、それにしても」

「次から気を付ける」黒澤は言う。

「もう、撮られちまったんだから、次も何もないだろうが。時すでに遅し。馬を盗まれてから、馬小屋に鍵をかけても遅い、ってやつだ」

「もしくは、泥棒捕らえて縄をなう、か」

「しばらくは大人しくしたほうがいい。少なくとも空き巣は」

「俺は近いうちに、もう一つ、仕事をするつもりなんだ」

「やめておけよ。久喜山の思う壺《つぼ》だ。またカメラでも仕掛けられるぞ。何の仕事だ。さっき言っていた、久喜山の絵画の件でか？」

「まあ、そんなところだ」

「いいか、おまえは頭がいい。が、そこが命取りになる可能性もある。『驕《おご》れるもの得意分野に隙《すき》あり』だ」

黒澤はじっと、中村を見つめる。「その言い回し、浸透してるのか」

金曜日 

マンションのエントランスにはセキュリティシステムがあるため、部屋番号を押し、ロックを解除してもらわない限り、中には入れぬようになっていた。が、管理会社が急ぎで出入りするための暗証番号も用意されている。それさえ知っていれば、侵入は容易だ。

黒澤は宅配業者の制服を着ていた。夜の九時過ぎとなると、さすがに宅配業者が活発に働いている印象はないが、それほど奇異に見られることはない。背負っているリュックサックについても、堂々としていれば、宅配業者の、新手の運搬グッズだろう、と勝手に解釈をしてくれる。

エレベーターに乗る。重力に抗《あらが》う必死さを微《み》塵《じん》も見せず、音もなく八階に止まる。

部屋は一番奥だった。留守であることは分かっていたため、時間的な制約はなかったものの、同じ階の住人に見られることはできるだけ避けたい。

金曜日の夜ともなれば、繁華街に出かけ、遅い時間に帰宅してくる者がそれなりにいるだろう。

　黒澤は器具を使い、ドアノブをいじる。整体師が人の体の凝りを一つずつほぐすような感覚に近い。そう思う瞬間がある。

　ドアが開く。

　整体師よりは結果が分かりやすい。

　住人が旅行に出かけていることは分かっていた。靴を脱ぎ、中に入った。黒縁眼鏡に嵌《は》めこんだLEDライトを点灯する。

　部屋をいくつか確認すれば、どこに資産のたぐいが、その資産を紙幣化するグッズ、通帳や印鑑が、しまわれているのか推察できた。

　リビングの奥、寝室に当たりをつける。

　壁沿いにクローゼットがあった。扉を開ければ、小さな金庫が姿を現す。

　黒澤は内心に、小さな幸福感がぽっと照るのを感じる。

　人の原始的な欲求には、「幸運を望む心」があるのだ、と常々、感じていた。「当たりくじを引き当てた快感」を求める本能だ。ずっと昔、狩りの最中に、獲物を仕留めた時の達成感から、根付いているのかもしれない。

　ギャンブルにハマるのも同じで、文字通り、射幸心に繋《つな》がる。記者が特別なニュースをいち早く手にした際の快感や、何者かに罠を仕掛け、出し抜いた時の喜びも似たようなものに違いない。「よし!」と自らに幸運が訪れたことで、脳内に快楽物質が出る。

ピッキングで金庫が開いた時の、小さな達成感は、日ごろ、感情の起伏がない黒澤にも心地良い。

金庫の中から現金を取り出し、扉を閉める。両手で抱えられるだけの束を持つと、立ち上がり、少し離れた場所まで移動したところで、一度、床に置いた。

そして体を反転させ、サイドボードに近づく。地味な目覚まし時計のような外観の置物があった。豆粒ほどのライトが光っているため、黒澤からすれば、それが赤外線を使った防犯カメラであるのは分かる。

やはり、カメラがあったか。

予想していたとはいえ、黒澤は呆れる。

防犯カメラの角度を確認し、その後で、紙幣の束を抱え、また金庫の前へ移動した。

もう一度、カメラに映るためだ。

扉を開けると、足元の紙幣を金庫の中に戻し、扉を閉めた。

紙幣を元あった場所に返したのだ。

しゃがみ、ダイヤルを回す。先ほど一度、開けたものであるから、すぐに解錠することも可能だったが、手こずるふりをしてみせる。

それから、防犯カメラを手袋着用の手でつかみ上げた。カメラの電源をオフにすると、挿入されているカードを引き抜く。録画データが保存されているはずだ。

リュックサックを開け、パソコンを取り出す。電源を入れ、アダプタを接続すると、カードを挿した。

黒澤は無言で、キーを打つ。防犯カメラが録画した動画ファイルを、編集用ソフトで開く。

再生してみれば、先ほどの黒澤自身の背中が映っていた。白黒で、薄暗い映像だが、金庫のダイヤルをいじる様子は把握できる。

動画の編集を手際《てぎわ》よく済ませる。映像の不要な箇所は削除した。

保存を終えると、カードのファイルを上書きする。

あとは防犯カメラの本体にカードを挿し直すだけだった。電源を入れ直し、赤外線ランプが点灯するのを確認し、黒澤は部屋を後にする。

土曜日

「ほら、黒澤さん、こうして保存してあげれば、加工した映像ができるんです」大西《おおにし》若葉《わかば》が言った。

仙台駅の東口、釣り堀近くにある、ホテルのラウンジだ。先ほど、「今日は何曜日だったか」と尋ねると大西は、「土曜日です」と答え、その後で、「トリュフォーの映画、『日曜日が待ち遠しい！』の原作は、『土曜を逃げろ』という小説だ、って知っていました？」と言った。

特に関心のない黒澤は軽く相槌《あいづち》を打つだけだったが、大西はさらに、「わたし、あの小説が好きなんですよ」と続けた。「主人公を助ける秘書が恰好《かっこう》よくて。ラストの台詞《せりふ》とか、嚙《か》み締めるほどに味が出る、というか。映画のほうは雰囲気が全然違って、脚の綺麗《きれい》な女優さんと、最後の電話ボックスのシーンしか覚えていないけれど」

「いいから、映像の加工方法について教えてくれ」

ノートパソコンを広げ、大西が編集ソフトを操作するのを、黒澤は眺める。パソコンに詳しい知人について思いを巡らしたところ、頭に浮かんだのが、大西だった。

「ここの再生速度のところを遅くすれば、スロー再生の動画になりますし」大西は言って、画面上のバーを動かし、数値を変更した。「で、もっと少なくして、速さをマイナスにすると」

「どうなる」

「逆回転になる」

「なるほど」黒澤はそこでこめかみを指で掻《か》き、思案顔になる。「映像が逆に再生されるわけか」

「そう。逆回転の形で保存できますよ」

黒澤はその後で、大西の操作を復習するようにパソコンをいじった。スムーズにこなす。

「器用ですよねえ。黒澤さん、何でもできちゃうじゃないですか。物覚えと勘の良さが人並み外れてるんですかね」大西が感心する。「で、いったい何を企《たく》らんでいるんですか」

「企んでいるわけじゃないんだが」

「映像に細工をするつもりですよね。パソコンを使って」

「自己防衛でな」「自己防衛？」

「少し前から、俺たちのような仕事をする人間を、嗅ぎまわっている男がいるのを知っているか。テレビの制作会社の男なんだが」

「うーん、聞いたことがあるようなないような」

「そのテレビの男が、この間、俺に接触を図ってきた」

「テレビに出てくれ、って？　黒澤さん、番組になんて出ちゃったら、まずいよ。人気出て、殺到するよ。ファンが群がってきて」

「釣り堀の鯉《こい》は群がってこないというのに」

「人間の女は入れ食いですよ」大西は若く、颯爽《さっそう》としているにもかかわらず、中年男のような口調になった。

「そのテレビの男は、まあ、久喜山というんだが、その久喜山は、俺を出演させたいというわけではなかった。いや、はじめは、『テレビ番組で、空き巣テクニックを披露してくれませんか』と言ってきたから、断った」

「空き巣ってことは認めたんですか？」

「まさか。ただ、久喜山は断られても、気にした様子はなかった。そして、雑談をはじめたんだが、仙台市内のマンションの老夫婦の話になった。旅行によく行く上に、金庫に現金を置いているだとか、何とか。あれは、明らかに、俺に、『狙《ねら》うといいですよ』と唆《そそのか》していたんだろう」

「そんなのに引っかかるわけないでしょ。ましてや、黒澤さんが、ほいほい誘いに乗るわけないし。うちの今村《いまむら》なら、ほいほいだけど」と彼女は、自分が一緒に暮らす、黒澤と同業者の男の名前を出した。

「だが、その話にほいほい乗ってみようかと思ってな」

「はい？」

「いや、逃げ回って相手にしない手もあるが、あえて、相手の罠にかかってみようかと思ったんだ。たぶん、あの様子からすると、あの男は、その家にカメラでも仕掛けているんじゃないか。俺の姿を撮影するつもりなんだろう」

「いかす空き巣特集で流すとか？」

「特集の名前は分からないが。まあ、実際には、その映像を使って、俺を脅すのかもしれない。もしくは、警察に通報する。久喜山が狡猾《こうかつ》なら前者の行動を取る。善良な正義感を持った一般市民であるなら、後者だ。どっちも俺にとっては面倒だ」

「そこまで分かってて、どうするつもりなんですか」

「で、今、教えてもらった動画編集の出番だ」黒澤は、もし防犯カメラを発見したならば、その映像に細工をする、と説明した。「俺が金庫から金を奪っている映像が残っている。久喜山がそれを、鬼の首を取ったような態度で、見せつけてくる。だが、それが本当は、逆回転に編集されていたものだったら、どうだ」

「逆回転？」

「俺は金を金庫の中に入れていただけで、それを逆再生させたがために、盗んでいるように見える。もしそうだったら」

「お金を出したんじゃなくて、金庫に入れていた場面でした、ってこと？　確かにそれ、面白いですけど」大西が眉間《みけん》に皺《しわ》を寄せた。「それで、相手に対抗できます？」

「盗んだ映像だと思っていたものが、金を金庫に入れる映像だったんだ。種を明かされたら、動揺するんじゃないか」

「そりゃ、一本取られた、と思うかもしれませんけど、ただ、お金を盗んでいなかったとしても、黒澤さんがその家に侵入したっていう証拠にはなりますよ。まったくの無実、とは言えないです。結局、相手のほうが優位かも」

「さらに、相手も困るような映像を用意する」

「相手が困る映像？」

「俺が、久喜山のために泥棒をしている映像だ。つまり、共犯にする」

「それって、どういう映像ですか」

「今、考えているのは、俺が何か高価なものを盗んで、それを久喜山の家に持ち込む場面だな。ちょっと前に、おまえたちの上司から、美術コレクターの家を教わったんだ」

「わたしの上司？　中村さんのこと？　やめてよ。わたしはあの、お間抜けグループの一員じゃないんだから」

「卒業したのか」

「入学していないんだって」

「ようするに、だ。俺は来週にでも東京の美術コレクターの家から美術品を盗んで、まあ、絵画か何かだろうな、それを、久喜山の家にこっそり飾っておく。あの男が仕事で家に帰らない日を見つけて、運び込む。あの男はめったに自宅に戻らないようだから、機会はいくらでもあるだろう。ある日、帰ったら、自宅に盗品の絵画が、ってのは愉快だと思わないか」

「その様子を黒澤さん自ら、録画するわけ？」

「もし、久喜山が、俺に偉そうに振る舞って、まあ、偉そうにするだけならまだしも、脅して何か要求をしてきたなら、俺も全部話す。金庫の映像は逆回転であるし、美術品を盗んだのも俺が、久喜山に依頼されたからだ、と」

「そんな依頼はでっち上げだ、と怒るかもよ」

「やっぱり怒るかな」黒澤は、悪戯を仕掛けた子供さながらの、無邪気な返事をした後で、「ただ、第三者がどっちを信じるか、だ」と続けた。

「どっちを？」

「盗んだ絵画を、久喜山の家に運んで、俺に何のメリットがあるのか、といえば、何もない」

「物を移動するだけ、ですもんね」

「引っ越し業者ならまだしも。それなら、『久喜山に頼まれた空き巣が、絵画を運んだ』というほうが現実味がある。法的にはどうか分からないが、そういった話を流せば、久喜山の信用は落ちるだろうな」

「本当にそんな手の込んだことをやるんですか？」

「そこまでやれば、少なくとも俺については、面倒な男だと認識して、近づかなくなるかもしれない」

「テレビの制作会社で、撮影を生業《なりわい》とする男を、映像で攻めるわけですか」

「そういう諺《ことわざ》があっても良さそうだな」

「驕れるもの得意分野に隙あり、とか」大西が即興で言った。気に入ったのか、「この言い方、流行《はや》らせたいですね」と顔を明るくさせた。

「予備校の壁に貼《は》ってありそうだ」

ノートパソコンをバッグにしまったところで、大西が、「そういえば、逆回転と言えば、この間、ちょうど彼が、似た趣向の映画観てましたよ」と言った。

「似た趣向？」

「物語の場面が、時系列を遡《さかのぼ》るようにして、流れていくんです。たとえば、最初が、現在のシーンだったら、次は一年前の場面、次が五年前、という具合に、どんどん過去に」

「観客はそれで理解できるのか」

「まあ、そういう映画だってことは、最初から分かってますからね。知らないで観たら、少し混乱するかも。でも、まあ、観てれば分かるんだろうけど」

「何て映画だ」

「いくつかあるんですよ。一番有名なのは、クリストファー・ノーランの『メメント』ですけど。ギャスパー・ノエの『アレックス』も、フランソワ・オゾンの『ふたりの5つの分かれ路《みち》』もそう。『ペパーミント・キャンディー』って韓国映画も」

「詳しいもんだな」

「彼がまとめて、観てたんですよ。男の人って、分類が好きですよね。集めて、分類して、地図を作るのが」

「そういう諺もいずれできるだろうな」黒澤は言った後で、「映画といえば、チャップリンの作品で」と続けた。

「黒澤さん、チャップリン、観るんですか？」

「そりゃあ観る」

「ああ、でも似てるかも」大西が声の調子を変える。

「俺とチャップリンが？」

「どちらも無口だし。黒い服が似合うし」

「俺は笑わせられないが」

「まあね」

「で、その、『給料日』という映画の中で、チャップリンがレンガ積みをしているんだ」

「レンガ積み？」

「高いところで、レンガをどんどん積んでいく。下にいる同僚がどんどんレンガを投げてくるのを、曲芸じみたやり方でキャッチして、神業のようなんだが」

「チャップリンってそういうのもできちゃうんでしたっけ」

「あれも逆回転だった」

「え」

「上からレンガを下に放った映像を、逆回転させたんだ。そうすると、次々と、下から投げられたやつを完璧《かんぺき》にキャッチする映像になるわけだ」

「いいアイディア。黒澤さんが今回やるのと、同じ手法ですね」

「チャップリンはパソコンは使わなかっただろうが」

日曜日

蕎麦《そば》屋は空《す》いていたが、ざる蕎麦を食べ終えた黒澤の腹はもはや空いてはいなかった。

テーブルの上には、笊《ざる》や湯飲み、蕎麦猪口《ちょこ》の載った盆があり、その横に、久喜山の名刺があった。

少し前に、スマートフォンに電話がかかり、「黒澤さん、ちょっと会社に電話をしないといけないので、すみません」と店から出て行ったまま、久喜山はなかなか戻ってこない。

初対面ではあったが、久喜山が一筋縄でいかない男であるのは、分かった。つい先ほど、「テレビ番組で、空き巣テクニックを披露してくれませんか」と言ってきたが、あれは本心とは思えなかった。目的は別にあるに違いない。

蕎麦屋の店主の姿は見えない。奥から、蕎麦を打つ音だけが規則的に聞こえる。

日曜日の昼時にしては、客は少なかった。

小学校の高学年と思《おぼ》しき少年がやってきたのは、その後だ。大事そうに何を運んできたのかと思えば、「蕎麦湯です」と言う。日曜日であるから、手伝いをしているらしい。

礼を言った黒澤に、少年はぺこりと頭を下げた。そして、「ねえ、お兄さん、あのテレビのおじさんと友達なの?」と囁《ささや》いた。

お兄さん、と呼ばれる年齢ではなかったものの、否定するのも面倒で黒澤は、「いや、今日、初めて会った」とだけ答えた。

「あのおじさんのせいでさ、お父さんはいろいろ苛《いじ》められるし、僕も学校でからかわれるし、最悪なんだよ」

「テレビのせいか」

「テレビって恐ろしいよ」少年はませた言い方をする。

「よくこの店に来るのか？　あの男は。テレビの」

「来るよ。お父さんは嫌がってるけど、でも、追い払えないし。蕎麦は食べていくし。あのテレビのおじさん、いい人なのか悪い人なのか分からないよ」

黒澤は蕎麦湯を注ぎながら、「いい人にも悪い面があったり、悪い人にもいい面があったりするからな」と答えた。「強いて言えば、あの男は」

「何」

「感じが悪いな」

黒澤は本心を口にしただけだったが、少年は喜び、「そうだねえ、感じ悪いよ」と高い声で繰り返した。「あ、そうだ」

少年は一度、店の向こう側へと引き返し、すぐに戻ってきた。

「これ、学校帰りにもらっちゃった」と持っていた紙を見せた。「えっと、金曜日に」

「金曜日か」黒澤は、今日が何曜日であるかを思い出そうとする。

「あ、この間の金曜日だよ。来週じゃなくて」

「それは分かる。来週は未来だ」

「まあね。じゃあ、こういうクイズ知ってる？『月曜日にケーキを食べました。でも、火曜日にはケーキがまだあります。なぜでしょう』」

「ケーキをまた作ったからか」

ぶう、と少年が嬉《うれ》しそうに、不正解を意味する効果音を口で模した。「火曜日は火曜日でも先週の火曜日だったからでした」

「なるほど」黒澤は答え、曜日だけを並べられても先に進んでいるのか、遡っているのか分からぬものだな、と思う。それからふと壁にかかっているカレンダーを見た。月曜日の右隣が火曜日となっている。が、一週遡り、カレンダーでいえば一つ上の行に行けば、そこにも火曜日はある。なるほど、月曜日、火曜日、水曜日と六日ずつ遡っていくこともできる、と眺めた。「で、何をもらったんだ」と少年の持つ紙を指差す。

スケッチ帳から一枚、切り取ったものだ。

少年の顔が、おそらくは鉛筆で、大きく、綺麗に描かれていた。

「先週、駅の近くで座り込んでるおじいちゃんがいてさ。白髪の外国人で。肉まん分けてあげたら、これ、描いてくれたんだよ。似顔絵っていうんでしょ」

似顔絵には間違いないが、少し変わった構図になっており、黒澤はそのタッチに惹《ひ》かれた。鉛筆の濃淡に、想像力を刺激する迫力があり、実物を写すだけではなく、ユーモアのセンスも滲《にじ》んでいる。

路上の似顔絵描きも侮《あなど》れないものだ、と黒澤は思った。「大事にしたほうがいい」と少年に伝える。

蕎麦屋の入り口の戸が開き、久喜山が戻ってきた。

相談役の話

彼のことを、私はあまり好ましく思っていなかったため、話を聞きながら、半分は右から左へと流し、買ったばかりのスマートフォンをいじっていた。

「おまえさ、画面を拡大する時はこうやるんだよ」彼が身を乗り出し、私の見ていた画面を覗《のぞ》き、そこに表示されていた地図に触れた。

仙台市内、市街地にある喫茶店の二人掛けテーブルで彼と向かい合っている。

クワガタ飼育のために青葉区の西端、山のふもとの家に住むようになってからは、仙台駅近辺に出てくることは減ったのだが、それでも用事があって街に来る際、ついでに仕事をする時によく使う店だった。彼は入ってきたとたんに店内を見渡し、ふうん、と意味ありげに言うと、「こんなところで仕事なんてできるのか？」と続けた。馬鹿《ばか》にしたような物言いが店員さんに聞こえはしなかったか、とどぎまぎする。

これなら、俺が泊まってるホテルのラウンジのほうがマシだったな、と彼は呟《つぶや》く。

仙台駅前にできた、外資系の高級ホテルで、私は足を踏み入れたこともない。

「画面を拡大させる時はほら、こうやって」と人差し指と親指を表示画面につけると、その表面を指で引き伸ばすかのようにして、動かした。指についた糊《のり》の粘り具合を確かめるようなその仕草は少し滑稽《こっけい》ではあったが、確かに、地図が拡大表示されていく。「縮小したい場合は、こうだ」と先ほどと似たように指を、今度は逆に画面を縮める方向に動かす。「おまえは大学の時からこういう電子機器に弱いよな」

私と彼は友人同士とも言いがたかった。学生時代に同じクラスであったというだけで、所属するサークルも違えば、お互いに一人暮らしをしていた町も遠かった。講義棟で顔を合わせるたび、向こうは親しげに声をかけてきたが、私のほうは、彼の言動の軽さと自信に満ちた態度が苦手で、いつも気のない返事をし、やり過ごしていた。彼の父親が経営者で、それは私もよく知っている一流の会社なのだが、彼はその後継者となる定めらしく、その先入観から、彼のちょっとした素振りや発言が、実際はそうではないにもかかわらず、不遜《ふそん》で、人を見下しているものと受け止めずにはいられなかったのだろう。いや、そうではないか、実際に彼は不遜で、人を見下していた。にもかかわらず彼は女性にもてた。私は、彼を妬《ねた》んでいたのかもしれない。

学生生活における、彼との唯一《ゆいいつ》の思い出といえば、講義棟近くの空き地で、羽アリが大量発生したせいか、教授の車のフロントガラスが大量の羽アリで埋まり、真っ黒になっているのを共に目撃し、同じ形態の昆虫が群れをなしているその気色悪さに、お互い、鳥肌を立て、逃げ出した、それくらいだ。

大学卒業後は、毎年の年賀状交換のみの関係となった。私からすれば、どうして彼から年賀状が届くのか、そろそろこのやり取りもなくなればいいな、と心のどこかで願っていたものの、いつも彼からは、近況の書かれた年賀状が届き、仕方なしに私も遅れて、年賀状を送るといったことが続いていた。

彼が、数年前に父親の会社に入ったことも、それからすぐに役職に就いたことも、新年の挨拶《あいさつ》に印刷された近況報告により知っていた。ほかの大学の同級生たちには、彼からの年賀状は届いていなかったらしいから、なぜ私にだけ彼から連絡が来るのか、理解に苦しんだ。もしかすると彼は、私が会社勤めをしておらず、文筆業という比較的、特殊な仕事をしているがために関心を持ち続けてくれているのかもしれない。もっと言えばいつかその関係が役に立つと期待しているのではないか、とやはりこれも勘ぐっていた。

彼から電話があったのは、二日前だった。買ったばかりのスマートフォンに未登録の番号から着信があり、慣れずにあたふたしながら出ると、「俺だけどさ」と親しげな声がした。名乗らずに、俺だけど、で説明がつくと思っているあたりが、私には受《う》け容《い》れがたかった。が、卒業以来であるにもかかわらず、「ああ、あの彼か」とすぐに分かったのも事実だった。

「今度、会わないか」と彼は言った。

仕事が忙しい時期だから、と遠慮したが、すると彼は、「会ってくれないか」と言い方を変えた。

会ってあげない、と答えたかった。それができないのが私の弱いところだ。弱いところでもあり、良いところでもある。誰かにそう言ってほしいほどだ。

「ヤンベ何とかのことを知っているか」

コーヒーが運ばれて来ても、彼は店員を見ることもなく、むしろ鬱陶《うっとう》しそうに顔を背けた。

「ヤンベ何とか」私は、うろ覚えの単語をぶつけてくる彼に、つまりは、「俺は示唆《しさ》するだけで、考えるのは他人の役目」とでもいう意識に、むっとした。が、すぐに頭に人名が浮かぶ。「山家清兵衛《やんべせいべえ》さんのことか」

「ああ、それだそれだ。そして、それは誰だ」

「仙台にいて、山家さんのことも知らないのか」

言いつつ私も、その山家清兵衛さんのことを知ったのはつい最近だ。仙台に住んでいる人間の中でも、山家清兵衛の名を知らぬ者は多いに違いなかったのだが、彼にはそれくらいの嫌味はぶつけても問題はない、むしろ奨励されるのではないか。

「俺は今、東京在住だ」

「それも疑問だったんだ。君は東京で働いているのに、どうして今、仙台に」と私は言い、彼が勤めているはずの会社名をぽろっと口にした。

「ああ、言い忘れていたんだが、今は違うんだ。四ヶ月前から別の会社でな」

父親の会社で疎《うと》まれ、爪弾《つまはじ》きにでもあったか、と私は胸が弾んだ。が、彼が説明するには、父親の会社が新しいコンセプトの子会社を立ち上げたためにそちらの代表取締役となったとのことで、つまり、やはりこれも彼の順風満帆な人生の一幕に過ぎないと分かり、落胆する。

「じゃあ、俺に会うためにわざわざ仙台に?」

「まさか」彼が苦笑する。「こっちの工場の視察だ」

「だろうね」

「それとこっちに女がいてな」と彼は笑う。学生時代と変わらぬ外見で、羨《うらや》ましくなるほどだった。「明日、その女とこっちの屋内アリーナでやるミュージカルを観《み》に行くんだよ」

「なるほど」彼に妻子がいることは知っていたが、もはやそのことに触れる気持ちにもなれなかった。北米で買ったＤＶＤが、私のプレイヤーでは再生できないように、彼の常識は、私のものとは規格が違うのだ。嫌味を兼ね、というよりも嫌味そのものでしかないのだが、「君は学生の時から、注目の的だったから」と言った。

「まあな」

私の放った、嫌味の矢は、彼に突き刺さるどころか体内にふわりと吸い込まれ、成長のための養分として終わる。

「いつも誰かの視線を感じているってのは、それはそれで大変なんだぜ」

この溢《あふ》れる自信はいったいどこから来るのか。彼の自伝が出たなら、ぜひとも読んでみたいとすら思う。

「とにかく、おまえも物書きの端くれであるなら、歴史のことくらいは知っているんじゃないかと思ってな」

「いや、俺は歴史とかは全然詳しくなくて」

「物書きのくせにか」

「そうだ」

「どうせ、おまえはあれだろ、パソコンで原稿を書いているんだろうから、自分が書けないような漢字を、作品でしれっと使ってるんだろ」

認めざるを得なかった。自分の本をめくってみれば、私が書けない漢字がぎっしり詰まっている。

嫌味を言うだけなら帰ってくれ、と言いたくもなるが、それすら億劫《おっくう》だった。

「山家清兵衛さんは、伊達政宗《だてまさむね》の家臣みたいな感じで。ほら、君も、伊達政宗くらいは知っているだろ」

「伊達政宗は知っている」

「山家さんは、四国の宇和島に行くんだ」話しながら私は、知識を整理する。そもそも、うろ覚えなのだ。「もともと伊達政宗が、徳川家から、宇和島を領地としてもらって」

「仙台藩と四国なんてめちゃくちゃ遠いじゃないか」

「嫌がらせに近いよね」私もうなずく。「政宗は、秀宗《ひでむね》をそこに送るんだ。秀宗っていうのは、秀吉《ひでよし》のもとに置かれていた息子なんだけど」

「政宗の息子で、秀吉のところに置かれていたから、秀宗だなんて、安直な名前だな」

「昔はみんな、そんな感じだったんだろう。で、その秀宗の相談役というか、サポート役として派遣したのが、山家さんなんだ。秀宗には、山家清兵衛を父親だと思いなさい、と伝えるほどだったから、よほど信頼していたんだろう」

へえ、と彼は言う。それまでとは異なり、感慨深げな調子に聞こえた。またこちらが不愉快になる発言でもするのではないか、と身構えたが、特に何も続かなかった。

「山家さんは優秀だったんだ。政宗からはね、『家来を愛し、民百姓を苦しめず、秀宗が、さすがは伊達の長男と言われるように、しっかり面倒を見てくれ』と言われて、それを守った。真面目《まじめ》な人だったんじゃないかな」

「本当かよ」彼が目をしばたたく。

「嘘《うそ》をついてどうするんだ。信じないんだったら、もう喋《しゃべ》らないけれど」

「いや、そういう意味じゃない。似てる、と思っただけだ」

何と何が似てるのだ。

「とにかく山家さんは、藩政を立て直そうとした。しかも、必要なお金は、庶民から税を徴収するんじゃなくて、藩士の禄《ろく》を下げ、領民の税率を下げて、さらに経費を削減して」

「凄《すご》いじゃないか。今の国会議員だってやれないぞ」

「今の国会議員にはとうてい無理だよ」

「それで、どうなったんだ」

「君にも想像できるだろ。庶民に好かれて、役人に厳しく接する人物がどうなるか」

「まあ」彼は深刻な目つきになった。「嫌がられるだろうな」

私は首を縦に揺する。

山家清兵衛は、藩士に疎まれ、嫌がらせを受ける。さらには、命を狙《ねら》われた。

「殺されるのか？」

彼の目の色が少し変わったことに、私は気づいた。

そうなのだ、暗殺されたのだ。

「山家清兵衛は四十二歳で亡《な》くなるんですがね、まあ、無念だったと思いますよ」

私がその説明を受けたのは、ちょうど二ヶ月ほど前に訪れた、仙台市内のファッションビルの屋上でだった。

アーケード通りの臍《へそ》とも呼べる位置で、私が学生の頃から、待ち合わせ場所、目印となっていたそのビルは、ブランドショップが多数入っており、いつも若者で賑《にぎ》わっている。その屋上に、祠《ほこら》があるとは想像したこともなかった。半年ほど前にたまたま乗ったタクシーの運転手が、「山家清兵衛の話を知っているかい。山家さんの実家はもともとこのビルのところにあったからね」と教えてくれたことで、初めて知ったのだ。

洒落《しゃれ》た服を着た、若い男女がひっきりなしに出入りするその建物の上に、四百年も昔に亡くなった山家さんを祀《まつ》った神社がある、というその組み合わせは興味深い。

普段は、ビルの屋上には行けぬらしいのだが、年に一度、「三社《さんじゃ》祭り」の際には開放されると聞き、私はその日、仙台市内の出版社の編集者とともに訪れた。

エレベーター内の「R」ボタンを押すと、屋上に到着した。今まで意識したことも、使ったこともなかったのだが、ほかの日はそのボタンを押しても反応はないに違いない。そもそも、利用する客もいないはずだ。触れた指先にも緊張が走る。

辿《たど》り着くと、大きな空調器具が置かれ、フェンスに囲まれた、いわゆるデパートの屋上スペースがあるのだが、そこに、ぽつんと小さな神社があるのは、やはり不思議な光景だった。制服を着たガードマンが立っており、彼は、私たちが誤って屋上に来てしまったと見当をつけていたらしいのだが、そうではないと分かると、「無念だったと思いますよ」と話してきた。

「襲撃された時、蚊帳《かや》の中で子供と一緒に寝ていて、殺害されてしまったんですよね」編集者がそう言うと、ガードマンは神妙な顔つきで、「襲撃のことは事前に知っていた、と言われていますよね。奥さんと娘は屋敷から逃がしていたそうですし」と答える。

その時の山家清兵衛の心はいったいどんな具合であったのか、と参拝しながら想像する。だいたいが、相談役というからよほどの長老を思い浮かべていたが、四十二歳というのならば、それほど老いてはいない。

自分を暗殺する敵のことを知りながら、立ち向かうつもりだったのか、もしくは、すべてを運命と受け入れるつもりだったのか。

「立派に役目を果たしていたのに、何だかやりきれないですね」私は言う。

「まあ、ただ、その殺害犯たちはみんな、死んでしまうんですから、天網恢々《てんもうかいかい》と言いますか、正義は勝つと言いますか」ガードマンは腕を組み、静かに言った。棒読みとまではいかないが、自然の摂理を話すかのように、淡々としていた。

「え、そうなんですか？」私と編集者は聞き返す。

「そうですよ」そんなことも知らないのか、とガードマンは言いたげだった。「山家清兵衛さんの死後、まず、首謀者が熱でうなされ、罪を全部白状して、死にました。三周忌の時には、落雷と突風で寺が壊れて、清兵衛の反対勢力だけが死んだそうです。さらには、清兵衛に最も敵対していた侍大将も、藩主の正室の法要時に、やはり寺の梁《はり》が落ちてきて、圧死したんです」

「祟《たた》りのような」編集者がぼそりと言う。

正当な復讐劇《ふくしゆうげき》、と私は思い、先ほどガードマンが言った台詞《せりふ》、「正義は勝つ」を思い浮かべた。

何と返事をしたものか分からず、私は黙り、屋上に吹く風が少し聞こえるだけとなる。

目の前には、まさにその、当の山家清兵衛さんが祀られた祠があるものだから、昔話を聞くというよりは、現実の復讐譚《たん》を耳にするような実感があり、背中が寒々しい。

「それからしばらくして、山家清兵衛さんの霊を鎮《しず》めるために、秀宗が宇和島に神社を作ったんです。それが和霊《われい》神社なんですよ。そしてさらに、子孫の方が、仙台にも神社をつくり、それがここです」ガードマンは自ら説明をし、自ら納得するかのように、小さくうなずいた。


山家清兵衛についての基礎知識、初級編も初級編といった、私の説明を聞いた彼は、ふうん、と言い、少し考える顔になった。

「大丈夫か」私は訊《たず》ねる。

「何がだ」

「せっかく俺が、俺の貴重な時間を費やして、説明をしたのに、どうも納得がいかない感じじゃないか」

「そうじゃない。なるほどね、と思っただけだ」

「なるほどね、とはどういうことか」

「そっくりだねえ、と思っただけだ」

「そっくり？」何と何がそっくりなのか。思えば先ほども、似てる、と言った。

「最近、俺のまわりで結構、いろいろ起きてるんだけどな。あれ、おまえ、知らない？」

問いかけが抽象的すぎる上に、嵩高《かさだか》な口調に、私はうんざりする。「いろいろなことって、何があったんだ」

そうだな、と彼は首を傾《かし》げる。その仕草は、男の私から見ても、色気があった。大学時代に比べ、いっそう異性を吸引する力が増しているのだ。しかも、財力や肩書きといった面でも、ポイント増量がなされているのだから、強力に違いない。

「俺が今、新しい会社を任せられた、と言っただろ」

「任せられた、という表現は使わなかったけれどね」

「表現の自由だ」彼はすぐさま言った。単に、思いついた言葉を反射的に発しただけなのだろう。「で、その時に親父《おやじ》が、自分の側近を俺につけてきたんだ。前の会社の常務だったんだが、経験豊富で、人望も厚い」

ふむふむ、とさすがの私もぴんと来る。コーヒーカップに一口つけてから、「確かにそれは、君が秀宗、常務が山家清兵衛さん、という関係だな」とうなずく。

「そうだ」

「だが、そんなものは別段、そっくりと言うほどのものではないんじゃないか。二代目が社長に就任する際に、相談役がくっついていくなんて、ごく普通のことだと思うけれど」

「まあな」

「まさか、その相談役も殺されたとか言うんじゃないだろうね」深い意図はなかった。ただ、与えられた情報から、はっとする繋《つな》がりを考え出すことが私の仕事のようなものだったから、その場でも思いつきを口にしたに過ぎなかった。

すると彼は一瞬、怯《ひる》んだ。頬を引き攣《つ》らせ、笑い飛ばそうとしつつもうまくできず、困惑を浮かべるにしてもプライドがそれを許さず、といった表情になる。なくなったコーヒーを飲もうとし、砂糖の袋をいじくった。

「え、本当にそうなのか」

「何だ、ただの当てずっぽうかよ」彼は小さく息を吐く。「二ヶ月前だ。深夜、家に帰る途中の道で、車にはねられて即死だった。雨が降っていて、道で滑ったところに車が突っ込んできた」

私は顔に力が入る。誰かが死ぬ話は苦手なのだ。縁もゆかりもない、顔も知らぬ他人とはいえ、確実に存在していたはずの、「誰か」の自我が今は完全に消え、その、「誰か」はどこにもいない。そういった事実が恐ろしくてならない。

車にぶつかった瞬間に、その彼を取り巻く家族の生活はひっくり返ったはずだ。

「でも事故なんだろ。山家さんの出来事とは同じと言えないじゃないか」

「実は、事故ではない」彼は少し声を裏返しにしつつ、「という噂《うわさ》がある」と言い足す。動揺が見えながらも、ふんぞり返った貫禄はそのままだ。

「事故ではない？」

「磯部《いそべ》は優秀な男だったんだけどな、力を持つ役員たちよりも、社員たちの側に立って、物を考える男だったんだよ」

「磯部さん、というのか」

「さっきの話と同じだ。そういう人間は嫌がられる。だろ。真面目すぎるんだ」

「真面目なら結構じゃないか」

「大人の世界はそれじゃあ済まないだろうが」

「おいおい、それで反対勢力が、磯部さんを殺害しようとした、なんて言わないでくれよ」

「なぜだよ。どうして、言ったら駄目なんだ」

「現実的ではない」

「作り話ばかり書いているおまえに、現実の何が分かる」

なぜ私が批判されねばならぬのか。「本当に事故じゃなかったのか？　その、反対勢力の悪意が、山家さんを、いや、磯部さんか、磯部さんを殺害したのか」

「事故に見せかけた可能性はある」

頭に浮かぶのは、雨の中で背中を突き飛ばす、悪意を持った影だ。

「君がナーバスになっているだけじゃないかな。サポート役の磯部さんがいなくなって、少し、神経が刺々《とげとげ》しくなっているんだ。もしくは、びびってる」私は調子に乗ったわけでもないのだが、からかうように彼にそう言った。彼は鼻の穴を膨らませ、目つきを鋭くし、私を射抜いてくる。「あのな、俺は別に磯部がいなくて困ってなんていないんだよ。不安になることもない」

むきになることもないだろうに、と思いながら私は、「もう一度、訊《き》くけれど、どうして俺に山家清兵衛の話を聞きにきたんだ」と言った。

彼は、質問されることに慣れていないのか、また不愉快を顔に出す。「この間、磯部の娘さんが会社に来たんだ。磯部の荷物を受け取りに。女子高生で、あれはまた、ちょっと美人だったな。まあ、それはいいか。とにかく、その娘が、俺に言ったんだ。『父は、山家清兵衛が好きで、自分もそうなろうとしていたところがありました。あの、山家清兵衛のことはご存知ですか』ってな。可愛《かわい》かったが、可愛げがなかった。暗くてな。女子高生なら、もっと明るく、若さを楽しめばいいだろうに」

「父親が死んで間もないのだから、暗くて当然だ」私は、無駄と分かりつつも、教え諭すつもりで言う。「だけど、山家清兵衛さんのことを好きな常務というのも珍しいな。全国的に有名な存在なのか」

恥ずかしながら、私にしたところで知ったのは最近、仙台に住み始めて二十年近く経《た》ってからだ。

「それは今、おまえの話を聞いて、納得したよ。磯部は、宇和島の出身だったんだ。俺の父親が四国に縁があって、そこのつながりもあって目をかけていたらしい」

「宇和島か」その磯部さんは、和霊神社が身近にある人生を過ごしてきたのだろうか。確かに、そうであれば山家清兵衛さんのことを慕っている可能性はある。「で、君は、その娘さんに何と返事をしたんだ」

「君のお父さんは確かにそういうところがあったね、と優しく言ってやった」

「君は、山家清兵衛を知らなかったのにか」

　彼は肩をすくめる。「女子高生に、『すみません、それ知らないので教えてくれますか』なんて言えるか？　いいか、人前で、無知を晒《さら》すくらいであれば、その場は、知っているふりをして、後でこっそり調べておけばいいんだよ。ネットで検索するか、もしくは、知ってそうな奴《やつ》にざっくり教えてもらうか」

「俺がその、知ってそうな奴だったのか」私は自分を指差した。

「ネットで検索するのにも、その名前がうろ覚えだったからな。ヤンベ何とかさん、なんて単語じゃ調べようがない。だから、おまえの出番だったんだよ」

　誉《ほ》められているのか、軽視されているのかも分からない。「でも、そうだね、その娘さんの言ったことは正しかった。さっきも言ったけれど、磯部さんには、山家清兵衛と重なる部分がある。二代目が新しい領地を治めにいく際に、相談役として派遣され、しかも真面目で有能で、社員を思うあまり、反感を買った。うん、似ている」

　ただ、逆に言えば、似ているといえばその程度であるから、話題にすることでもないように思えた。

「実は、まだ続きがあるんだ」

「続き？」

「磯部が車にはねられて死亡したのは、会社の帰り道だった。そして、その事故に遭う直前まで、別の社員が一緒にいたんだ。四十代の課長職の男だ。同じ駅で下車して、帰り道が分かれるところまで」

「その課長さんがどうかしたのか」

「死んだ」

「え？」

「磯部の事故の二週間後だ。課長は前から予定されていた、簡単な内視鏡手術を受けたんだが」

「医療事故か」

「そうじゃない。最近、新聞で見てないか。熱病細菌の院内感染があった」

ああ、と私はその記事を思い出した。都内の大病院で、海外で熱病に罹《かか》った患者からの感染が相次ぎ、同じ病棟の入院患者が亡くなった。人々の不安をたっぷりと煽《あお》るような、仰々しい記事が紙面に躍り、私は憂鬱な気分になった。

接触のない二人の間で、どうして感染が起きたのか、どうして抗生物質が効かなかったのか、ほかの患者には効いたのに、と疑問がいくつも記されていた。が、ほかに重症者が出なかったために、「何だか災難があったね」といったレベルで、終息したように思える。「あれか。あれが、君の会社の社員、その課長だったのか」

「そうだ。俺は、その課長が、磯部を事故に見せかけて殺害した実行犯だと睨《にら》んでいる」

「え」私は、彼の言葉がうまく飲み込めず、口ごもった。

「しかも、さらに、だ。さらに、続きがある」

私は警戒した。彼の話に裏がある、と思ったわけではなく、これはもっと不気味な話になるのではないか、と身構えたのだ。「どんな続きだよ」

「磯部の四十九日の時だ。うちの会社ではちょうど社内の、天井工事をしていたんだがな、本来は落ちないはずの木材が落ちて、下にいた常務が死んだ。普段は職場に顔を出さない、給料をもらうお飾り、みたいな男なんだが、工事業者との打ち合わせのために来ていた」

それは新聞記事で読んだ覚えがなかった。話を聞く限り、それなりのニュース価値はあるだろうから、たまたま、私が見逃していただけなのだろう。

「その社員は、磯部を毛嫌いして、俺に、『あの相談役を辞めさせるか、俺を辞めさせるか』と迫ってきたことがある」

「磯部さんの反対派だったわけか。さすがに怖いな」

磯部さんが本当に、事故を装《よそお》われ殺害されたのだとすると、これはまさに、山家清兵衛さんを巡る一連の事件をなぞるかのような出来事に思える。復讐もしくは祟り、いや、正義の実現がちゃくちゃくと実行に移されている。

「ああ、そういえば」彼は記憶の箱が開き、中から愉快なものを見つけた、と言わんばかりの表情になる。「うちの会社の重役と関連会社の社員が、ゴルフの最中に落雷に遭って、死亡したってのもあったな」

「嘘だろ？」

「嘘をついてどうするんだよ」

「いや、そういう意味ではなくて、それもまたそっくりじゃないか」山家清兵衛さんの死後、突風と落雷で死亡した者もいた。「これはかなり怖いな」

「おいおい、どうして怖いんだよ」

彼が言うので、私は少し驚く。

「だって、その磯部さんの死後、事件の犯人と思《おぼ》しき奴らが、次々と不可思議な出来事によって死んでいるんだとしたら、何だか怖いじゃないか」と言いかけ、「ああ」と察する。「そうか、不可思議な出来事で死んでいくとしても、それは全部、悪人だから、君自身にとっては別段、怖いことじゃない。そういう意味か」

「いや、違う」彼が嘲《あざけ》るように言った。「祟りとか怨念《おんねん》とか、そんなのが実際にあるわけがないだろうが。怖いわけない。だろ？」

「じゃあ、どう考えるんだ。その磯部さんのことを。磯部さんの事故や、関係者の連続死をどう捉《とら》える」そもそも君は、そのことに興味があって、私の話を聞きにきたのではないのか。だんだん、真面目に応対するのも馬鹿馬鹿しくなり、持っていたバッグからノートパソコンを取り出し、テーブルの上に置いた。話を切り上げ、仕事を開始したい思いを表現するつもりだった。

「そんなの偶然だよ。もちろん、おまえの話を聞いて、その山家ってのと磯部のことが似ている、とは思った。磯部は、俺の親父に信頼されていたしな。そっくりなことには驚いたし、感心したけれど、だからどうした、っていうのが本音だな。反対に、そんなに神妙な顔になっているおまえのほうが怖いよ。あれか、作家というのはそんなに、ナイーブな、まあ、ナイーブというと恰好《かっこう》良すぎるか、そんなに幼いものなのか。祟りとかを信じちゃうタイプなのか」

「そういうわけではないけれど」私はぼんやりと言う。「ただ、少し前に、飼育しているクワガタを観察していて、似たようなことを思ったことがあるんだ」

「クワガタ？」

「そう。クワガタは複数を同じケースに入れて飼うと、攻撃し合うんだ。時には、瀕《ひん》死《し》状態になるクワガタもいて」

「それがどうかしたのか」

「時々、俺は、弱ったクワガタを助けたり、もしくは悪さをしたクワガタをこらしめたりするんだけど、それって、クワガタからすれば、神様がバランスを取っているように見えるんじゃないかって」

「どういうことだよ」さすがに彼も苛立《いらだ》った。

「ようするに、どこかで見ている神様の目に留まれば、救いの手が伸べられることや、ばちが当たることもあるんじゃないか、って」

「祟りもあるってわけか」

「まあね。もし、その時に、神様が見ていればね」

彼は小馬鹿にするのもったいない、という表情をした。「まあいいや。おかげで少し、すっきりした。あの磯部の娘が言っていた、ヤンベさんがどういう男なのかは分かったし、その理由もおおよそ見当がついた。まさか、あの娘も、その後の、祟りの部分まで似ているとは思ってもいないだろうけどな」

そうだろうか？

私の頭に疑問符が浮かんだ。

脳裏に、見知らぬ女子高生の姿が立ち昇る。学校の制服を着て、冷たい表情のまま言葉を吐くのだ。「父は、山家清兵衛が好きでした」

彼女の白い肌から、ひんやりとした、繭《まゆ》を作るかのような糸が伸び、それが宙をゆらりゆらりと這《は》い、向かい合う男の首筋に絡《から》み合う。「父は最後まで信念を守り、そして、悪事を働いた者には相応の結末を用意しているはずです」と囁《ささや》く。

父は執念深いわけではありません、真面目で誠実な人間ですから、間違いは正したくなる、それだけなのです。悪事を働いた人間を、指摘せずにはいられないのでしょうね。世の中のバランスとして、納得がいかないんですよ。

娘の口からつらつら出てくる言葉が、私の頭には、押し付けられる氷のようにはっきりと感じられる。

さて、その娘と向かい合う男の表情は見えない。二代目の、苦労知らずの男のはずだ。彼女の思いにはまるで気づかない。

「すみません、あの」と声がし、私は我に返った。

見れば、私たちのテーブルの隣に、若い女性が立っている。地味な制服を着ていた。会社員なのだろう。少し照れ臭そうな、そして恐縮した面持ちだった。

私は、そうか、と察した。たぶん彼女は、私の読者ではないか。文筆家としての私は目立った活動はしていないものの、地元紙や地元の雑誌では取り上げられたことがある。過去にも、「本を読んでいます」と呼びかけられたことはあった。数えられるほどではあるが、ゼロではない。

「何でしょうか」私はそれなりの威厳を浮かべてみせた。

すると彼女は、私の前に座る彼を見て、「俳優さんですよね」と言った。自分ではなく彼に話しかけているのだから、私はきょとんとせざるを得ない。説明によると、彼女が関心を抱く劇団があって、そこの二枚目俳優に彼が似ている、とのことだった。

「よく言われるけれど、他人なんだよ」彼は落ち着き払ったまま、低い声を出した。まんざらでもないのか、私といる時には見せたこともない笑みを浮かべる。

人違いだったことを彼女は謝罪した。が、懲《こ》りずに、と言うべきか、転んでもただでは起きない、と言うべきか、「せっかくですから、写真を撮ってもらえませんか」と言った。

意図が分からず、私は困惑した。

「いえ、だって、そっくりだし、それでもいいかなあ、って」

「それでもいいかなあ、とはいったいどういう意味なのか」私は理解に苦しむ。

「だって、その役者はね、外見がいいのね。外見に、わたしはうっとりしているの。ということは、その外見に似た人がここにいるのであれば、それでも別に問題ないじゃない」

「問題があるとかないとか、そういう問題でもないような」私がごにょごにょとこだわっている傍らで、彼は大らかに、「いいよいいよ、写真くらい」と応《こた》えた。

嬉《うれ》しいです、と顔を輝かせる彼女は、一度穴を開けた鉱脈はとことん掘り進むつもりなのか、「住所とか名前とかも教えてくれますか」とまで言ってくる。

頭の回路がどこか、私と異なっているとしか思えなかった。

さすがの彼も、「それは教えられない」と言うと、彼女には落胆した様子もなく、「まあ、それでもいいかなあ」と口にしている。

結局、私は、彼女にお願いされるがままに、携帯電話を構え、彼と制服姿の彼女がテーブルの前で立つのを撮った。

「文筆業をしているおまえのファンかと思えば、俺目当てだったたな」彼は、私との別れ際《ぎわ》、にやにやしながら言い残す。

「おまえはいつだって注目を浴びるんだな」私は仕方がなく、言った。皮肉でもあったが、事実でもある。

「これもまたつらいもんだよ」

私はそこでふと思い立ち、「俺も君の写真を撮らせてもらっていいかな」と申し出た。

彼はすごく嫌そうな顔をしたが、構わずに、スマートフォンのカメラ機能を操作した。

⛩

人と揉《も》めるくらいであれば自分の意見を引っ込めるほうがよほどいい、と私は子供の頃から考える性格だった。そのため、周囲からは、温和であるとか、平和的であるとか、勘違いをされることが多い。実はまったく違う。それなりに陰湿だった。冷戦時代のさなかに少年時代を過ごした私は、核兵器の怖さや日本国憲法の意義について必要以上に植えつけられてきたが、中でも、自衛隊の「専守防衛」の考えには共感を覚えた。自らは攻撃をしかけないが、攻められた暁《あかつき》にはちゃんと守りますよ、というスタンスは、私には好みで、そしてそれを少し拡大解釈し、いつからかもっと単純な、

「自分からは攻撃しないけれど、やられたらやり返す」といった方針を持つようにな
っていた。

そのため、若くして社長の肩書きを持つ彼と別れた後、すぐに知り合いの男に電話
をかけた。

黒澤という彼は、以前、私が出版社と揉めた時に調査を請け負ってくれ、それ以来、
何かと付き合いがある男だったが、仕事が適切な上に速く、信頼できた。

「その男の浮気デート現場を写真に押さえればいいのか」

電話をかけ、ざっと説明すると彼は、「泊まってる場所と氏名と顔写真があれば、
まあ、どうにか見つけられるだろう」と請け負った。

私はその情報を与えた。「明日は、アリーナでミュージカルを観るらしいけれど」

「そこも写真に押さえられればいいが」

「人がたくさんいると思うけれど、見分けがつくかな」

「大丈夫だ。もし、それが本当の浮気デートなら」

「デートなら？」

「最終的には二人きりになる」

確かにその通りだな、と私は笑い、電話を切る。切った後で、「果たして、これで

良かったのか」としばし、悩んだ。不快な態度を取られたというだけで、浮気の告発なる大掛かりな仕返しをしていいのだろうか、というような、悩みではない。思い悩んだのは、この程度のことで、あの彼が打撃を受けるのだろうか、仕返しになるのだろうか、ということだった。人の注目を浴び、常に表舞台を歩き、ちやほやされるのが日常、として生きてきた彼の思考回路は、私の推測の外にあると言っても良い。だいたい、自分の会社の社員が、複数人、立て続けに死んでおり、しかも、自然死ではないのだから、少しはそのことを悲しむであるとか、遺族の気持ちを気にかけるであるとか、不安に感じるであるとか、そういった感情を見せても良さそうなものだが、あの男にその気配は微塵《みじん》もなかった。山家清兵衛の話を聞いても、「似ている」と感じるだけで、それ以上のことに思いを馳《は》せる素振りもない。名著と呼ばれる古典文学を読み終え、「字が書いてありましたね」とのみ感想を抱くような、無味乾燥とした感受性しかないのだろうか。

そういった意味では、彼には、浮気の証拠写真など、蚊に食われるのにも似た程度のものかもしれない。彼の妻に密告しても、さほど変わりない可能性も高かった。

が、そうは言っても何かしないことには、私の腹の虫も治まらない。陰険な私はこの計画を中止するつもりがなかった。クワガタに加える天誅《てんちゅう》に比べれば、生易しいくらいかもしれない。

そうこうしているうちに、編集者から電話がかかってきた。月末が締め切りの短編小説の進み具合はどうですか、と訊ねてくる。どうですか、と問われても、書くべき内容も決めていませんし一行も書いていません、とは答えられず、その時、不意に頭を過《よ》ぎった先ほどの出来事から安易に発想し、「山家清兵衛と宇和島での事件のことを書いています」と告げた。

編集者は電話を切った。面白そうですね、と言うくらいは容易に思えるが、それすらしなかった。

仕方がなく私は仕事のために、山家清兵衛についての資料や宇和島、和霊神社の情報を調べはじめた。インターネットを眺め、図書館に行き、県庁の資料室を訪れ、気づけば二日が過ぎていた。

彼のことを思い出したのは、二つのことがきっかけだ。

自宅の仕事場で机に向かっている時だ。

まず最初に、メールが着信した。いや、そのメールの内容を確認する前に、手元の資料に記された、「近年、発見された書状によると」といった説明を読み、彼のことを想起していたのだから、順番としてはその資料が先か。

資料に記されていた、「発見された書状」とは、仙台藩四代藩主である綱村《つなむら》から、宇和島藩二代藩主の宗利《むねとし》に宛《あ》てられたものらしかった。「秀宗公、山家清兵衛と中者《もうすもの》御成敗」とあり、そこから推察するに、秀宗の指示により、山家清兵衛さんが殺害された可能性が高いという。政宗に、「息子の秀宗を頼む」と言われ、その信頼に応えるべく遠い宇和島までやってきたにもかかわらず、当の、秀宗よりそんな目に遭わされたのだとすれば、これほど報われない話もないだろう。私は、山家清兵衛さんの無念を思い、胸が裂かれるような、やり切れなさに襲われる。さらに私は単純であるから、ろくろく事情も知らぬくせに、秀宗に対し怒りを感じ、めらめらと復讐の岩漿《がんしょう》が身体《からだ》に流れ込んでくるのを覚える。記事によれば、「仙台の伊達藩からの独立」の意図があったのだろう、と推測も書かれてあったが、だからと言って、そのような裏切りが許されて良いだろうか、いや良くない。

そして必然的に、彼のことが頭を過ぎったのだ。

もともと、彼と秀宗、亡くなった磯部さんと山家清兵衛さんを重ね合わせていたが、その図式からすると、秀宗が事件の首謀者であるのであれば、彼も、磯部さんの事件に実は関係しているのではないか、とよこしまなことを考えたのだ。いや、いくら、あの彼を嫌っているからとはいえ、「犯罪を指揮した首謀者」のように疑ってしまうのはさすがに問題がある。いけないいけない。

それから私は机の脇《わき》の、スマートフォンに手を伸ばし、ようやく受信メールを読んだ。

送信してきたのは、浮気現場の証拠を得るように依頼した探偵、黒澤からだ。「報告」とぶっきらぼうな件名が目に入る。前日の浮気デートは一通り、写真に撮った、と本文にある。写真はメールで送るにはサイズが大きすぎるため、近日中に、プリントアウトしたものとデータを保存したものとを郵送する、その費用も計算に入れる、とあった。

ただ、一枚だけ、メールと一緒に送られてきた写真もあった。スマートフォンをいじくり、表示すると、小さく人がたくさん写っている横長の写真だった。アリーナ会場の観客席なのだろう。反対側のエリアから撮影したものかもしれないが、人はあまりに小さく、米粒どころかただの点にしか見えなかった。これでは、彼がどこにいるのか確認できるわけがなかったが、「ちゃんと会場にも出向いた」という証拠のつもりなのか。

お礼の言葉と、仕事の早さを称《たた》えるメッセージを添えたメールを返信し、言うまでもないが、ミュージカルの入場料も必要経費として計上し、請求するように、と伝えた。

仕事の資料を返却するために仙台市街地の図書館に行き、その後で喫茶店に寄った。そして、浮気現場の証拠を使い、どのようにあの彼を懲らしめてやろうかと思案した。

「あの、このあいだの人ですよね」と声をかけられたのは、ノートパソコンを開こうとした時だった。目の前に女性がいて、誰かと思えば、先日の会社員だ。

「そうです、このあいだの人です」私は自分を指差す。

「このあいだの人はどこですか？」

言葉遊びにも似たやり取りではあったが、意味は分かった。「このあいだの彼は、東京在住だから。このあいだはたまたま、仙台にいてね。また会いたいんですか？」

「このあいだの写真、あの後で見たんですけど」

「何だか、このあいだ、ばっかりだ」私の指摘を彼女は鼻で笑い、「あの人、まずいんじゃないですか」と携帯電話を開き、こちらに向けた。

「まずい？」彼から彼女に対し、デートに誘うような、面倒臭いメールでも届くようになったのかしら、と私は思った。

液晶画面を覗《のぞ》き込む。先日撮った写真があった。同じこの店内で、テーブルを前にして、彼と彼女が並んでいる。

確かに私が撮影したものだが、「おや」と思った。おかしいところは一目瞭然《りょうぜん》だ。彼の横に見知らぬ男が写っているのだ。向かって右から、彼女、彼と並び、その左隣に男がいる。

「ね、まずいでしょ。あの時、そんな人いなかったよね」

私もうなずく。

写真は小さなものではあったが、彼の横に、背広を着た男が立っており、しかも、ほとんど触れ合うほどの至近距離なのだ。白髪のまじった、その未知なる男は、身体を捻《ねじ》り、腰を折り、首を伸ばし、彼の顔をまじまじと眺めている。犬がにおいでも嗅《か》ぐかのような、接近の仕方だ。

「これ、変ですよね」女が言う。

私はまた、うなずく。男の輪郭ははっきりとし、おぼろげであるとか、影が薄いとか、そういったところはまるでなく、むしろ、その場にいた客の一人にしか見えない。しっかりとした肉体を感じさせた。脚は写っていないが、手はテーブルの上の私のノートパソコンに触れている。

「こんな人いたかな」答えは分かっているにもかかわらず、口に出さずにはいられない。

「いたら、さすがに気づきますよ。めちゃくちゃ、顔近いじゃないですか」

その通りだ。このような男がいたのであれば、私は写真を撮る際に気づいたはずだ。

自分の身体を服の上からこすっていた。立ったままの彼女も同じ仕草をした。粟立《あわだ》った肌を元に戻そうとした。

「心霊写真ってもう、さすがに古臭い気がしているんだけど」私は苦笑した。いざ、目《ま》の当《あ》たりにするとなかなかどうして気味の悪いものだ。

「ねえ、これ、どういうことなんですかね。守護霊とかですか？　背広を着た守護霊っているんですか？」

「さあ」としか言いようがない。

再び、私は、家で読んだ資料のことを思い返していた。

実は彼は、磯部さんの死に関係があるのではないか？

その思いがまた、私の頭を覆《おお》いはじめる。

秀宗が山家清兵衛さんを殺害する首謀者であったのと同様に、磯部さんの死には、彼が関係しているのではないだろうか。実行犯ではなくとも、命じた側ではないか。

証拠はない。

が、その証拠がないがために、この写真の男はここに写っているのではないだろうか。私はそう考えていた。

写真の中の男は、裁かれぬ悪人を告発しようと、視線で射抜くようにしているのではないか。

「わたしのおばあちゃんがこういうのって、お祓《はら》いをしてもらったほうがいいって言っていました」彼女は携帯電話をぱたんと閉じた。

「え」

「こういうのってお祓いをしてもらったほうがいいといっていましたといったんです」

女性の言葉はどこか呪文《じゅもん》のように、私の耳を通り過ぎていく。

お祓いも何も、と私は思った。冷静さを取り戻しつつある。あの彼からすれば、この程度の心霊写真は大したショックではないのかもしれない。

彼は、他人の生活に関心などなく、社員の死にもさほど興味はない。

祟りや恐ろしい現象が起きても、「だからどうした」以上の感慨は持たない可能性も高かった。

シンプルに顚末《てんまつ》を考えれば、先ほどの写真の見知らぬ男は、おそらく、磯部さんであろう。自分の人生を、紙切れをくしゃくしゃにするかのような容易さで、おしまいにしてしまった張本人を告発しようと、ああいった形で、彼を見つめているのではないか。

そして、同時にやり切れなさを覚えた。

磯部さんの告発の思いは、あの彼には通用しない。そう思ったからだ。あの彼は注目されることには慣れているため、磯部さんの執念の睨みも、糠《ぬか》に釘《くぎ》、暖簾《のれん》に腕押し、蛙《かえる》の面《つら》に、といった結果に終わるのではないか。

いかに異様な写真であろうと、そして、磯部さんがこのような超常現象に似た登場の仕方で彼を告発しようとしたところで、堅牢《けんろう》強固な彼の人生には罅《ひび》すら作れないような、そういった予感があった。

念のため、あの不気味な写真をもらっておくべきだったな、と後悔する。今からでも追いかければ間に合うだろうか、と、先ほどの女性を追うために席を立とうとしたが、そこで電話があった。黒澤からだ。

スマートフォンの受信ボタンを押し、耳に当てる。店内であるから抑えた声になるのだが、私は、彼の声を確認した後で、まずは調査に対する礼を述べた。

すると彼は、「メールの返信のあれはどういう意味だ」と言った。

「え？」

「俺はアリーナには入っていないから、入場料は払っていない。だから、別に必要経費には入れないぞ。写真はこの後、発送する」

「え？ 入場していないんですか？ じゃあ、さっきのメールに添付してあった写真はどうやって撮ったんですか。アリーナの客席が写っていた写真は」

「俺は送っていない」

電話を切った後の私は素早かった。スマートフォンをテーブルに置き、メールに添付されていた写真を表示させる。アリーナの観客席だ。間違いなく、その写真は私のスマートフォンに届いている。

意図したわけでもなかったが、指を液晶画面の上に置き、親指と人差し指で、表面を伸ばすように、力を込めると、写真がゆらっと拡大した。

急《せ》く気持ちとは反対に、ゆっくりと指を動かす。画面は少しずつ大きくなる。

次々と、写真が画面上で引き伸ばされていく。

やがて、途中で私は指を止める。

生理的な嫌悪感《けんおかん》が、私の体を走った。

全身の毛が逆立つ。

写真の中央、広い観客席のちょうど真ん中あたりに、彼が座っているのが分かった。そこまで写真は拡大できたのだ。彼はまっすぐ、こちら側を、つまり、ステージを眺めている。

問題はその周囲だ。

一糸乱れぬ隊列を組んだ昆虫の群れ、私が感じたのは、それだ。あの時の、あの羽アリと同じだ。

彼を取り巻く、ほかの観客が全員、同じ顔をしているのだ。白髪の、青白い顔面の、眉間《みけん》に皺《しわ》の入った男が、百も二百もそこにいる。米粒に見えた小さな人の顔たちは、拡大してみれば、全部が同じ顔だった。しかも、その無数の同じ顔の者たちが、全員、画面中央の彼を見ていた。右手に座る者は左に顔を向け、下の座席の者は身体を捻り、後ろの彼を見上げている。

全員が視線を、彼に投げていた。

私は指を再び動かし、画面をなぞり、観客席のほかの場所にも目をやった。

すべてが同じ顔だ。二千人以上の人間の、無表情の同じ顔の者たちが、無言で告発するかのように、鋭い視線を向けている。その視線を一身に受けた、写真中央の彼はのんびりと微笑《ほほえ》んでいる。

⛩

「心霊写真の話なんて」編集者はげんなりしたように言った。「そのような話は、腐るほどありますよ。もはや、腐るのを通り越して、発酵して乳酸菌飲料とかになるほどじゃないですかね」

「おいしそうでいいじゃない」

「しかもだいたいその話は、悪戯《いたずら》写真か何かではないんですか？　いまどきなら加工くらいはできるでしょ。二千人を同じ顔にするのも面倒でしょうが、できなくはないような気がします」

「だけれど、実際にはあんなに大きな解像度の写真が、僕のメールに届くはずがないんだ。容量オーバーでエラーになるだろうし。しかも、調査を頼んだ相手からのメールに、それが勝手にくっついてきたんだから、不思議だと思わないですか」

「いまどきの心霊現象は、ＩＴ化に適応してきているんですね」編集者はほとんど棒読みをした。端《はな》から私の話など信じていないのだろう。

喫茶店で私たちは向かい合っている。次の仕事について打ち合わせをしていたのだが、雑談の一環として、私が数年前に起きた、その話をしてみせたのだが、彼が一向に感心しないため、私は少しむきになっていた。

「いや、怖いのはそのあとなんだ」

「はあ」編集者はすでに乗り気じゃない。

「さっきも言ったように、最初に見つかったのはこの喫茶店で撮られた写真だったんだ。彼と女性が並んでいただけだったのに、写真には、不自然な人物が写っていた」

「それ、本当に、死んじゃった磯部さんって人なんですか？　それをあなた、信じているわけ？」

「その時に、その不気味な男は、僕のこのパソコンの上に手を伸ばしていたんですよ。写真を観《み》たら、そう写っていて」

「そう言ってましたね。これですね」編集者が、テーブルの上のノートパソコンに目をやる。「それがどうかしたんですか」

「それ以降ね、僕の書く小説が面白くないんだ」

「はあ」

「書いても書いてもつまらない作品しか生まれてこないんだから、これはもう、何か恐ろしい、人知を超えた力によると思うんだ。悩ましいよ。悩ましいし、恐ろしい」

編集者は何か言おうと口を開いたが、いったん唇を閉じた。やがて、そこから息が洩《も》れてくる。倦怠《けんたい》の滲《にじ》む、長い溜《た》め息《いき》だった。

あの年以降、「ミスター注目の的」の彼からは年賀状が届かなくなり、近況の連絡も途絶えている。

合コンの話

――物語のあらすじ

男は合コンに参加する。約二時間のごく普通の合コンだった。楽しい会話とはっとする出会いがあるものの、人生は変わらない。もちろん、世界も変わらない。

――肉付けをしたあらすじ

二十七歳の誕生日、尾花《おばな》は、友人の井上《いのうえ》が企画してくれた合コンに参加した。銀座のダイニングバーで行われた、男性三人、女性三人のその集まりの中、会話を交わし、食事をとり、酒を楽しんだ。知人と再会もする。恐ろしい事件が同時に起きているが、それは合コンとはまったく無関係だ。帰り際《ぎわ》、尾花は少しだけ息を呑《の》む場面に遭遇する。が、それによって彼の生活が変わることもない。当然ながら、世の中に大きな変化も訪れない。

――肉付けをしたあらすじ（氏名は省略し、性別＋アルファベットとする）

一月十三日、二十七歳の誕生日を迎える男Aは、恋人と共に時間を過ごせないことに落ち込んでいた。すると学生時代からの友人、男Bが気を遣い、合コンを企画し、誘った。もちろん、自身が合コンを楽しみたかったというのが男Bの本心ではあったが、男Aもその呼びかけに応じた。銀座のダイニングバー〈サイワイ〉にて開催された合コンには、男三人（男A、男C、男D）と女三名（女E、女F、女G）の合計六名が集まった。男Dは、男Bの代理として参加するのだが、外見は冴《さ》えず、場にも馴《な》染《じ》まず、女性たちからの評判は（特に女F、女Gからは）良くなかった。

雑貨屋を経営する女Eは穏やかならざる動機を抱えて、合コンに参加していた。その事実は最後まで、他の人間には明かされない。男Aと女Fは知人で、女Gは携帯電話を気にかけている。重要な連絡を待っているのだ。

食事が運ばれ、飲み物のグラスは空き、下げられ、会話が交わされ、時間は過ぎる。

およそ二時間だ。途中、いくつか油断のならない出来事が起きる。具体的に言えば、銀座の裏通りで俳優が殺害されたり、店に警察が訪れてきたり、女Gが泣き、男Cがそれに対し謝罪したり、といった内容だ。それらは大事件には発展しない。殺人事件も、この合コン自体には関係がない。合コンが終わり、参加者たちは駅に向かうが、その道すがら少しだけ意外なことが起きる。男Aははっとし、息を呑む。

翌日、男Aはいつもと変わらぬ週末を過ごし、そのさらに翌々日、週明けには恋人から別れ話を切り出される。男Aの生活はもとより、他の五人、それを取り巻く社会や世界情勢も、この合コンの物語からは影響を受けなかった。

――補助的な情報

【広辞《こうじ》苑《えん》からの引用】

ごう‐コン《ガフ‥》〔合―〕（「合同コンパ」の略）付き合う相手を探すために、男女それぞれのグループが合同で開くコンパ。

コンパ（コンパニーの略）学生などが、費用を出しあって催す懇親会。

【インターネットからの引用】
・ダイニングバー〈サイワイ〉　創作料理でくつろぎの時間を。
［交通］　東京メトロ銀座駅B1出口から徒歩二分、JR有楽町駅銀座口から徒歩五分。
［店長からの挨拶《あいさつ》］　地下二階分を使った、天井の高い、贅沢《ぜいたく》な空間で幸せな時間を過ごしていただければ幸いです。店の中央には、団体のお客様でもゆったりとご利用できる大広間を設け、それを囲むように個室スタイルのスペースを用意しました。個室につきましては早めのご予約をお勧めいたします。イタリアのホテル料理長を十年務めたシェフの手による、魚介類を主とした創作料理をお楽しみください。幸いなるかな、サイワイを訪れる者。
［シェフからの挨拶］　子供の頃に観《み》た、「ローマの休日」に衝《つ》き動かされイタリアに渡りました。アン王女には出会えませんでしたが、料理には出会えました。ここでみなさんに、料理を介して出会えることを楽しみにしております。

・奥谷《おくや》奥也《おくや》演出「王子と乞食《こじき》」公演について

東京シアターでは来年四月から五月の二ヶ月間、奥谷奥也の新作舞台「王子と乞食」を上演する予定です。宮殿から外に出たことのない生活に飽きたエドワード王子が、たまたま遭遇した貧しいトムに、立場を入れ替えることを提案します。はじめのうちは二人ともその新鮮な別世界を堪能《たんのう》しますが、次第に、息苦しさと空《むな》しさに囚《とら》われるようになり、意外な展開を迎えます。マーク・トウェインの名作を換骨奪胎し、サスペンスを付け加えた奥谷版「王子と乞食」をお見逃しなく。

【女性週刊誌からの引用】

「佐久間覚《さくまさとる》　二股《ふたまた》発覚！」

二ヶ月前、十歳年上の女優、笹岡愛理《ささおかあいり》との熱愛を本誌がスクープした俳優、佐久間覚が今度は、五歳年下のマルチタレント、富良野《ふらの》あいりのマンションから朝帰りしたところを、写真週刊誌により報じられました。すでに交際を認め、二股をかけられた形の笹岡愛理は、新作映画の記者発表に駆けつけた報道陣に対して、「そんな話は聞いていませんね」と答えるだけだった。共演者の山口リリが、「同じ、アイリという名前だから彼も間違えたんですかね」と冗談を口にし、笹岡愛理に睨《にら》まれる場面も。

——合コンの人数について

井上が言うには、こうだ。

様々な形式での合コンを経験した結果、合コンの人数は男が三人、女が三人という構成がベストだと分かった。まず、大人数は論外だ。ただの飲み会、文化祭の打ち上げのようになってしまい、密接な関係にはなりづらい。では、少人数であれば少人数であるほど好ましいかと言えば、そうとも言えない。男女二人ずつとなると今度はあまりに規模が小さく、緊張度が高くなる。ただの沈黙が、沈黙以上の、たとえば場が白けた状態だと錯覚されやすい。四人はどうか。男女計八人だ。すると今度は別の問題が生まれる。話題の分裂だ。テーブルの真ん中で、話題が分離してしまい、二つのグループができあがる可能性が高い。自分の狙《ねら》いの女性が反対側のチームにいる場合、距離を近づけるのが難しくなる。つまり、だ。三人ずつの組み合わせが一番、良い。それが結論だ。一つの話題で盛り上がることができる上に、適度な緊張とくつろぎがある。

――尾花が、井上と会う（合コンの前の週、土曜日）

井上が急に電話をかけてきたので、何事かと思った。「合コンの打ち合わせをしておこうか。おまえも久しぶりだろうし」

部屋着で寝そべり、テレビを観ていた私は断ることもできた。が、そうはせず、ダウンジャケットを羽織り、ジーンズを穿《は》き、近所の喫茶店へと出向いた。確かに私は合コンに行くのが久しぶりであったし、何らかの打ち合わせが必要かもしれない、と自分でも感じたからだ。

土曜日ではあったものの彼は休日出勤だったらしく、「手当もろくろく出ないのに、こうして働くのは合コンという楽しみが控えているからだ」と真面目《まじめ》な顔で主張し、「合コンとはどうしてこんなにも人間の原動力となるのだろうか、ああ」と詠嘆口調で言った。大学生の頃から、参加者さえ揃《そろ》えば、借金をしてでも合コンを開こうと熱心に活動していた井上を知っているため、その言葉には説得力があったが、人間全般の一般論として語られることには抵抗がある。

「男側のもう一人の参加者は誰なんだっけ」私は、コーヒーを音を立てて飲む井上に訊《たず》ねた。

「俺と尾花と、あとは臼田《うすだ》。おまえは会ったことないだろうけど、俺たちより一つ下で、よく行く薬局の店員なんだよ」

「その臼田君というのが、井上の最近の合コン仲間なのか」

「だな。俺と臼田はよく一緒に活動している。あと一人は流動的だけどな。やっぱり、合コンは三対三だ。おまえが合コンに付き合ってくれなくなった時はどうしようかと思ったが、臼田が現われてくれて助かった」

私は、数年前まで井上と共に合コンによく行った。が、ある時を境に、行かなくなった。合コンで出会った女性と交際をはじめたからだ。そして、その彼女と別れた後も合コンには近づかなかった。次の恋人、つまり今現在恋人関係にある女性とは、非・合コン的な出会い方を、仕事先で少しずつ親密になるという出会い方を、した。

私が合コンから遠ざかっている間、井上は、臼田君という合コンメイトを見つけ、活動を続けていたらしい。井上は鼻を膨らませ、「臼田は体格がよく、爽《さわ》やかな二枚目で、唐突に変な言動をするのが玉に瑕《きず》ではあるが、素朴な羊飼いの雰囲気もあって好感が持てる、彼がメンバーにいるだけでチームの格がぐっと上がるのだ」と熱弁を揮《ふる》った。私に対し熱弁を揮うメリットがどこにあるのかは知らない。「礼儀正しいし、何より、明るい。合コンの場では、どんなにいい奴《やつ》でも、暗い性格だと足手まといだからな」

「臼田君は何のために参加しているんだろう」

「あいつは意外にも、ちゃんとお付き合いしたい相手を探しているんだよ。一夜限りの遊び相手を探すんじゃなくてな。尾花、昔のおまえと一緒だ」

「ということは、その臼田君もいつかは卒業するわけだ。おまえの話からすれば、臼田君は人気の出そうな男だから、そうなるのも時間の問題だろうな」

「だな。臼田は卒業する。だけどな、今回のおまえみたいに女に振られて、また戻ってくるよ」

「俺が振られたと決め付けるのは良くないと思います」不愉快を強調するために、わざと丁寧な言い方をした。

「いいか」井上は、上空から私を見下ろし、教えを説くかのような余裕を浮かべていた。「いいか、おまえの誕生日に、別の男とライブに行く予定を組み込んでいる段階でな、おまえはヨシコちゃんに振られているんだよ」

「ライブじゃない。ピアノコンサートだ」そしてヨシコではなく頼子《よりこ》だ。私はその会ったこともない、ハーフの天才と持てはやされているピアニストが憎くて憎くて仕方がなかった。「当日、そのコンサート会場が火事になったりしないかなあ」とかなり本気で言った。もしくは、そのピアニストがドタキャンしたりしないか、天才にドタキャンはつきものだろうに、と勝手なことも考えた。
「学校行きたくないから、校舎が燃えちゃわないかな、っていう小学生と同じ発想だな。おい、そんな下らないことを考えるな。安心しろ。その日は俺が合コンで、おまえを盛り上げてやるから。きっと、ピアノコンサートなんかより楽しい時間になるはずだよ」
――井上は行きつけのバーで店主と喋《しゃべ》り、だから、合コンが決まった（合コンの数週間前）
そのバーは、繁華街から少し離れた一画の、ビルの地下にひっそりと開いている。だから、知る人だけが知る、落ち着いた店だ。カウンターのほかに、テーブル席が二つだけとこぢんまりとしていて、だから、一人きりになりたい人間がその一人きりであることを前向きに嚙《か》み締めることができる。カウンターにいる店主は、無口ではあってても無愛想ではなく、黙っていてほしい時にはシェイカーを振るだけ、話を聞いてほしい時には丁寧に相槌《あいづち》を打ってくれる、という接客術を心得た五十近くの男だった。

だから、客の誰もが、その店主に好感を持っていた。

井上真樹夫《まきお》はもともと、合コンのあとで女性を連れていくための店を探している際に、そのバーを見つけたのだが、その雰囲気と店主の人柄がすぐに気に入ってしまい、この店に騒がしく押しかけてはならない、と思い、だから、たいがいは一人で立ち寄るようになった。

その日、店主が、「井上さん、うちのお客さんで男性たちと懇親会をしたい女性がいるんですが」と声をかけてきた。彼は、自分からは滅多に話しかけてこない。だから、井上真樹夫は驚いた。つづいて、合コンを懇親会と呼ぶ店主の感覚に新鮮さを覚えた。

井上真樹夫は、その店では、自分の軽佻《けいちょう》浮薄な性格を隠していた。合コンによく参加している、という事実を話題にしたこともない。だから、どうして店主がそのことを知っているのか、と動揺したのも事実だ。

が、落ち着いて話を聞けば、店主は別段、それを知っていたわけではないらしく、「最近、よく来てくれる女性なんです。ちょうど井上さんと同年代で、雑貨屋を経営されているんですよ」と自分の娘の友人でも紹介するかのように、穏やかに語ってきた。「いまどきあまり見ないような、品があって、穏やかな美人なんです」と。そして、「だから」と続ける。「だから、もし、井上さんさえ良ければ、懇親会を企画してあげてくれませんか」

井上真樹夫は、「喜んで」と反応したくなるのを堪《こら》え、「分かりました。それは楽しそうですね」と落ち着いて答えた。

ありがとう、と微笑《ほほえ》む店主には嫌味のないダンディズムが満ちていた。だから、井上真樹夫は、少し見惚《みと》れてしまう。

「では、その雑貨店主の女性にお友達を二人ほど連れてきていただけるか打診してもらってもいいですか。俺も二人、友人を呼びますので。懇親会は六人くらいが一番、良さそうな気がします」

バーの店主は目を細め、きっと彼女も喜びますよ、とお見合いをうまくまとめたかのような嬉《うれ》しそうな笑みを見せるものだから、井上真樹夫もいいことをした気持ちになった。

――合コン当日、尾花が驚いたこと二点
・「合コン当日は、おまえを盛り上げてやるからな」と言った当の井上が土壇場《どたんば》で来られなくなった。
・合コンにやってきた女性のうち一人が、昔の恋人だった。

――井上が、尾花に電話をかける（合コン開始の二時間前）

「尾花、悪いな。欠席させてくれよ」

「当日じゃないか。体調が悪いのか」

「そんなところだ。あとは頼んだぞ」

「ちょっと待ってくれ。頼まれても」

「代わりに別の人を行かせるからさ。ちょっと暗い人だけど、悪い人じゃない」

「合コンでは、どんなにいい人でも、暗いと足手まといになるんじゃないのか」

「三人全員が明るかったら、能天気な集団にしか見えないだろ。重石《おもし》がわりの男がいたほうがいい。彼はいい重石になるよ」

「その彼はどういう人なんだ。俺も知っている人か？　おまえの同僚か？　ちなみに臼田君は、その人と面識があるのかい」

「臼田も知らない男だ。うちの会社の得意先の社員なんだ」

「そうなると俺たち男性陣は全員が全員、初対面になるぞ」
「得意先の勘所とも言えるお方なのでくれぐれも粗相のないように頼むぞ」
「おまえの取引先の人を、どうして俺たちがもてなさないといけないんだ」

――尾花が、他の男性参加者と会いました（合コン開始の三十分前）

尾花弘《ひろし》は、井上真樹夫から聞いた携帯電話の番号をもとに、二人に連絡をしました。合コン参加者の臼田章二《しょうじ》と、井上真樹夫の代わりの男に、です。女性陣との待ち合わせ時刻は迫っていましたが、事前に男性陣の顔合わせをし、自己紹介を済ませておくべきだと考えたためです。いきなり女性たちの前で、男同士が「はじめまして」と挨拶を交わすのは場が白けてしまう予感もありました。もちろん、三十分前に初めて会った男三人が、本番になって息の合ったやり取りを見せられるとも期待していませんでしたが、しないよりはいいだろう、という判断だったわけです。ブランドバッグの店の前で待ち合わせをしました。臼田章二ももう一人の男も時間通りに現われ、近くの喫茶店にあわただしく入ります。

はじめまして、とぎこちなく挨拶をし、三人を結びつけるはずだった井上の突然のキャンセルを嘆き、今日はよろしくお願いします、とやはりぎこちなく言い合いました。井上真樹夫の代わりで現われた男は、佐藤亘《さとうわたる》と名乗りました。年齢は尾花弘と同じ二十七歳ですが、外見からはもう少し年上にも見えます。「貫禄《かんろく》がある」や、「大人びた雰囲気が漂っている」というよりも、単に老《ふ》けていました。店内で向き合った際、尾花弘の、佐藤氏に対する印象は次の通り、批判的なものでした。

この、赤いタータンチェック柄のシャツが似合っていると思っているのだろうか？　服装に無頓着《むとんちゃく》なのかもしれないが、これはあまりに野暮ったい。しかも、髭《ひげ》の剃《そ》り跡は青々とし、大きめの眼鏡も不釣合いだ。中途半端《はんぱ》に伸びた髪もどうかと思う。これは困った。この男を見て、女性たちはどう思うのだろう。あ、そうか、話をすれば楽しい男かもしれないな。

けれど、喫茶店で向かい合った佐藤氏はとてもおとなしくて、楽しい会話をするようなタイプではありませんでした。もともと喋るのが得意な性格でもないのか、挨拶をするにも緊張しているのがありありと分かり、向かい合っていると、こちらのほうが疲れてしまう、と尾花弘は苦笑しました。けれど、「今日は、井上さんに本当に我儘《わがまま》を言ってしまいました」と申し訳なさそうに言い、「合コンは初めてなので、とても楽しみです」と素直に告白する様子を見ると、悪い人ではないのだな、と感じたのも事実です。

一方の臼田章二には、井上真樹夫から聞いていた通りに魅力的な男だという印象を、尾花弘は抱きました。これは絵に描いたような好青年で、額に入れたら、好青年の絵として売れるんじゃないか、と思いましたが、そのような下らないことは口にはしません。臼田章二は長身で少し長めの髪は柔らかく、くっきりとした二重瞼《ふたえまぶた》には色気が満ち、礼儀正しさまで備わっています。君ならば、と尾花弘は喉《のど》まで言葉が出掛かりました。君ならば合コンなどを利用しなくとも容易に恋人が見つかるのではないかな、と。それを口にしなかった理由は二つあります。一つは、そのようなことを言って、臼田章二が、「言われてみればそうですね。合コンはもうやめます」と決意をしてしまったら、彼にはそのように反応する従順さが満ちていたこともあり、そうなったならば井上真樹夫が合コンの仲間を失い、落胆するのではないか、申し訳ないな、と思ったからでした。もう一つは、「最初の印象だけで、彼がいい男だと結論付けるのは、それはそれで人間の外見に対する偏見ではないか」と戒める気持ちが自らの中にあったからです。先入観は良くありません。

最後に尾花弘は、「おしぼりのこと」を二人に確認します。井上真樹夫と何度も合コンに行っている臼田章二は、「分かります」とうなずきましたが、合コン初参戦の佐藤氏は当然ながら、きょとんとしています。尾花弘は簡単に、おしぼりのことを説明しました。それが終わると、「時間だね。行きましょう」と席を立ちました。

――店内のトイレ前で、昔恋人関係にあった二人が喋る（合コン開始から三十分後）

私と江川《えがわ》美鈴《みすず》は、「どうしてここにいるのだ」と言い合った。店内には円形の大きな広間のような場所があり、それを取り囲むように個室が並んでいる。個室から出て、大広間の円周をなぞるように通路を進んでいくと半周ほど進んだ場所に別の細い通路が伸びていて、そこをまっすぐに行った突き当りがトイレだった。

江川美鈴がまず、トイレに立った。私は他の者たちに怪しまれないタイミングを見計らい、後を追った。彼女と密談するためだ。客のテーブルや個室のある場所からは奥まった場所だったから、他の者たちから、彼女とのやり取りをすぐに見られる可能性は低いのだが、いつ誰がトイレに来ないとも限らず、私たちはちらちらと通路の向こう側を気にする。

二年ぶりに会った江川美鈴は以前よりも、少し大人びた風に見えた。綺麗《きれい》になったな、と正直に、それこそ二年前のあのどろどろとした恋人関係解消の大喧嘩《おおげんか》を水に流すつもりで言おうとしたのだがそれより先に彼女が、「成長してないねえ、尾花君は本当に」と嘲《あざけ》るように言うものだからこちらも、「お互い様だよ。変わらないな」と喧嘩腰で応じた。

「俺は期待していたんだよ。最後の一人に」と私は言う。「女性陣の一人が遅刻してくるって言うから、これはまたどんな素敵な女性が現われるのかってな。というよりも、遅れて注目を集めようっていう魂胆がね、もう見え見えだ」

先に来ていた女性二人が別段、期待はずれだったというわけではなかった。むしろその逆で、先行組の加藤《かとう》さんと木嶋《きじま》さんは外見が良く、しかも、加藤さんは清楚《せいそ》で落ち着き払った女性、木嶋さんのほうは潑剌《はつらつ》としたタイプ、とそれぞれ違った雰囲気だったから、後から来る一人もまた趣の異なる美人に違いない、と胸を膨らませていたのだ。確かに、遅刻して現われた江川美鈴も美人に分類できたが、自分が過去に交際していた女なのだから、それどころではない。

「わたしは本当に残業だったのよ。でもまあ、『遅刻して登場した場合は、目立とうとするんじゃなくて、奥ゆかしく静かに会話に耳を傾けて、自然と輪に入っていく感じにすると好感を持たれる』っていう法則があるんでしょ？　昔、聞いたことがあるんだよね。合コン好きの男に」

「俺は、おまえと付き合っていた時には、合コンなんて行かなかったじゃないか」

確かに、「合コン時のコツ」を雑談のひとつとして喋ったことはあるかもしれないが、そのことを今さら、罪のように言われるのは心外だ。

「おまえとか言わないでよ。馴《な》れ馴れしい。わたしと君は今日、初対面なんだから」

「どうしてまた」

「君だってそのつもりなんでしょ。そうじゃなかったら、わたしがやってきた時、すぐに、『あ、別れた相手だ』とか言ってたんじゃないの？　いかにも初対面を装《よそお》っていたけど」

「突然のことで頭が働かなかったんだ」これは本当だった。そして、落ち着いた時にはすでに、元恋人同士の事実を発表するきっかけを失っていた。

「それにしても、君が今日の、合コン相手とは驚きだよね。結局、合コン三昧《ざんまい》の生活に戻ったんだ？」彼女の眼差《まなざ》しは、堕落の人生に沈んだ友人を軽蔑《けいべつ》するようだったので、私は反射的に抗弁したくなる。手を不自然に振る。「合コンは久しぶりなんだ。俺だって今、彼女がいる」

「彼女がいるのに！」江川美鈴は世にもおぞましい生き物を目の当《ま》たりにしたかのような表情で、両手を口に当て、絶叫を堪える仕草を見せた。「合コンに来ているだなんて」

いいか、よく聞いてくれ、と私は釈明を試みる。私は恋人一筋のつもりだったのだが、その彼女がよりによって自分の誕生日に別の男とピアノコンサートに行く予定を入れていた。不憫《ふびん》に思った友人の井上が、開催する予定のあった合コンに誘ってくれたのだ、と早口で説明する。それに対する江川美鈴の返事はもっともなものではあった。「彼女がたった一日、男友達と遊びに行っただけで、合コンに行くとは常人の理解を超えている。妻が妊娠しているから浮気をしてもいいと主張することよりも、ひどい」

その言い分は分かるが今日は私の誕生日なのだ。そう訴えると彼女は、「何よ、誕生日おめでとうって言ってもらいたいわけ」とまるで見当違いのことを口にし、「コンサートくらいいいじゃない」と続けた。

「ピアノコンサートだぞ。どこかのアイドルのコンサートじゃない」

「ピアノだからってどうかしたわけ？」

「クラシックの、天才ピアニストだぞ」

「だからどうなの。天才ピアニストだからってどうなわけ」

「ハーフで美形なんだ。で、たぶん、金持ちのボンボンだ」

「あ、そうなんだ？　美形ピアニスト？」

「ハーフなのは本当だけど、あとは想像」

「ハーフだっていろいろいると思うけど」

「ハーフは美形だと決まっているんだよ」私はなぜか語調を強くする。「とにかく、天才美形ピアニストのクラシックコンサートに行った男女が、いい雰囲気になるのは明らかだろ。難しい言葉で言えば、ほら、自明だ」

「クラシックとかピアニストとかハーフに対するいろんな偏見が入ってるからいちいち指摘したくないんだけど、一つだけ言うと、自明ってのはそんなに難しい言葉じゃないから」江川美鈴は溜《た》め息《いき》を吐《つ》く。が、ふと気づいたように、「でも、当の井上君がいないじゃない。あの、合コン中毒の酷《ひど》い男が」と個室のある方角に指を向けた。

江川美鈴は、私と交際していた頃から、井上のことを毛嫌いしていた。井上という男が、「合コンを企画しては、参加者の女性を誘い、数回裸で抱き合うのを楽しむ人間」であることは彼女には隠していたつもりだったが、彼女は彼女の直感で、誠実とは言いがたい井上の本質を見抜いていたのかもしれない。

「井上は土壇場で欠席だよ。代打を寄越して」

「ふうん、で、どっちが井上君の代打なわけ」江川美鈴が言う。「臼田君？　それと

も あの佐藤とかいう男？」

呼び方の差異に、彼女が抱く男性二人への好感度の違いが現われている。「佐藤とかいう男のほう」と私は答える。

「何か変だよね、あの人。何歳なの？　暗いよね」

「暗いんじゃない。重いんだ」

「太ってるってこと？」

「そうじゃない。精神的な柱なんだよ」私は出まかせで、強弁する。「井上が言うには、俺たちと同い年、二十七歳らしいけど」

「嘘《うそ》でしょ。あれ、どう見てもおじさんじゃない。眉《まゆ》がぼさぼさ、青髭で。あのシャツをああやって着る感覚も分からないよね」

「見た目で判断するなよ」

「合コンなんてね、第一印象でだいたい決まるのよ。昔、君も言ってたでしょ。第一印象が良い相手が、喋ってみたら悪い印象に変わった、ってことはあるけど、その逆はあんまりない、って。第一印象を短い時間で挽回《ばんかい》するのはほとんど無理なんだって」

彼女が思いのほか率直に、初対面の男の悪口を発してくるので、不快を感じるより前に驚いた。これほど捩《ねじ》れた性格ではなかったはずだから、私と別れて以降、彼女に何らかの変化があったのだろうか。

「まあ、臼田君が恰好いいから、わたしは満足だけどね」

「あ、そう」

「君も、加藤さん狙いなんでしょ。身の程知らずだけど頑張ってね」

「彼女はどういう子なんだ」

江川美鈴は、ほれ見たことか、とでもいうような意地悪な笑みを浮かべた。「加藤さんはね、品があって優しくて、美人でしょ。雑貨店をやってるけど、たぶんね、実家がお金持ちなんだよ。だから、余裕があるの。言い寄ってくる男は腐るほどいるしね」

「そんな子がどうして合コンに来てるんだよ。男たちが本当に腐っちゃったから？」

「下々《しもじも》の人々の、大衆的な恋愛事情を社会見学に来てるんじゃないの。だから、狙っても無理よ」

どうして加藤さんに惹《ひ》かれていると分かったのだ、とは訊ねなかった。私の態度から判明したわけでも、彼女の勘が鋭く作用したわけでもない。おしぼりのせいだろう。おしぼりのことを昔、彼女に喋ったような記憶がある。

——おしぼりについて

合コンにおいて重要なことはいくつもあるが、その一つは、自分がどの女性を気に入っているのか、どの子と親密さを増していきたいと考えているのか、その方針を他の男性メンバーに伝えることだ。それを怠ると、せっかくある女性に狙いを定めていたのに、仲間と競争する羽目になる。日ごろの生活の中で、ふとした拍子に恋に落ちたのであればそれも仕方がないが、冷静に選択できる場であれば、それは避けたいのが人情である。それゆえ、合コンがはじまると私たちは、自分が気に入った、もしくは気に入りつつある女性について、仲間に報告する。重複しないように、サインを出す。仲間の狙いが分かれば、会話の中でアシストもしやすい。

初期の頃は、トイレに立ち、そこで、「俺はあの子がいい」「では俺はそちらの子に」と作戦会議のようなものを行っていたが、このやり方は不自然で、女性陣にもばれやすく、明らかに手際が悪かった。さらに、トイレはそう頻繁に行くものでもないため、もっと手軽に意思表示ができる方法が必要だった。私たちは居酒屋やダイニングバーなど、合コン会場で利用できるものを、たとえば箸《はし》であったりフォークであったりを駆使したのだが、その結果、行き着いたのがおしぼりだった。すなわち、手を拭《ぬぐ》い、それを置く際の向きが、「狙っている」女性を指し示す、そういった仕組みなのだ。飲食中におしぼりを使うのは違和感がなく、それを丸めてテーブルに戻す作業も目立たない。しかも、これだと途中で、自分の目標が変わった場合にも随時、それを表現できるため、非常に都合が良かった。おしぼりを使って、意中の女性を指し示す。これがおしぼりのサインだ。

——おしぼりサインに関する、よくある質問

Q・どの女性も好みでない場合はどうすればいいのですか?

A・筒状にはせず、綺麗に畳んで、その場に置いてください。

Q・複数の女性が好みの場合、筒状にしたおしぼりはどう置けば良いですか?

A・できれば一人の女性を選び、そちらに向けるべきですが、どうしても悩んでしまう場合はおしぼりをくしゃくしゃにし、置いてください。

Q・別の男性参加者の一人が、おしぼりで手を拭《ふ》いたのですが、明らかに、「おしぼりサイン」を失念していて、おしぼりをでたらめに置いてしまいました。どうすればいいですか。

A・その男性に向かい、「汚らしいから、ちゃんと畳んでおけよ」と自然に注意しましょう。

Q・合コンが進むうち、別の男性参加者が狙っている女性に惹かれはじめました。今さら、おしぼりの向きを変えるのは気が引けます。その男性参加者にも申し訳ないのですが。

A・それはおしぼりサインとは直接、関係のない質問ですが、もし、悩んだ末に、別の男性参加者と同じ女性を選択したいのであれば、迷わず、おしぼりの向きをそちらに変更いたしましょう。そのための、おしぼりサインです。もしかすると、「それであるのならば、俺は別の女性に」と彼のほうが修正をする場合もあります。

Q・おしぼりサインが、相手の女性にばれてしまった場合はどうすればいいですか？

A・おそらく、誰かが具体的に説明をしない限りはばれません。もし、合コンの最中にばれてしまった場合には、おしぼりの向いていない女性が一人もいないように、心がける必要があります。

――合コン開催中、木嶋が電話に出るため、店の出入り口付近に立つ

心臓が痛いくらいに緊張して携帯電話に出たら、緊張のせいで発信者の表示を確認しなかったのがいけないのだけれど、お父さんの声が聞こえて死ぬほど腹が立った。死なないけれど。てっきりオーディションの結果連絡だと思った。何なの、と怒りながら言うと、「今どこだ」とあちらも不機嫌そうな声を返してくる。不機嫌なのはこっちのほうだ。「今、銀座だって。飲み会って言ったでしょ」と声を発しながら、わたしは背後を気にする。電話がかかってきたから店の外までわざわざ出てきたのだが、お父さんからの電話であるのならさっさと切って、テーブルに戻りたかった。この間に席順がずれていて、わたしの座る場所が、あの佐藤とかいう男の前になっていたりしたらどうしよう。あの人、悪い人ではないんだろうけれど、挙動不審なところもあるし、ぜんぜん恰好良くない。申し訳ないけれど、せっかくの合コンなのだから、楽

しいほうがいい。

「無事か」とお父さんが真剣に問いかけてくる。さすがにわたしも可笑《おか》しかった。

「あのね、飲み会に無事とか無事じゃないとかないから」

「そうじゃない。今、ニュースでやってたんだ」

「木嶋法子《のりこ》が男に口説かれてます、とか？」

お父さんは笑わない。笑ってくれてもいいじゃない。「殺人事件だよ。知ってるか、何とかって俳優」

殺人事件、という言葉がまず現実味がなく、わたしはぽかんとしてしまう。「何とかって誰」

「佐久間何とか」

「佐久間覚？」大人しい外見のわりにふてぶてしい演技が似合っていて、ファンの多い俳優だけれど、わたしは好みではなかった。何であんなに人気あるんだろう。「え、佐久間覚、殺されたの？」と少し声を大きくしてしまう。隣のエレベーターから降りてきたばかりの男女が、そのわたしの威勢の良い声に、しかも物騒な内容の発言に、ぎょっとしている。

「らしいんだ。銀座一丁目の裏通りらしい。首の骨が折られて」

「首の骨って、ビルから落ちたの？　それって自殺じゃないの」そういえば、佐久間覚は芸能人二人に二股をかけてやたらにテレビに取り上げられていた。あれで精神的にまいってしまって、高いところから飛び降りちゃったんじゃないの？　ほら、発作的に。わたしの気持ちを見透かしたのか、お父さんは、「飛び降りた感じじゃないらしい。詳しいことは分からないけどな。数時間前という話もある」と言う。

「数時間前って何が」

「殺されたのが、だ。不審者を目撃した人がいるんだと。とにかく、早く帰ってきなさい」と厳しい声を出す。早く帰ってきなさい、って何でそんなに命令口調なのだろうか。左右を見渡す。この近くで殺人事件が起きた、といわれてもまるで実感がなかった。だって、このレストランでみんな、食べたり飲んだり喋ったりしているのだし。

「お父さん、でも、特に怖いことなんてないんだから」

「人が死んでるんだぞ」お父さんはいったいどういうつもりでそんなことを言ったのだろう。いつでもどこでも、誰かが死んだり泣いたりしている。わたしの家族とか親《しん》戚《せき》とか友達とかなら別だけれど、それ以外の誰かのことを気にかけていたら、とてもじゃないけど生きていけない。「大丈夫、気をつけて帰るから」と電話を切って、店の中に戻ることにする。

加藤さんが予約したらしいこのお店は洒落《しゃれ》ているし、雰囲気があって、とても良い。天井はびっくりするくらい高いし、黒光りする壁は貫禄があるし、間接照明も程よい感じだし、料理も美味《おい》しい。さすが、加藤さんだ。

店内を見渡しながら歩いていたせいか、そこで、人とぶつかった。相手の身体《からだ》が大きく、わたしが小さすぎることもあるのだけれど、吹き飛ばされるような感じだった。尻餅《しりもち》をつく。転んだ、と分かって、腹が立つ。痛いでしょ、と言いたかったのだけれど、ぶつかった相手には妙な迫力があって、怒りをぶつけることができなかった。若そうな人だった。同い年くらいかな。意外に恰好いい。けれど無表情だから、どこか恐《こわ》い、と思っていると一応、手を差し伸べてくれ、引っ張り上げてくれた。ふわっと身体が、予想以上に浮かび上がった。親切なのか乱暴なのか分からない男だ。そしてその男は特に謝罪するでもなく、店の奥に消えていく。黒のセーターで身体が引き締まっている。後ろ姿をじっと見ると、二の腕が太いのが判明した。格闘家か何か？怒らないで良かったな。ああいう男が意外に、人の首とか折っちゃうんじゃないの？そんなことを考えるのは不謹慎だろうか。

個室に戻るとぎょっとして、ほっとした。まず席順が変わっていたことに、どきりとし、それから、わたしの座る場所が、佐藤とかいう人の前や隣ではなく、一番遠い場所だと分かり、安堵《あんど》した。向かい側に座るのは、尾花さんだ。さっきまで前にいた臼田さんがあまりに爽やかで恰好良かったから、見劣りする部分もあるけれど、尾花さんは尾花さんでなかなか良かった。どこか疲れた風なのも悪くないし。

「法子ちゃん、電話大丈夫だった？」わたしの隣にいる江川さんが訊ねてきた。江川さんとは、加藤さんの雑貨屋の常連客というつながりがきっかけで、親しくなった。二つ年上だからかわたしのお姉さんのようで、演劇のことには詳しくないけれど、舞台を時折観にきてくれては、すごいすごい、と感激してくれるし、良い人だ。でも、その良い人の、しかも美人の江川さんがどうして不倫なんかで一喜一憂、ではなく四苦八苦？　七転八倒？　とにかく思い悩まなくてはいけないのか、納得できない。加藤さんが今回、合コンに江川さんを誘ったのも、その不倫問題からの脱却を後押ししたかったからだろう。来てくれて、わたしは嬉しかった。

「あ、同じだ」臼田さんが急に言うので何事かと顔を上げる。彼は、テーブルの上に置いたわたしの白い携帯電話を指差し、自分の鞄《かばん》をごそごそやると、同じタイプの携帯電話を取り出した。「おそろいだ」

「色まで一緒だ」尾花さんが驚いている。

この程度のことでも、嬉しいな。

――この時点での男性三人のおしぼりの向き

・尾花のおしぼり…左方向の一番端、加藤さんの方向を示している。
・臼田のおしぼり…くしゃくしゃの状態で手元に置かれている。
・佐藤のおしぼり…くしゃくしゃの状態で手元に置かれている。

――合コン開催中の「会話」（と心理）Ⅰ

臼田「電話って、彼氏とかから？」（彼氏からの電話じゃないほうがいいなあ）
木嶋「違いますよ。お父さんから」（彼氏がいないことを明言したほうがいいのかな？）
江川「そうだったんだ？　何だって？」（オーディションの結果が分かったわけじゃないのね）
木嶋「わたしのことが急に心配になったみたいです」（過保護の親がいる、面倒臭いお嬢さんみたいに受け取られちゃうかもしれない）

加藤「あの電話、ではなかったのね」（オーディションのことを話題にしていいのか分からないから曖昧《あいまい》に言ったほうがいいのだろうか）
木嶋「あ、そうですね。違いました」（誰かが、踏み込んで聞いてくれないかな）
臼田「あの電話って、何の電話ですか？」（やっぱり、彼氏とかから？）
木嶋（聞いてくれて、嬉しい！）「舞台のオーディションの結果なんです」
尾花「舞台の、って。木嶋さん、美容師だったよね」（嘘だったのか？）
佐藤「美容師に、オーディションってあるんですか？」（美容師に、オーディションってあるのだろうか）
木嶋（あるわけないし、この人にはあまり話題に参加して欲しくないな）「美容師をやりながら、お芝居もちょっとやっていて。自分としては、そっちのほうがメインというか夢なんですけど」
江川「法子ちゃんの舞台ね、すごくいいんですよ」（お世辞じゃなくて、本当にいいものな）
尾花「あ、江川さん、演劇とかよく観《み》るんですか？」（お笑い芸人の舞台にしか行ったことがなかったくせに、演劇なんて分かるのか？）
江川（嫌味たらしいねえ）「最近、法子ちゃんの劇団にハマって、そこから少しずつ観るようになったんですよ。今までは、付き合ってきた男がみんな、ゲームとかマンガとかしか興味のない人だったんで、芸術的な文化に触れることが遅くなったのかも」（これ、あてつけだからね）
尾花「芸術的な文化、って気恥ずかしいけど、江川さんが言うとさまになってるなあ」（これ、嫌味ね）
佐藤「ゲームやマンガも芸術的な文化じゃないですか」（この二人にはどこか、刺々《とげとげ》しい気配があるけれど、どういうわけなんだろう。それに、ゲームやマンガとクラシック音楽やオペラの違いはいったい何なんだろう）
加藤「まあ、そうですよね。先入観は良くないかも」（この佐藤さんはどういう人なんだろう）
臼田「それで、今日、結果発表なの？」（いったい何の舞台なのかな）
木嶋「そうなんです。オーディション自体は前に受けていたんですけど、今日、携帯電話に連絡があるみたいで。『王子と乞食《こじき》』って話がありますよね、あれなんですけど」（わたしが中心の話題で気持ちいいな）
尾花「ああ、あるよね」（どんな話だっけ）
江川「あ、尾花さん、原作、誰でしたっけ」（マンガくらいしか読んだことのない君

が知っているはずがないな)
尾花「ええと誰だっけ」(あれって、原作者とかいるのか?)
佐藤「マーク・トウェインですよね」(ここでその話が出てくるなんて、面白いものだな)
臼田「あ、それって、トム・ソーヤのですね」(佐藤さん、物知りだな)
木嶋「そうなんですよ。それを、あの奥谷奥也さんが演出するんですけど」(奥谷奥也さんの舞台だから、みんな、びっくりするだろうな)
尾花「あ、すごいな奥谷奥也なんだ?」(名前はうっすら聞いたことがあるなあ)
臼田「早く、連絡が来ればいいね」(いったい何時くらいに結果が発表されるものなんだろう)
加藤「どきどきするね」(いい結果が来ればいいけれど)
尾花「そういえば、加藤さんは、井上とはどういう知り合いなんですか? 今回の合コンがどうやって企画されたのか、聞いていなかったんですけど」(話題が急に変わって、変だろうか)
加藤「知り合いじゃないんですよ。たまたま、同じバーの常連客で」(どうして、わたしはこんなことをしているんだろう)

——雑貨屋の加藤が憤《いきどお》る（合コンが開催される日より数週間も前）

わたしは自分の身体から沸きあがってくる憤りに戸惑っていた。頭でも胸でもなく、もっと下の、腹の底から怒りの炎が、舌先が物を舐《な》めるかのような揺らめきを浮かべて、立ち昇ってくるようだった。人間の身体は上から下へ行くほど、原始的になっていくのだ、と知り合いの男が言っていたのを思い出した。脳から顔面、首から胸、そして内臓、生殖器と位置が下がるほどに理性がなくなり、動物的な回路で動いていくのだ、と。そう考えればわたしの感じているこの怒りは、論理的な、理屈じみたものではなく、動物的な、言ってしまえば純粋なものを起源としているのではないだろうか。いったい何に対して怒っているのか、と言えば、男だ。男の振る舞いだ。ある男の行動が許せないでいた。なぜなら悲しんでいる相手、悲しんでいる女が存在しているからで、さらに言えば、その女性が、わたしの目の前で涙を浮かべているからだ。

彼女は二十代前半で、モデルの仕事をしている。有名な雑誌でブランド物のお洒落な洋服を着て、新作を宣伝したり、魅力的な髪型を試し、写真撮影をされたりするようなタイプではなく、水着を着て、胸のふくらみを強調したり、男性を挑発する姿勢で雑誌に登場するような仕事を主にするようで、しかも駆け出しに近いものだから仕事を選ぶ余裕もなく、休みは変則的で、疲れが溜まることが多い。だから、こういった雑貨屋で可愛らしい手作りの小物を眺めていると心が安らぐし、言いようのない安心感を得ることができるのだ。彼女自身がそう説明してくれたことがある。わたしのお店に通ってくれるようになって数ヶ月が経《た》った頃だ。「たぶんね、わたしの少女時代は、こういう可愛いものと無縁だったから、憧《あこが》れもあるんですよねえ」と平べったい、抑揚のない言い方をする彼女は、無愛想というよりは、感情表現が苦手な不器用さを滲《にじ》ませていて、わたしは好感を覚えていた。

だからその彼女が、「この間、合コンで良さそうな男の人と出会っちゃったんですよねえ」とやはり抑揚なく言ってきた時も、彼女以上にわたしのほうが嬉しくなった。彼女はいつもは手を出さないような、少し高額のオルゴールを買うことにし、わたしは値引きをした。「順調に進展していけばいいね」と曖昧ながらも応援を口にするわたしに彼女は、「会った日にホテル行っちゃってますからね。進展も何も、もう、到着済って感じですよねえ」と言った。ぼんやりとした物言いだったが、照れ臭さと弾むような思いが感じ取れ、わたしもなぜか照れ臭くなった。

そして今、その照れ臭いやり取りからわずか三日しか経っていないというのに、彼女はとても悲しそうに肩をすぼめ、わたしの前にいる。営業時間ではあったが店のドアに、「今日は閉店しました」の札をかけていた。彼女の話を聞かなくてはならない、と思った。

彼女が落胆している理由はとても単純なものだ。あの男と連絡がつかない。携帯電話にかけても着信を拒否されている。あの男は、もともと交際する予定も気持ちもなく、ただ、その日一晩、ホテルで裸で抱き合えれば良かったようだ。

平気なふりをしているのが、さらに切なかった。

「そんなことまだ、分からないんじゃない」と安直に、楽観的な意見を口にしたわたしを、彼女は睨《にら》んだ。「聞いたんです。合コンの幹事だった女の子に、あの人のことを聞いたら、『あの男はただ、その夜楽しむためだけに合コンをやってるらしいんだよね。まさか、あなた寝たの？　住んでいる場所なら分かるけど、知りたい？』と言われました」

その女性幹事もずいぶん心ない言い方をするものだな、と思わずにいられなかったが、もともと彼女とその女性幹事とは親しい友人同士という関係でもなく、ただの、仕事場で一緒だった知人程度の仲だったらしい。

正直なことを言えば、わたしは、彼女の遭遇した出来事が特別な悲劇とは思えなかった。むしろ、世の中には充分にありえることで、さほど気にかけることでもないような内容だと感じた。教師が生徒にその立場を利用して乱暴したり、男が女を無理やりにホテルに引《ひ》き摺《ず》り込んだりするようなことに比べれば、勘違いや思い込みがあったとはいえ、大人同士の合意による行動なのだから良いほうではないか、と。

ただ、その時、店の棚に飾ってあった水車小屋の形をしたオルゴールが音を出し、それはゼンマイの調節がうまくいっていないからかひょんな拍子で動き出す故障品だったのだけれど、その小気味良い可愛らしいメロディがわたしの胸の中にある感情の弦のようなものをそっと引《ひ》っ掻《か》いた。だからなのか、目の前の彼女が、絶対に泣くものか、と決意したかのような表情で、口をへの字にしているのが目に入ると、「許したくない」という怒りが湧《わ》いてきたのだった。

「わたし、外見からすごく遊んでいる軽い女だと思われるんですけど、実際はそうでもないんですよね。初めに付き合った男が、真面目《まじめ》そうな人で、そうそう、棋士だったんですよ。将棋の人。ただ、真面目そうなだけで、実は真面目じゃなくて、わたしのこともそれこそ駒《こま》としか思っていないのか、本当にひどい、屈辱的なことをさせられて、捨てられちゃって」

その時点でわたしは、怒りを覚えていた。そのような男は許せない。将棋の最中に、駒が、たとえば香車《きょうしゃ》あたりが飛び、男の首でも刺してくれないものか、と願いたくなるほどだ。

「ようやくその傷が治ってきて、また普通に恋愛ができると思ったら、これだもんなあ。わたし、そこまで強くないから、神様もミッションの難易度を下げてくれればいいのに」彼女が相変わらずの、感情を押し殺した言い方をする。

ここでこれほど悲しんでいる人間がいるにもかかわらず、その原因を作った人間がのうのうとしているのは腹立たしかった。

神も仏もいやしない。

もしいるのなら、どうにかしてくれないか。わたしは挑むような気持ちになった。

そして、過去のことゆえ、棋士のほうは手に負えないが、その合コンの男に対しては、自分で行動できるのではないかと考えた。

はじめは、その男に会い、一言物申してやる、という程度の発想だったのがいつの間にか、その男に酷い仕打ちをしなくてはならない、という思いに変わった。

雑貨屋をはじめる前まで、その資金稼ぎのためにやっていたホステスの経験から、わたしは、男を翻弄《ほんろう》することがそれなりに得意だった。もし、その男がわたしに興味を持つようであれば、それを利用し、何らかの打撃を、金銭的にか精神的にか、与えることはできるかもしれない。もしくは、昔の知り合いの中には立派な肩書きと社会への影響力を持った男がいたから、その知人を経由して、もちろんその知り合いが今もってわたしに好意を抱いてくれていればだが、とにかくそういった経路で、その男の仕事上の立場を危うくすることもできるかもしれない。

その男がどれほど悪い奴《やつ》なのか、見極めなくてはならない、とも思った。男の酷さの度合いによって、こちらの態度も決めなくてはならないからだ。

「同情してほしくて、加藤さんのところに来たわけじゃないんですよ」泣くのを堪えた小学生のような表情で、彼女は言った。「こんなの大したことじゃないって分かってるんですよねえ」

「うんうん」

「ほら、こうしている今だって、どこかで急病の人がいたり、危篤《きとく》の人がいたり、もっと言っちゃえば、どこかの国とかで飢えとか寒さで震えてる子供とかいるじゃないですか」彼女は店の外を指差し、そちらの方向にまるでどこかの国があるのを知っているかのような仕草を見せた。「中東のほうとか、いろんな爆弾とか落ちて、子供が死んだりしてるじゃないですか」

急に、中東で死ぬ子供の話をされても戸惑うばかりだったが、彼女の言わんとするところは分かった。「でも、それとこれとは違うんだと思う」わたしは言わずにはいられない。「あなたはつらいと感じたんだし、それと、どこかで苦しんでいる別の人のつらさを比べて、泣くのを我慢する必要はないでしょ。つらいと思ったのは本当なんだから。わたしたちは、誰かがどこかで大変な目に遭っていても、目の前の生活で一喜一憂していくしかないんだよ。良くも悪くも、誰もが自分の人生を、大事に、頑張って生きるしかないんだから。だって、わたしなんて、どこかで戦争してようがそんなの気にもしないで、ここでプリンを食べて、挙句の果てに、そのプリンを食べ残したりしてるのよ」

途中から自分でも何が言いたいのか分からなくなった。彼女もそう感じたのか噴き出した。

「加藤さん、いいこと言ってるようでいて、実は訳分かんないですよ」

「だね」その通り、わたし自身もよく分かっていなかった。どこかで泣いている人がいるのにプリンを食べるのがいいことなのか悪いことなのか。誰かに答えを聞きたくもなる。

気づけば彼女は笑いながら、涙を流し、「あの男、むかつくなあ」とぼんやり洩《も》らし、それから、たくさん泣いた。

ほどなくわたしは、その男の行きつけのバーを見つけ出し、そこに通い、彼を観察するようになった。が、外から見る限りでは、彼が女をとっかえひっかえに弄《もてあそ》ぶひどい男には見えず、おそらく本性を見極めるには、きちんと対峙《たいじ》する必要があるのではないか、と思うに至った。結果、バーの店主を仲介し、合コンを打診する。
まさか当日になって、当の井上真樹夫が欠席となるとは思いもせず、もしかすると、わたしの復讐心《ふくしゅうしん》を見透かされたのか、と気になった。

――合コン開催中の「会話」（と心理）Ⅱ

江川「佐久間覚が殺された、ってどういうことなの？」（何それ）
木嶋「わたしもよく分かんないですけど、お父さんが言うには、首の骨が折られていたみたいなんです」（どうして、合コンでこんな話をしないといけないんだろう）
尾花「怖いな。犯人はまだ、捕まっていないんだろ？」（一丁目からは離れているけど、ちょうどこのあたりまで犯人が逃げてきている可能性はある）
臼田「怖いですね。何でまた、佐久間覚が」（首の骨を折られるなんてことがあるのだろうか）

加藤「あれが関係しているのかな。最近、話題になってるんでしょ。恋人がいるのに」（いい加減な男がどうしてこうも多いのだろう）
江川「二股《ふたまた》ね。しかも、両方とも芸能人で。あれ、何考えてるのかしらね。最低」（いい加減な男がどうしてこうも多いのだろう）
尾花「死んだ人間を悪く言うなよ」（俺は、おまえと付き合っていた時に二股をかけるようなことはしなかったぞ）
江川「あ、そうですね。でも、二股はまずいでしょ。首の骨を折られるべきかどうかは別にして。ほら、尾花さんも想像してみて。自分に彼女がいたとして、その彼女が別の男性とピアノコンサートなんかに行っちゃったら、どう？　許せます？」（嫌味です）
尾花「ああ、確かにつらいかも、それは」（ふざけやがって）
木嶋「あ、あれ、あそこにいるのって警察の人じゃないですか？　今、お店に入ってきた男の人二人組。私服ですけど目つきが鋭くて」（違ってたら恥ずかしいけど、でも、男二人で飲みに来た感じじゃないしな）
加藤「確かに、ちょっと変な感じだね。店員に話を聞いているみたいだけど」（何だろう）

尾花「もしかして、その佐久間覚殺害の犯人を捜しに来てるんじゃないか?」（ありえなくはない話だ）
臼田「私服刑事を実際に見るの、はじめてかも」（ドラマみたいだな、本当に）
江川「わざわざ、刑事がこんなところに来るかなあ」（決め付けるのは危険かも）
佐藤「あの、僕、トイレに行ってきますね」（まさかとは思うけれど、念のため、姿を隠しておいたほうがいいな）
加藤「トイレの場所、分かりますか?」（このタイミングで席を立つのは、何か意味があるのだろうか）

――〈サイワイ〉の店員の独白

あの男の人たち二人、背広とコートでやってきて、「店長いるか」って言ってきたんです。やっぱり刑事だったんですかね。で、俺が松田さんを、あ、店長を、呼んできたんです。写真みたいのを取り出して、こんな人が店に来てないか、って訊《たず》ねてる感じでしたよ。後で松田さんに詳しく話を聞こうと思ってたんですけど、ばたばた仕事してたら忘れちゃってたんですよねえ。だから、いまだにあれが警察だったのか分からないですし、写真が誰なのかも知らないし。松田さん、あ、店長はたぶん、写真を見て、この人は来てません、とか答えたんじゃないですか。あの日、俳優の佐久間覚が殺されたって事件がありましたけど、あの関係なんですかね？　だけど、犯人を捜してるんだったら、もっと必死に、店内を見て回るんじゃないですか。でも、銀座に飲み屋なんてうじゃうじゃあるから、全部を虱潰《しらみつぶ》しに回るわけにもいかないですよね。しょうがないのかなあ。あの時、お店に首折り犯人がいたんじゃないか、とか思うとちょっとぞくっとしますよね。怖い、っていう意味じゃなくて、ほら、ぞくぞく興奮する感じで。

――佐藤亘がトイレに行き、根拠のない主観的な想像が、わいわい、と交わされる

木嶋法子が疑問を、ひそひそと口にする。あの佐藤亘はどんよりとした雰囲気でおどおどしていて不審だが、尾花たちとはどういう関係なのか、と。真実を話すべきか悩んだ尾花弘はジョッキのビールを、ごくっと飲んだ後で、実はよく知らないのだと打ち明けた。泡が口についていますよ、と加藤さんが、うふふと微笑《ほほえ》んだ後で指摘してくれる。あたふたと唇を拭いながらも、何て細やかな女性なのだ、と尾花弘はうっ

とりとした。男性陣三人は今日が初対面です、と臼田章二がぽつぽつと、独特の表現で説明する。

「俺たちは焼き鳥の肉なんです。モツ、皮、軟骨、みんな違うんですけど、井上さんっていう串《くし》がぐさりと刺さっているんですよ。共通の知人は、井上さんだけ。で、すぽっ、と串抜いちゃうと、もう、ばらばら」

あの佐藤亘は、本当に井上真樹夫の取引先の人なのか、と木嶋法子がずばっと言った。

「どういうこと」尾花弘がまじまじと彼女を見る。

「井上さんと佐藤さんは仕事の関係なんかじゃ、さらさらないのかもしれませんよ。それで、もしかすると井上さんは来たくても、ここに来られないのかも」木嶋法子は、じわじわと妙な推理を広げ出す。「井上さんは今頃、どこかの部屋に捕まって、ぐったりしているのかも」

加藤遥《はるか》が目を見開き、しげしげと木嶋法子を見やり、「何でそんなことになっちゃってるの」と驚いてみせた。

「それはきっと、誘拐されちゃってる、とか」木嶋法子の目はきらきらしている。

「お金持ちの息子だったりして」

「井上さん、お金持ちの息子なんでしたっけ?」臼田章二が目をぱちくりさせた。

「とにかく、井上さんは今、自由に行動できなくて、縛られちゃってるの。がたがた震えて、猿轡《さるぐつわ》をぐいっと嚙《か》まされて」

「大丈夫なのか、井上は」尾花弘がわざとおろおろした口調で、ここにはいない井上真樹夫を心配してみせた。

「おまけに、げっそりしたまま、全裸にされて」

「法子ちゃんの妄想の中で、井上さんがどんどん大変な状態になっちゃうよ」江川美鈴はころころ笑っているが、木嶋法子は真剣そのものだ。

「井上さんが監禁されている事実は、今のところ秘密なんですよ。うっすらともばれてはいけないんです。だから、合コンには来られないけれど、そのことで、ほかの人たちがざわざわしたり、勘繰ってきたら困るんですよ。で、その誘拐犯たちは騒ぎにならないように、しれっと代役を寄越したんじゃないですか? あの代役の佐藤さんは、ずばり、向こうの仲間なんですよ。あの佐藤っていう人は、井上さんを監禁しているグループの一員で、今回は、調査を兼ねて、ずかずかここに来たんです。井上さんがいないことを、みんながどう考えているのかを、ばっちり調べるために」

右手の肘《ひじ》をつき、顎《あご》にそっと手をやっていた臼田章二は、木嶋法子の芝居がかった身振りや喋《しゃべ》り方を眺め、可愛《かわい》いな、とぼうっとしていた。そして、その見惚《みと》れていた自分にはっとすると、取り繕うように姿勢を正す。大皿に、どん、と載っている大きなオムレツの、その小さな三日月状の残りの部分をスプーンでひょいと掬《すく》い、手元の小皿に、ぽとん、と置いた。特製の朱色のソースを、ぬらぬらとまんべんなく塗り、口に運ぶ。甘辛さの後に、卵の柔らかい香りがふんわり、広がる。その旨味《うまみ》にほくほくし、今度は、別の皿の、牛肉のソテーにさっと手を伸ばしたが、最後の一切れであるがために、おずおずと引っ込める。

「でも、そんなことを言うのなら、いろんな可能性が考えられるね」加藤遥がにこっと微笑む。頰にぷくりと笑窪《えくぼ》ができた。「井上さんは今日の合コンに来たら、何か危険がある、とぴんと来たのかも。直感で。行ったらまずい、って敏感に察知して、で、ばたばたと欠席を決めた、とか」

「危険を察知したってたとえば、どういうことですか」尾花弘がぽつりと言う。「このお店で、どかんとガス爆発が起きる、とか？」

「たとえば、井上さんが女の子を泣かせていることに対して、むらむら怒りを感じた誰かが、仕返ししようとしている、とか」

「加藤さん、井上が女たらしだって何で知ってるんですか」尾花弘が大袈裟《おおげさ》に、あわわ、とのけぞると、加藤遥は若干、ひやひやした顔を押し隠しながら、「え、本当にそうなの？　ただ単に、そう思っただけなんだけど」ともごもごと言葉を濁した。

「じゃあ、こういうのはどうですか。これは、どきっとしますよ」臼田章二は、遠慮したつもりの牛肉が、いつの間にか自分の持つフォークにぐさりと刺さっていることに、ぎくっとするが、すぐにぱくりと頬張る。その後できっぱり言った。「井上さんが犯人なんですよ」

「犯人って何の犯人ですか」木嶋法子がきょとんとしている。

「そりゃもう、佐久間覚の首をぼきんと折った犯人です」

「おお！　そりゃすごい」と尾花弘は言葉の割りに、さばさばした言い方をする。

「で、アリバイ工作のためにこの合コンを、しゃあしゃあと計画したんです」

「え、それなら合コンに来ないとアリバイにならないじゃない。欠席しちゃったら、せっかくの計画もずたずたのような」江川美鈴が疑問を口にすると、「あ、そうか」と臼田章二もあっさり認め、他の全員が大きな声で、あはは、と笑った。「じゃあ、そのうち、どたばた駆け込んでくるんじゃないですか。『やっぱり出席したくなった』とか、あっけらかんと言い訳して。もし犯人なら、この近くにいてもおかしくないし」

「途中から、のこのこ駆け込んできたら、余計に怪しいですよ、それ」木嶋法子が冷静に言い、ふう、と息を吐く。「それならもう、とにかく、佐藤さんがトイレから帰ってきたら、びしっと訊《き》いてみましょうよ。『井上さんとどの程度、親しいんですか。どういう関係なんですか』って。何か隠していることがあったら、反応で分かりますよ。おたおたするか、むっとするか」

「じゃあ、こうしない？　佐藤さんの反応が怪しいと思ったらその人は、飲み物をさっと口にして、むせるの」とうきうきするように言ったのは江川美鈴だ。

「そうしたら、どうなるんだ」尾花弘は思わずそこで、自分たちが恋人同士でぽんぽんと言い合いをした頃の感覚で、馴《な》れ馴れしい言い方をしてしまった。が、他の者たちがきょとんとした様子はない。

「むせた人の数で、佐藤さんの怪しさ度数を、ざっと測るの」

ほどなく、佐藤亘がトイレから、のらりのらりと戻ってくる。おずおずとした入室の仕方と、もたもたとした座り方は、怪しいとも微笑ましいとも言えた。

店員がささっと空いた食器を片付けに来て、その後でピザを、どかっと置いていく。

木嶋法子が、「あの、佐藤さん、井上さんと本当に仕事の付き合いがあるんですか？　どういうお仕事なんですか」と質問を、はきはきとぶつけた。

佐藤亘は、え、と言葉に詰まり、しどろもどろになったかと思うと、「ごく普通の仕事です。資料を作ったり、ぱたぱた綴《と》じたり」と答えた。他の五人はそそくさと飲み物に手を伸ばし、順番に、けほけほ、とむせた。

――この合コンが、俳優の殺害事件とは無関係であることを証明するメール

※実際のメール内では、記号や隠語、偽名が使われているが、それを正しい言葉に置き換えてある。

差出人：吉田靖　宛先《あてさき》：笹岡愛理
件名：報告
日時：XXXX/01/13 17:03:27
本文：吉田です。先ほど、無事に仕事を終えたと連絡がありました。残金は二日以内に、指示した口座に振り込んでください。

差出人：笹岡愛理　宛先：吉田靖

件名：Re:報告
日時：XXXX/01/13 17:08:15
本文：本当に、ちゃんとあいつを殺したという証拠を見せてくれる?

差出人：吉田靖　　宛先：笹岡愛理
件名：Re:Re:報告
日時：XXXX/01/13 17:13:11
本文：吉田です。ご心配なく。佐久間覚は今、銀座で寝てます。首がねじれた状態で。まもなく、どこかのニュースで流れます。

差出人：笹岡愛理　　宛先：吉田靖
件名：Re:Re:Re:報告
日時：XXXX/01/13 17:15:25
本文：テレビでチェックしてから支払うわ。どうもありがとう。このメールはもちろん削除するんでしょうね。

差出人：山口リリ　　宛先：笹岡愛理
件名：たった今
日時：XXXX/01/13 18:30:12
本文：愛理さん、ニュースで見たんですけど、覚さん死んだんですか？　今、愛理さんどこですか。心配です。
差出人：笹岡愛理　　宛先：山口リリ
件名：Re:たった今
日時：XXXX/01/13 18:42:22
本文：わたしも今、びっくりしているところ。わたしは大阪にいるんだけど、何が何だか分からないの。
差出人：吉田靖　　宛先：大藪亮
件名：おつかれさま
日時：XXXX/01/13 17:21:42
本文：おつかれ。また連絡するから、今日は帰っていいよ。

差出人：大藪亮　宛先：吉田靖
件名：Re:おつかれさま
日時：XXXX/01/13 17:30:43
本文：近くのダイニングバーに寄って、帰る。いい店見つけた。

差出人：吉田靖　宛先：大藪亮
件名：Re:Re:おつかれさま
日時：XXXX/01/13 17:32:01
本文：人の首を折った後、すぐに飯が食えるおまえが怖いよ。

差出人：大藪亮　宛先：吉田靖
件名：Re:Re:Re:おつかれさま
日時：XXXX/01/13 17:40:15
本文：来る前にピアノコンサートのポスターを見かけた。百年に一人の天才らしい。きっといいんだろうな。

差出人：吉田靖　　宛先：大藪亮
件名：Re:Re:Re:おつかれさま
日時：XXXX/01/13 17:42:03
本文：どうせチケットは手に入らない。せいぜい、ＣＤで聴くのが精一杯じゃないか。

差出人：大藪亮　　宛先：吉田靖
件名：Re:Re:Re:Re:おつかれさま
日時：XXXX/01/13 17:45:21
本文：ＣＤでいい。

差出人：吉田靖　　宛先：大藪亮
件名：Re:Re:Re:Re:Re:おつかれさま
日時：XXXX/01/13 17:50:08
本文：いつか聴けるだろうよ。

差出人：大藪亮　宛先：吉田靖
件名：Re:Re:Re:Re:Re:おつかれさま
日時：XXXX/01/13 17:50:55
本文：（本文なし）

――店内のトイレ前で、昔恋人関係にあった二人が（先ほどとは異なり、今度は偶然、鉢合わせとなり）喋る（合コン開始から一時間三十分後）

トイレに立ったタイミングで携帯電話を見ると（もしかするとわたしは、携帯電話を見たいがために、無意識にトイレに立ったのかもしれないが）、あの男からメールが届いていた。「今どうしてる？」とあった。いつもと同じ文面だ。交際しはじめた頃は（というよりもつい最近まで）、その、素っ気ない文面が（たとえば、「今どうしてる？」「会えると思う」「じゃあ会おう」というシンプルなやり取りが）、「二人だけの符牒《ふちょう》」に思え、わたしは自分たちが共通の手順で愛情を確かめ合うような喜びを感じていた。特定の場所で落ち合い、時に食事をし（彼の奢《おご》りだ）、時にお茶を飲み

（これは割り勘が多かった）、そして、たいがいの場合はホテルで抱き合った（彼が払った）。

十二歳上で、妻子がいる職場の上司とまさかこのような関係になるとは思ってもいなかった。大学生だった頃、真面目な印象の友人が突如として会社員と不倫関係になり、「だって、その人の奥さんがたまたま、わたしよりも先に彼に会っただけじゃない。恋愛とかって、順番制なの？　愛情とは関係ないじゃない」と発言をしたことがあった。わたしは自分でも驚くほど嫌悪感《けんおかん》を抱き、「順番制なんだって。恋愛は。そういうルールになっちゃってるんだよ」と冷たく言い捨て、「だいたい、わたしとかにその不倫の話をしている段階で、うそ臭いよ。不倫のことは、死ぬまで二人で隠し通すのが基本なんじゃないの」と（不倫の基本など知りもしないのに）責めた。その時、友人がどう反応したのかは覚えていないのだが、まさかわたし自身が、彼女の轍《てつ》を踏むことになるとは想像もしていなかった。

十二歳上の上司である彼は言葉数が少なく、思慮深く（その表情がまた、二枚目だ）、決断力に優れていた。優しくはなかったが、感情的にもならないため、部下にも信頼されていた。テレビで観る俳優にも見劣りしない外見で、低音の声には色気があり、彼と接する時には緊張する、と多くの人が言った（昔のわたしは言っていたが、今は言わない)。仕事の一環で、取引先の重役を高級なクラブで接待すると、多くのホステスが彼に惚《ほ》れ、そのことで苦労した逸話もたくさん、聞いた。

だから、いくつかの偶然と(わたしの出身校が彼の実家の近くだったとか、わたしの好きなパン屋のオーナーが、彼の中学時代の友達だったとか)、小さなトラブル(客先でわたしのこぼしたコーヒーが彼の背広を汚したとか、わたしのこぼした缶コーヒーが客先のノートPCを故障させたとか)、そういったことがきっかけで親しくなり、さらには肉体の関係まで持つ仲になった時、わたしはかなり驚愕《きようがく》した。驚愕ついでにわたしはそのことを、幸運だと感じた。通常であれば手に入らない人を手に入れたと思ったのだ。そうなると次に抱えるのは当然、この幸運を手放したくない、という思いだった。

わたしの不倫について、加藤さんと法子ちゃんは知っている。ある時、その彼との関係に思い悩み、発作的に告白をしてしまったのだ(不倫の基本、「死ぬまで二人で隠し通すこと」をわたしも守れなかったわけだ)。

「あまり、いいこととは思えない」加藤さんは穏やかに言った。「それは倫理的にとか、そういう意味じゃなくてね、もう少し現実的な理由で、このままで美鈴さんが幸せになれるとも思えないんだよ。五十歳の時に、六十二歳のその彼と今と同じ関係でいるなんて想像できる? 今はさ、その人との関係が世の中で一番重要な、唯一無二《ゆいいつ》の関係に思えるかもしれないけど、たぶんね、他にも、もっといい人はいるのかもよ」

わたしは、「かもしれないけど、今はそう思えない」とかぶりを振った。すると加藤さんは、「そうだよね。思えないから大変なんだよね」と嘆いてくれた。教え諭すわけでも、叱《しか》るわけでも、何らかの行動に誘導しようとするわけでもなくて、こちらに同化して一緒に悩んでくれる加藤さんの態度が、心地良かった。法子ちゃんのほうはもしかすると、わたしのことを軽蔑《けいべつ》したかもしれない。特に何も言わなかったが、同情するように眉《まゆ》をひそめていた(たぶん、学生時代のわたしが、不倫中の友人を見た時の顔つきもああだったに違いない)。

彼からのメールを読みながら、わたしは溜《た》め息《いき》をつく。頭を過《よ》ぎるのは、数日前、職場の同僚と新年のバーゲンセール目当てに洋服を買いに出かけた帰りに遭遇した光景だ。ブランドショップの並ぶ賑《にぎ》やかな通りを二つほど外れたところに、街路樹の並ぶ、静かな一画がある。一緒にいた同僚が、そこを通り抜けた場所にお気に入りのピザ屋があるというので(なぜ、ピザ屋に固執したのかは分からないが、あれも天の配剤なのだろうか)、一緒に歩いていたのだが、そこで目の端に、彼の姿が映った。

彼は、わたしが何度か目にしたことのあるダウンコートを着て、わたしが何度か目にしたことのある穏やかな笑みを浮かべ、見たことがない女性と並んでいた（彼の配偶者の顔は、携帯電話の画像で見たことがあったから、そうではないとは分かった）。わたしの知らない、わたしと似た立場の女性なのだ。立ち止まるわけにもいかず先を急いだが、あまりのことに頭の中は真っ白になり、買い物どころではなくなった。

彼からすれば、わたしは、「いくつかの関係のうちの一つ」に過ぎないのだと比較的、取り乱さずに考えることができた。が、あの、（「今どうしてる？」に代表される）シンプルこの上ないメールの文面は、複数の女性とのやり取りで混乱を生じさせないための工夫の一つなのではないか（誤って、不倫相手に、別の不倫相手へのメールを送った時にもボロが出ないように！）と思った時には少しだけ、自分が惨《みじ》めに感じられた。

「今どうしてる？」のメールをじっと見つめる。

「不倫相手からのメール？」とそこで言われ、驚いた。振り返ると、立っていたのは尾花弘だった。彼は彼でトイレにやってきたらしい。

「おい、嘘《うそ》だろ、当たっちゃったのかよ」尾花弘は目を丸くし、気まずそうな顔になった。「一番、なさそうなパターンを口にしてみたんだけどな」と頭を掻く。

「うるさいなあ」わたしは間延びした言い方でもしないと、声が震えてしまいそうで怖かった。

「おまえさ、そういうの嫌いじゃなかったっけ？　不倫みたいなの。昔、よく怒ってたじゃないか」

「おまえとか言わないでほしいんだけど。それにね、いろいろ変わるんだって。性格も考えも」

ふうん、と尾花弘は顔をしかめる。あらためて見ると、彼は彼なりに少し大人びたな、と思った。前よりも地味な服を選んでいるようだし（昔は、似合わない、派手な模様の服を着て、そのくせ、外に出るとその派手さに照れていた）、喋り方もゆっくりになった。もちろん、十二歳上の彼の貫禄《かんろく》と落ち着きぶりから比べれば、あどけなさに満ちていたが、今はその幼さが好ましい。

「どうせ、二枚目なんだろ」

「何で分かるのよ」

「おまえは面食いだ。残念ながら、男は顔だと思っている節がある」

「大丈夫、わたしの過去の彼氏たちは、みんな、それほど外見は良くないから」

「いや、そんなことはないだろ」と、むきになる尾花弘はとても真剣な表情で、可笑《おか》しい。

「でも、男は外見だと思わない？」

「思わないね」

「じゃあ、何なの。男は、何？　内面？　でもね、それを言うなら、女だって内面でしょ」

「俺が言いたいのは」尾花弘は面倒臭そうに（交際していた時にもよく見たぞこの表情を、とわたしは感慨深かったが）言って、「不倫は良くないぞ」と鋭く反撃した。

「なんでよ」

「バランスが崩れるんだよ。一人の男が複数の女と仲良くなってみろよ。ペアになれない男が出てくるかもしれない。そうだろ？　男と女は一対一と決まってるんだ。お一人様一個までとチラシに書かれたボックスティッシュは、そりゃ、お一人様一個までなんだよ」

人をティッシュに例えるな、と怒ってみせながらもわたしはその妙な理屈に苦笑してしまう。「でも、変でしょ。わたしがその人と出会うより前に、たまたま、別の人が出会って、結婚してたってだけじゃない。愛情の差じゃなくて、出会う順番の問題でしょ。一度しかない人生なんだから、自分の好きな人と一緒にいたいじゃない。早いもの勝ちなんて、おかしい」

あのさ、と尾花弘は言いにくそうに、「順番制なんだよ。先に結婚されたら、もうどうにもなんないんだって。そういうルールになっちゃってるんだよ」と言った。

わたしは息を吐き出し、目をぎゅっと閉じる。「それもう、だいぶ前に（学生時代であるから、八年ほど前にわたしが）言ってるから」

前に言ってる、ってどういうことだよ、と尾花弘は訝《いぶか》ったが、すぐに、「あ、トイレ行かないと」と股間《こかん》のあたりを押さえる仕草で（小学生でもそんな恰好《かっこう》はしないいだろう）、トイレの中に消えた。

わたしは他のみんなが待っている個室へと戻ることにした。席に辿《たど》り着くと、法子ちゃんがしくしく泣いているものだから、驚いた。

――臼田が、木嶋を泣かせた（合コン開始、一時間三十分後）
臼田章二が悪い。木嶋法子に悪戯《いたずら》の電話をかけた。どうやって。まず、テーブルの上の木嶋法子の電話を、自分のものと置き換えた。たまたま携帯電話が同じだったことから思いついた。尾花弘がトイレに席を立った時だ。テーブルが揺れた。水の入ったコップが落ちそうになる。全員の目がそこにいく。その時に電話を交換した。次に、彼女の携帯電話をテーブルの下で開いた。自分の電話番号を押し、発信ボタンを押した。テーブル上の臼田章二の電話は振動も見せない。小さな点灯は見せた。すぐに電話を切る。店員が皿を片付けにきた。そこで、携帯電話をまた交換した。自分のものは自分の手に戻る。木嶋法子のものはテーブルの上に戻る。

自分の携帯電話を腰のあたりで操作する。着信履歴には、先ほど自分で発信させた木嶋法子の電話番号が残っている。その番号に発信する。

木嶋法子の電話が鳴る。彼女は反応した。小さなディスプレイを覗《のぞ》き込む。「知らない番号だ」と声を震わせる。オーディションの結果ではないか、と勘違いをした。

席を立ち、個室から離れる。

彼女は、電話に出る。「木嶋さんですか。奥谷奥也の、『王子と乞食《こじき》』のオーディションの件ですが」と声がする。彼女は息苦しい。神経が張り詰める。声が上擦った。はい、と掠《かす》れる声で言う。

「おめでとうございます。オーディションに合格されました」と声が聞こえる。彼女の胸が空白になった。空白に、安堵《あんど》が満ちる。が、続く言葉で、再び胸が空白になる。

「どう？　法子ちゃん、驚いた？　びっくりした？」

数秒、間があった。「まだ分からない？　臼田だよ」

その時、個室にいた加藤遥は怒った。まさか目の前の、臼田がそんな電話をかけるとは。すぐには反応できない。何をしたのかを察し、顔を赤くした。臼田章二の無神経さを詰《なじ》った。臼田章二は、席に戻ってきた木嶋法子の泣き顔を見る。青褪《あおざ》める。ひたすら、謝罪する。木嶋法子は涙を拭《ふ》く。拭くが、止まらない。悔しい、と思う。恥ずかしい、とも思った。江川美鈴がトイレから戻り、雰囲気の悪さに驚く。なぜ泣いているのか訊ねる。説明を受ける。彼女も激怒する。臼田章二を責めた。臼田章二は謝った。今度は、尾花弘がトイレから戻り、雰囲気の悪さに驚く。なぜ泣いているのか訊ねる。説明を受ける。困惑する。「どうしてまた」と臼田章二に尋ねる。

臼田章二は泣き顔だ。「こういうところが駄目な部分なんですよね」と首を捻《ひね》る。

「木嶋さんに喜んでもらいたくてやったんですけど」

「喜ぶわけないじゃない」と江川美鈴が言った。「人の気持ちで、遊んでるだけじゃない」

その通りだ、とその場の誰もが言う。臼田章二もうなずいた。「言われればそうなんですよね。ただ、びっくりして、楽しいかな、と思って。俺、そのへんがよく分からなくて。人の気持ちとか、時々、見失っちゃうんですよ」と肩をすぼめる。「だからなのかな、合コンでも女の子とうまくいかないんです」

他の五人は返事に困る。

少して尾花弘が、「臼田君もいい奴だな」と言った。どこがいい奴なんだよ、と江川美鈴が応じる。泣いていた木嶋法子が小さく笑う。


――アルコールが回りはじめ、ようやく打ち解けはじめたものの、合コンの終了時間は近づき、それぞれが思い思いに勝手なことを喋りはじめるうちに、佐藤亘が思いも寄らない発言をするが、それはただの嘘で、他の五人は安堵と拍子抜けを感じる

泣きやんだ木嶋法子はビールの中ジョッキを何杯も飲み、おかわりをしてはまた飲み、当然のように酔っ払い、佐藤亘に向かって顎を突き出すと、「おい、不細工」と遠慮のない呼び方をしたが、当の佐藤亘は怒るでもなければ悲しむわけでもなく、申し訳なさそうな面持ちで、「申し訳ないです」と素直に謝るものだから、他の四人は可笑しくて、たとえば尾花弘は、「佐藤さん、謝ることはないですよ。むしろ怒っていいはずです」と助言をし、たとえば江川美鈴は、「法子ちゃん、酔っ払っちゃったのね」と誰が見ても明らかなことを口にした。すると当の木嶋法子は平然と、「あの

ですね、勘違いしないでくださいよ。『不細工』っていうのは、うちの田舎の方言で、あまり見栄《みば》えの良くない男の人のことを言う言葉なんです」と胸を張り、「それは方言とは呼ばないのではないか」「何の慰めにもなっていないではないか」と佐藤亘を唖然《あぜん》とさせた。木嶋法子はそのようなことは気にかけず、さらに、「不細工はさ何で、今日の合コンに来たの。知り合いの人に頼み込んでまで、合コンにやってくるなんて、よっぽど女の子とか恋愛に飢えてるわけ?」と無神経にもほどがある発言を続け、周りを凍りつかせ、それをたしなめるように加藤遥が、「ごめんなさい。佐藤さん。彼女、オーディションのこととかで緊張してる上にお酒が入って、よく分かんないことを口走っているんです」と保護者が娘を庇《かば》うように弁解をする。

「大丈夫です。変に気を遣ってもらうよりも、こうやってずけずけ言ってもらうほうが気持ちがいいですよ」と蛙《かえる》のような顔をさらに緩め、怒る素振りをまったく見せない佐藤亘に対し、「何と人間ができた男なのだ」と臼田章二は思い、尾花弘は、「井上よりもよっぽど素敵じゃないか。こういう男のために合コンは開催されるべきではないか」と感じ入った。

木嶋法子が、何だか気持ちが悪いです吐きそう、と宣言し、テーブルに突っ伏し気味になったところで不意に佐藤亘が、「先ほど、物騒な事件の話題が出ましたが」と几帳面《きちようめん》なニュースキャスターさながらの真面目《まじめ》な顔で言って、全員の視線を集める。

「物騒な事件って、あの、佐久間覚が首を折られちゃったやつ？」と尾花弘が言うと、佐藤亘は小さく首を揺すり、「それです。銀座二丁目の路地裏で」と答え、それがどうかしたのか、と言いたげな女性たちの顔を眺めた後で、「あの犯人が、私だと分かったら、驚きますか」と言うものだから、さすがに木嶋法子も顔を上げた。全員が表情を強張《こわば》らせ、まさか、という思いと、何ということだ、という驚愕がその個室に蔓延《まんえん》するが、タイミングの悪いことに店員が、「そろそろデザートをお運びしてもよろしいですか」と顔を出してくる。静まり返ったその気配に、店員は気まずくなり、いったいこの合コンに何が起こったのか、と好奇心と恐ろしさを覚え、その場をそそくさと立ち去った。

「私は、佐久間覚という俳優の首を折ったのですが、現場を井上さんに目撃されてしまいました。そのため、井上さんも殺害しなくてはいけなくなりました。ただ、話を聞くと彼は今日、友人たちと会う約束があると言います。この合コンです。そうだとしたら、彼がこの場に無断で欠席をすると、そのことで友人たちが、つまりみなさんのことなのですが、みなさんが不審に思い、騒ぎになるかもしれません。様々な事情で、事件発覚は遅らせたいため、だから、井上さんに電話をかけてもらい、欠席することを尾花さんに伝えてもらいました。電話をかけなければ命はないぞ、と脅したところすぐにかけてくれました。代理で私が出席することになったのは、井上さんがそう口走ってしまったからです。仕方がなく、私はここにやってきました」佐藤亘は感情を込めず、少し俯《うつむ》きながら言うが、尾花弘は青褪めた顔で、「そんな」と呟《つぶや》き、臼田章二は、「じゃあ、井上さんは今頃」と唾《つば》を飲んだ。加藤遥が目をしばたたき、江川美鈴が言葉を探し、木嶋法子が口をぽかんと開けていると、ほどなく佐藤亘は子供のような笑みを滲《にじ》ませ、「なんてことを言ったら驚きますか？」と弾む声を発した。佐藤亘以外の五人はどう反応して良いのか分からず、しばらく黙り込む。「驚かせてすみません。ちょっとふざけてみただけなんです。調子に乗って、嘘をつきました」と佐藤亘が真顔で言い、「お芝居をやっている人の前で、お恥ずかしいのですが、殺人犯を演じてみたんです」と木嶋法子に向かって苦笑し、しどろもどろに謝るのを聞き、ようやくそこで全員が、彼は冗談を口にしていただけなのだと理解する。勘弁してくださいよ、と臼田章二と江川美鈴は嘆き、加藤遥は愉快そうに下を向いて微笑み、尾花弘は、「佐藤さんがそんな嘘を言う人とは思わなかったから、意表を突かれました」と感心し、木嶋法子は、再びアルコールによる酔いの波が襲ってきたのか頭をふらふらさせると、「おい、不細工」と人差し指で佐藤亘を指し、もうびっくりさせないでよね、と息を吐いた。

デザートのティラミスの皿を運んできた店員は、先ほどとは打って変わり、くつろいだ雰囲気の場を見て、狐《きつね》につままれた気分になるが、和《なご》やかな雰囲気に越したことはない、もしかするとこの、柔らかな外壁に、茶色の脆《もろ》い屋根を載せたかのようなティラミスと、それに添えられた、官能的な丸みを帯びたアイスクリームを前に、全員が幸福感を覚えたからかもしれないぞ、と想像を膨らませ、楽しい気分になる。

「でも、時々、思うんですけど」加藤遥はティラミスを口に運んだ後で、「その俳優さんが死んでしまって、きっと今、その関係者とかお父さんとかお母さんとか、恋人とか友達とかは大変な状態だと思うんですよね。大事な人が消えちゃって、その喪失感とやり切れなさにうずくまって、泣いて、嗚咽《おえつ》しているんだと思うの。なのにそのすぐ近くにいるわたしたちはこうやって、合コンとかやって、ティラミス美味《おい》しいな、とかのんびり楽しんでいるわけですよね」とスプーンを動かし、「何だか深く考えると、不思議ですよね」と誰を責めるでもなく、誰に訊ねるでもなく言う。それに対してまず臼田章二が、「そんなこと考えたこともなかったな」と正直に、純朴な羊飼いが発するような感想を口にし、尾花弘は、この話題は男たちの思慮深さを調べるテスト問題かもしれない、と疑いながらも、「確かに、そう考えると不思議だけど、でも、どうしようもないよね。俺たちは無邪気に合コンを続けるしかないし」と正直な思いを口にした。それを聞く江川美鈴は、不倫相手のことをふと考え、わたしがここでこうしている間もあの人は家族との時間を楽しんでいて、その彼と自分は永遠に交わらないのだな、と寂しくなっていた。

「そうですね」と佐藤亘が口を開く。「戦争や事件や事故や病気は絶えずどこかにあって、泣いている親たち、悲しんでいる子供たち、そういった人でたぶん世の中は溢《あふ》れているんですけど、僕たちは自分の時間を、自分の人生を、自分の仕事をちゃんとやることしかできないような気がします。もちろん、自分のことだけでいい、とか、よそのことなんて知らない、と開き直ってしまうのは違うと思うんですけど」

「ねえ、不細工、じゃあどうすればいいのよ」と木嶋法子は相手を尊重するのか侮辱するのか分からない態度で訊ねたが、すると佐藤亘は嫌な顔一つせずに、「どうすればいいのかは分からないので、いろんなことにくよくよしていくしかないです」と顔をゆがめ、「ある作曲家が死ぬ前に言っていたそうですよ。『人はそれぞれ、与えられた譜面を必死に、演奏することしかできないし、そうするしかない。隣の譜面を覗く余裕もない。自分の譜面を演奏しながら、他人もうまく演奏できればいいな、と祈るだけだ』と子供たちに言い残したそうです」と話した。

「もう何言ってるのか分からないよ不細工は」と乱暴に言ったのは木嶋法子だったが、彼女がそう喚《わめ》くのとほぼ同時に携帯電話が鳴った。はじめのうちはそれが何の合図なのか誰も把握できなかったようだったが、加藤遥が、「法子ちゃん、電話が」と教えたことでようやく気づいた様子だった。木嶋法子は、「もう、こんな時に電話なんて」と面倒臭そうに口を尖《とが》らせ、その場で電話機を耳に当てた。他の五人が、「オーディションの結果なのではないか」と想像していたのに対し当の彼女は、酔いのせいでそのようなことなどすっかり忘れていたらしく、受話ボタンを押すと同時に、「何の用？　この不細工」と言い放ち、他の五人は、「ひい」と慄《おのの》いた。相手の言葉を耳にし、ようやくそれがオーディションの結果通知だと理解した木嶋法子は、まわりからはっきり分かるほどに顔面蒼白《そうはく》となり、「あ、すみません」とあたふたと応対し、席を立ちながら、「あのですね、うちの田舎の方言で、『不細工』というのは」と必死の説明をしながら個室から出て行った。

残った五人はほぼいっせいに噴き出し、江川美鈴は笑いすぎて涙を浮かべ、加藤遥は目を細め、臼田章二は出て行った木嶋法子に対し、拝むような仕草をして、「合格してますように」とお祈りを口にし、佐藤亘は自分の気分がやわらぐのを久々に感じながら腕時計に目をやり、自分の置いてきた仕事がどうなったかを少し気にかけた。

「何だか変な合コンだな」と尾花弘は呆《あき》れるような、噛み締めるような言い方をし、テーブルのおしぼりをつかむとそれで手を拭《ぬぐ》いはじめ、一通り拭き終えると、それを器用に筒状に丸め、ごく自然な動作でテーブルに戻した。そのおしぼりが、自分の方向をしっかり指し示していることを見た江川美鈴は、からかわれた気分で少しむっとしたが、それは本当に僅《わず》かな瞬間だけで、あとはすぐに胸の中に暖かい空気が吹き込むような、そんな心地良さに満ち、笑ってしまう。

——合コンの後で、連絡を取った際の、井上真樹夫からの説明

ドタキャンして悪かったけどさ、まあ、確かに幹事でもあったけれどたまにはああいうハプニングもいいかと思ったんだよ。見知らぬ男が急に参加してくるのって、ハプニングだろ？　佐藤亘とは、たまたま会ったんだよ。どこで、ってトイレだよ。三越のトイレだ。身分の違う者同士が出会うのは、案外、そんな場所なのかもな。あいつはちょうど逃げ出してきたばかりみたいだったな。大便用の個室に俺がいて、鍵《かぎ》をかけ忘れていたもんだから、あいつが入ろうとしてきて、鉢合わせになってさ、驚いたよ。俺はちょうど、穿《は》く物穿いて、水を流したところだったんだけど、そこで意気

投合して、少し話をしたんだ。そこで、と言っても移動したぞ。トイレでずっと立ち話もできないだろ。近くのベンチでのんびり喋《しゃべ》ったんだ。意外に意気投合するんだよ、ああいう状況で出会うとな。で、あいつがふと、「普通の人はこういう平日のこの時間、何をして過ごすんだ」とか訊《たず》ねてくるからな、俺は、「たとえば俺の場合なら、今日は夜、合コンだ」と伝えたんだ。ああ、その通り、俺が普通の人なのか否《いな》か、という問題はあるんだが、とにかく、そうしたら、あいつが興味深そうにな、「合コンを経験したい」とか言うわけだ。アン王女みたいな気分だったのかもな。おい、尾花、おまえ、アン王女、知らないのかよ。エドワード王子でもいいよ、ってそれも知らないのか。「王子と乞食」だよ。とにかく、自分の人生に嫌気が差して、別の人生を覗いてみたかったんだろうな。偉い奴《やつ》の罹《かか》るハシカみたいなもんだろ。まあ、何でも最近、母親が亡《な》くなったらしくてな、そういうのもあって、精神的に不安定だったんじゃねえか？　大事な仕事を放り出して、合コンに行くことにしたんだ。あの後、大変だったらしいぜ。みんなで、あいつを探していたみたいだ。そりゃそうだ、大騒ぎだよな。で、とにかく俺は、あいつに合コンを体験させてやりたくて、ドタキャンした。仕事をドタキャンしたあいつのために、俺は合コンをドタキャンしたわけだ。おまえたちも驚いただろ。あいつが合コンに来たから。え、本当かよ、帰りの時まで気づかなかったのか？　まあ、そんなものか。俺も知らなかったしな。

――合コンが終わり、だらだらと帰る

〈サイワイ〉で会計を済ませ、エレベーターで地上に上がり、建物の外に出ると空はいっそう暗くなっているように感じた。広い歩道に、六人で円を描くように立っていると、私は学生の頃を思い出した。二次会に行こうかどうしようか、と誰も決断できず、様子を窺《うかが》い、誰かが指揮を執るのを待ちながら、コートのポケットに手を入れ、寒いなあ、とそわそわしているのだ。「二次会は全部、井上さんに任せていたんですよ」と加藤さんが言った。私は、臼田君の顔を見る。私は合コンの後にふさわしい店であれば、何軒か知っていた。井上が考えていただろう店も、見当がついた。臼田君も同様だろう。ただ、どういうわけか今日に限っては、このまま解散すべきだな、という思いが強かった。一次会が盛り上がらなかったわけではない。木嶋さんは結局、オーディションに合格し、と言ってもどうやら二次審査に進んだだけだったのだが、酔っ払いながらも大喜びをし、はしゃいでいたし、暗くて見栄えの悪い、場違いだった佐藤さんも最終的には、それなりに馴染《なじ》んでいた。私はといえば、江川美鈴のことが気になっていた。彼女が不倫をしていることにも驚いたが、それ以上に、まったく幸福そうに見えないことに胸を締め付けられ、どうにかしてあげたいと思った。が、だからと言って自分にどうすることもできないことも確かだった。おしぼりを彼女に向けた時、それはほとんど、自分の真実の思いからやったことだったが、その時に彼女が苦々しさを浮かべながらも、子供のように笑ったことは唯一の救いだった。

それぞれ自分の譜面を演奏するしかない、と言った佐藤さんの言葉を思い出す。

「どうします？」臼田君が、おずおずと切り出した。「この後、どこか行きましょうか」

全員が全員、思い悩む表情になった。たぶん、私と同じような感覚だったのかもしれない。

まず、佐藤さんが、「僕はこれで帰ります」と宣言した。そして、実は仕事を放り出して来てしまったので、その後のことが気になるんです、と打ち明けた。「きっとみんな怒ってます」

佐藤さんは生真面目で、地味な印象だったから、仕事を投げ出して、逃げるような人とは思えず、私には意外だった。一応、「そりゃあ、早く帰って、状況を確認したほうがいいですよ」とは言った。

「そこまでして合コンに来るな！」と江川美鈴の肩に寄りかかり、ぐでん
っ払っている木嶋さんが言ったが、それはもっともな意見だ。そこまでして合コ
来ないほうがいい。

「わたしも帰ります」加藤さんが続けて言った時点で、二次会の開催はなくなったようなものだった。だけれど、だからと言って、花火が不発に終わったかのような、不本意で、残念な気分はなかった。特に何があったわけでもないのに、充実した思いがあった。

私たちは夜の歩道を、街路灯に導かれるようにとぼとぼと歩きはじめる。私は自然を装《よそお》い、列から外れ、江川美鈴の横に並び、彼女が肩で支えるようにしている木嶋さんの腕を引っ張り、運ぶのを手伝う。江川美鈴はちらっと私を見て、「初対面で言うのも何だけど、尾花さんって優しいですね」と悪ふざけをするような口ぶりで言った。

「じゃあ、メールアドレスとか教えてくださいよ」

「彼女に怒られますよ。今、別の男と遊んでる彼女に」

私は顔をしかめ、「嫌なことを言うなあ」と責めるようにした。

「浮気するような女は良くないよ」

「それは、俺の彼女のこと？　それとも自分のこと？」

「どっちも」

そこで私はまた、初対面の会話を装い、「あの江川さん、一般論として聞きますけど、昔の彼氏に未練とかあったりします？」と質問した。

彼女は噴き出し、唾を飛ばした。「あっても教えないよ」

誰もタクシー乗り場には向かわず、全員が地下鉄駅に向かっていたので、その駅までの短い歩行時間が、二次会のようでもあった。

時間が時間なだけに歩道に並ぶ店は大半が閉まっていたが、中には明かりを点《つ》け、営業している店舗もあった。花屋では背広姿の男が大きな花束にリボンをつけてもらっていたし、書店では若い男女が大判の雑誌を立ち読みしている。楽器店も開いていた。前にも何度か通りかかったことがあるが、あまり客が入っているようには見えない。

「あ、すみません。電話がかかってきちゃいました。先、駅行っててください」前のほうにいた臼田君が立ち止まり、自らの携帯電話を振ると楽器店の脇《わき》、別の路地のほうに寄った。私たちはこれまたどういうわけか、相談するでもなく、立ち止まり、臼田君の電話が終わるのを待つことにした。

佐藤さんが楽器店に足を踏み込み、並んでいる電子ピアノの前に立ったのはその時だ。オモチャのようなものから、少し本格的なものまでいくつも見本があって、それらは誰でも鍵盤《けんばん》に触れられる状態にあったのだけれど、佐藤さんはそのうちの一つに向き合っていた。値段でも眺めているのかな、野暮ったいコートに青髭《あおひげ》で眉はぼさぼさの佐藤さんと楽器はほとほと似合わないな、と思っていると、その佐藤さんがおもむろに手を置き、弾きはじめた。瞬間、驚くほどの速さでメロディが湧《わ》き上がるので、私は茫然《ぼうぜん》とした。音は大きく、はっきりとした輪郭を持ち、ぶわっと水が噴水さながらに巻き上がるかのように、あたりを舞った。

電子ピアノから流れ出る曲が、踊るように飛び跳ねているのが分かる。店の前にいる加藤さんが目を瞠《みは》り、立ち尽くし、私の隣にいる江川美鈴も驚きで口を開けたままだ。肌が粟立《あわだ》ち、ぞくぞくとした寒気が私の背中を駆けた。通りかかった別の歩行者が立ち止まり、店の奥からはエプロンをつけた店員が驚愕の表情のままやってきて、佐藤さんの近くで、棒のように立っている。もう一人、少し離れている場所には、黒のジャケットを着た、年齢不詳の男がいて、目を見開いていた。静かな佇《たたず》まいだったが、感動しているのは間違いない。口元を綻《ほころ》ばせたのも分かる。

ピアノの音は、見えない川となって、私たちを流そうとする。電話を耳に当てた状態の臼田君が姿を現わし、呆気《あっけ》に取られている。私は、その突然、奏《かな》でられた、美しい演奏に陶然とする。佐藤さんの体は斜めを向いているため表情は見えないが、立ったまま演奏しているその姿は強張りがまるでない、柔らかいものだった。「何なの、何なのこの音」と半分、眠りかけていた木嶋さんがぼそっと声を出す。

電子ピアノの力を目一杯に使い、もし電子ピアノの中にエンジンがあるのだとしたら、それを限界まで回転させ、潜在的に持っていた音をすべて吐き出している。止《や》むことのないメロディが、夜の空気をぐるぐると掻《か》き回し、私たちもそれに巻き込まれて宙に浮かんでいくかのような、そんな浮遊感を覚えるが、無理やり引《ひ》き摺《ず》られるような不快感や恐怖を伴ってはいなかった。胸が心地良く弾んでいる。ああ、何と、と私はぼんやりと思った。何と佐藤さんは恰好いいのか、と。が、隣の江川美鈴は、おそらくは感動し、涙を浮かべてしまった自分が恥ずかしかったのだろう、勝ち誇った表情で、「ほら、ハーフは美形とは限らないでしょ」と言った後で、笑った。

「そして、男も女も大事なのは外見じゃない」

私は言った。「自明だ」

参考・引用文献

『私の銀座風俗史』石丸雄司著　銀座コンシェルジュ編（ぎょうせい）
『THEミヤギ』No.5（宮城県広報協会）
『攻撃―悪の自然誌』コンラート・ローレンツ著　日高敏隆・久保和彦訳（みすず書房）

この本は、いくつかの雑誌のために書いた短編をまとめたものです。それぞれ、「恋愛ものを」であるとか、「怪談話を」であるとか、そういった依頼に合わせ書いていったものなので、一つにまとめることは念頭になかったのですが、改めて並べ直し、手を加えていくと、緩やかに繋《つな》がりができ、「首折り男なる人物の話であったものが、いつの間にか黒澤という泥棒の話に変化していき、それがまた首折り男に繋がり」という不思議な本になりました。

特定の主人公や設定で統一した短編集とは少し違いますし、短編ごとに趣向が異なっているからか（長編用に考えていた仕掛けを使った短編もあれば、レーモン・クノーの『文体練習』に触発されたものもあります）、綺麗《きれい》に並んだ作品集というよりは、謎《なぞ》の工芸品ができあがったような感触があり、こういう読み心地の本はあまりないのではないか、と感じています。作者の達成感と読者の楽しさとは一致しないことも多いかもしれませんが、少しでも多くの方に楽しんでいただければ幸いです。

解説

福永信

二〇〇八年四月、本書の巻頭作になる「首折り男の周辺」は『Story Seller』に発表された。その周辺で起きた大きな事件としては同年六月に秋葉原無差別殺傷事件がある。小説とは全く無関係だがこういうことも意外と忘れられるから書いておく。この短編がもっとも初出が古く、本書収録短編の起点となっている。〝首折り男〟〝少年のいじめ〟〝大人との約束〟〝時空のねじれ〟などが描かれるが、一本の短編として完結しながらも、水の波紋を起こす小石のように、この文庫の各収録作に影響を与えることになる。

翌二〇〇九年四月、最後の話になる「合コンの話」が『Story Seller Vol.2』に発表された。〝首折り男〟がここにも登場する。もっともその「首折り」殺人が当の合コンには無関係である旨《むね》、すでに作品冒頭、明言されている。無関係ではあるが合コンの開催されている同じ銀座でその殺人は起こっている。一年前の波紋の一端が、ここに到達しているといえるわけである。

翌二〇一〇年七月号の『小説新潮』には「濡《ぬ》れ衣《ぎぬ》の話」が載った。車に撥《は》ねられ死亡した息子の復讐《ふくしゅう》としての殺人。運転していた女への復讐を果たした父親と「刑事」との、女の死体を挟んでの奇妙な会話を中心に織りなされるこの一編のどこにも、〝首折り男〟は登場せぬ。でもここにも波紋は届いておる。〝時空のねじれ〟が仄《ほの》めかされ、〝少年のいじめ〟〝大人との約束〟の再演が予告される。

同年の冬、十二月には「相談役の話」が『幽』に掲載された。このお話には〝首折り男〟も〝少年のいじめ〟〝大人との約束〟も〝時空のねじれ〟も登場せぬ。それらと無関係な、仙台に住む作家の日常の一コマと言えそうな一編である。将来、巻頭作になる「首折り男の周辺」から生じた波紋はこの短編にはどうやら届かなかったようだ。〝時空のねじれ〟は起こらず、むしろそれとは対照的に歴史上の人物の死と現代における複数の「死」が怨霊《おんりょう》のしわざとしてストレートに重ね合わされようとしている。「みちのく怪談」特集の一編として執筆されたゆえだろうけれど、ラストに用意されたこの作家の台詞《せりふ》を読んだ時、私は椅子《いす》から落ちた者である。みちのくも何も全世界の小説家をビビらせる一言を編集者に告白するからである。

翌二〇一一年十二月号の『小説新潮』に（「濡れ衣の話」から約一年ぶりに）掲載され

た「僕の舟」には〝首折り男〟も〝時空のねじれ〟も、〝少年のいじめ〟も〝大人との約束〟も出現する気配はない。将来巻頭作になる予定の「首折り男の周辺」とはこの短編も今のところ無関係といってよさそうだ。ただ男女六名が合コンをしてたあの銀座は再び登場するし、伊坂幸太郎作品を自在に動き回る「黒澤」が登場し一肌脱ぎもするけれど、基本は人生の後半において若き頃を懐《なつ》かしむ女性の物語である。

二〇一三年一月号の『新潮』に発表された短編「人間らしく」には〝少年のいじめ〟の場面があり、二〇〇八年以来の波紋と判断される。また〝時空のねじれ〟という言葉はこの時点では書かれていないが明らかにその結果と思われる事態（人間の消失）が起こる。黒澤が再登場し、仙台在住の作家も再び登場する。

同年二月に出た『yom yom』の「月曜日から逃げろ」は黒澤大活躍の一編である。巻頭作になる予定の「首折り男の周辺」からの影響は皆無であると見なし得る。〝首折り男〟も〝少年のいじめ〟も〝大人との約束〟も〝時空のねじれ〟も書かれぬ。三年前の「相談役の話」と同様である。これもまたラストで衝撃を受けて、私は椅子から落ちた者である。

これで全七編がそろった。ここまで五年ほどが経過している。

二〇一四年一月、単行本『首折り男のための協奏曲』が刊行された。

著者が初出から単行本の制作過程で加筆修正するのは有名な話である（文庫時にも適用されることがあるが今回の文庫『首折り男のための協奏曲』では必要最小限の修正のみである）。同一タイトルでありながらエピソードの省略、また逆に追加などのため、異なるバージョンとしてそれぞれを読む楽しみがある。それはこの本でも同様であり、例えば「濡れ衣の話」の女の死体は初出と異なり〝首折り男〟の手によって改めて首を折られる内容に修正された。「僕の舟」や「人間らしく」の初出では〝時空のねじれ〟のことは書かれなかったが加筆された。巻頭作になった「首折り男の周辺」に登場する〈疑う夫婦〉の名前は「僕の舟」の女の名前に変更された。さらにこの「僕の舟」で黒澤は「合コンの話」のラストと呼応する感想を漏らすことが書き加えられた。初出とは異なる謎《なぞ》として〝首折り男〟や〝時空のねじれ〟が入り込み、名前の修正により別人が同一人物になり、さりげなく他の収録作のラストに関する一言を追加することで、一編だけでそれぞれ完結することなく、水の波紋のように、別の短編へ少しだけ触れるようになる。

ところで加筆修正を経ても、〝首折り男〟〝少年のいじめ〟〝大人との約束〟〝時空のねじれ〟など「首折り男の周辺」に書き込まれたことを全く共有しなかった短編が二編ある。「月曜日から逃げろ」と「相談役の話」である。この二編のみ無関係なように収録されていることは重要である。

実はこの二編だけが、それらを共有していないことに読者はそれほどはっきりと気づくわけではない。どさくさまぎれのように「流れ」で読んでしまうだろうと思う。読者におなじみの登場人物・黒澤が二作とも仕切っているわけだし、黒澤は「僕の舟」や「人間らしく」にも登場しているから本書と無関係とは言えぬ。しかし、読み終えた後、しばらくして、あれ、そういえば、この二編だけ、なんか違ってたな、という感想が浮かぶと思う。連作短編集のように読みながら、各短編を結びつけていた関係性は、あっさりこの二編で断ち切られてしまうからだ。

加筆修正はバラバラに書いてきた短編を相互に関連づける。もともとバラバラだった言葉をコラージュする作業であると言える。つまり、あれをこっちに、これをあっちに、というふうに、〝首折り男〟をあっちに、〝時空のねじれ〟をこっちに、という具合にである。初出の執筆時よりも、言葉を物として扱っているような実感があるはずだ。実際に手で文字を持って右往左往しているような、切り貼《ば》りしているような感覚。ほんとはバラバラだった短編群が、つながっていくことに面白さがある。ところでコラージュに長《た》けたアーティストの金氏徹平に聞いたことだがコラージュには常に

「つながりすぎることの怖さ」が潜むという。伊坂幸太郎もその「つながりすぎることの怖さ」を強く感じているのではないかと思う。本来別々にあったものを同一平面上で共存させることは「流れ」に乗ってしまえばある意味で容易である。かえって平凡さという地平に陥る可能性もある。文学、美術のみならず音楽、映画などでも同様にあることだろう。バラバラなものを組み合わせず、そのまま放置すること。むしろつながりを断ち切る、切断すること。この二編の本書での役割はこんなところにある。それは本書の魅力にもなっている。黒澤、いい仕事してるな、というわけである。

島田雅彦、津村記久子、佐藤正午、佐々木敦、斎藤美奈子、大森望、柴田元幸など文庫解説者の多彩さは、そのまま伊坂幸太郎の多彩さだ。解説が執筆されるのはその文庫刊行の割と直前だ(と思う)。版を重ねてもそのまま残るため、文庫刊行当時のライブ感が保存されている。

二〇〇五年、第二作『ラッシュライフ』の文庫版が刊行されたが池上冬樹は「〝これは一体何なんだろう?〟という驚き」を最初に示した後、この新人作家の可能性を極めてわかりやすく一覧表のごとく列挙している。これからどんな小説を書くんだろう?という期待が率直に込められた名解説である。伊坂幸太郎作品の加筆改稿に触れる文庫解説は定番のようにあって食傷気味であるが（僕も書いちゃったけどね）、池上解説員は「（文庫本にはないが、単行本二〇六頁下段に名言がある）」と記した。修正作業で削除された部分に「名言」がある、だから初出も読んでご覧というわけである（これもまた「名言」のようである）。

翌二〇〇六年、『重力ピエロ』担当の北上次郎は、すでに出ている『オーデュボンの祈り』と『ラッシュライフ』の文庫解説に対して「私の偏見である」と断りながら「シュールな物語」（吉野仁）、「エレガントな前衛」（池上冬樹）というまとめ方に疑問を投げかけている。これも水の波紋の一種であろうか（北上自身は「これは、現代に生きる私たちの小説だ」とまとめていて、まあどっこいどっこいじゃないのと思うが、伊坂幸太郎作品についてみんなでアレコレ話そうじゃないかという楽しそうな、わくわくしてる気分が伝わってくる）。

二〇〇七年刊行、二〇一〇年文庫化の『ゴールデンスランバー』が伊坂幸太郎の転回点であることは、円堂都司昭が『死神の浮力』（二〇一六年文庫化）で指摘している（「だが、『ゴールデンスランバー』の頃から伊坂は、あえて物語をきれいに構成せず、余剰を残すことを繰り返し試みるようになった」）。その「試み」はさっき指摘したコラージュ的方法にまで通じるだろう。当の『ゴールデンスランバー』の解説者・木村俊介は、著者の肉声から例証している（「そこで、物語の風呂敷《ふろしき》は広げるけれど、いかに畳まないまま楽しんでもらえるのか、それから、いかにそれでも読者に納得してもらえるのか、にはじめて挑戦したのが『ゴールデンスランバー』という作品でした」）。

二〇一二年文庫化の栗原裕一郎による『SOSの猿』の解説と、前述の円堂都司昭の解説、この二作が、私の読んだ限りでは現時点でもっとも伊坂幸太郎の作品世界を見渡すのにコンパクトなガイドである（同時にすぐれた作品論にもなっている）。

二〇一五年文庫化の『仙台ぐらし』は、単行本刊行時の編集者・土方正志との対談が「解説にかえて」として載っていて作家と編集者の丁々発止のやり取りが面白い（なんと「相談役の話」の話も出てきます）。

さて二〇一六年、『首折り男のための協奏曲』がこうして文庫化されたわけだが、この解説もいつか加筆修正したいものである。

（平成二十八年十月、作家）

この作品は平成二十六年一月新潮社より刊行された。

伊坂幸太郎著

オーデュボンの祈り

卓越したイメージ喚起力、洒脱な会話、気の利いた警句、抑えようのない才気がほとばしる！ 伝説のデビュー作、待望の文庫化！

伊坂幸太郎著

ラッシュライフ

未来を決めるのは、神の恩寵か、偶然の連鎖か。リンクして並走する4つの人生にバラバラ死体が乱入。巧緻な騙し絵のごとき物語。

伊坂幸太郎著

重力ピエロ

ルールは越えられるか、世界は変えられるか。未知の感動をたたえて、発表時より読書界を圧倒した記念碑的名作、待望の文庫化！

伊坂幸太郎著

フィッシュストーリー

売れないロックバンドの叫びが、時空を超えて奇蹟を呼ぶ。緻密な仕掛け、爽快なエンディング。伊坂マジック冴え渡る中篇4連打。

伊坂幸太郎著

砂漠

未熟さに悩み、過剰さを持て余し、それでも何かを求め、手探りで進もうとする青春時代。二度とない季節の光と闇を描く長編小説。

伊坂幸太郎著

ゴールデンスランバー

山本周五郎賞受賞
本屋大賞受賞

俺は犯人じゃない！ 首相暗殺の濡れ衣をきせられ、巨大な陰謀に包囲された男。必死の逃走。スリル炸裂超弩級エンタテインメント。

伊坂幸太郎著

オー！ファーザー

一人息子に四人の父親!? 軽快な会話、悪魔的な箴言、鮮やかな伏線。伊坂ワールド第一期を締め括る、面白さ四〇〇%の長篇小説。

伊坂幸太郎著

あるキング
—完全版—

本当の「天才」が現れたとき、人は〝それ〟をどう受け取るのか——。一人の超人的野球選手を通じて描かれる、運命の寓話。

伊坂幸太郎著

3652
—伊坂幸太郎エッセイ集—

愛する小説。苦手なスピーチ。憧れのヒーロー。15年間の「小説以外」を収録した初のエッセイ集。裏話満載のインタビュー脚注つき。

伊坂幸太郎著

ジャイロスコープ

「助言あり〼《ます》」の看板を掲げる謎の相談屋。バスジャック事件の〝もし、あの時……〟。書下ろし短編収録の文庫オリジナル作品集！

新潮社ストーリーセラー編集部編

Story Seller 3

新執筆陣も加わり、パワーアップしたラインナップでお届けする好評アンソロジー第3弾。他では味わえない至福の体験を約束します。

新潮社ストーリーセラー編集部編

Story Seller annex

有川浩、恩田陸、近藤史恵、道尾秀介、湊かなえ、米澤穂信の六名が競演！ 物語の力にどっぷり惹きこまれる幸せな時間をどうぞ。

竹宮ゆゆこ著

砕け散るところを見せてあげる

高校三年生の冬、俺は蔵本玻璃に出会った。恋愛。殺人。そして、あの日……。小説の新たな煌めきを示す、記念碑的傑作。

王城夕紀著

青の数学

雪の日に出会った少女は、数学オリンピックを制した天才だった。数学に高校生活を賭す少年少女たちを描く、熱く切ない青春長編。

河野裕著

いなくなれ、群青

11月19日午前6時42分、僕は彼女に再会した。あるはずのない出会いが平坦な高校生活を一変させる。心を穿つ新時代の青春ミステリ。

最果タヒ著

空が分裂する

かわいい。死。切なさ。愛。中原中也賞詩人と萩尾望都ら二十一名の漫画家・イラストレーターが奏でる、至福のイラスト詩集。

朝井リョウ・飛鳥井千砂
越谷オサム・坂木司
徳永圭・似鳥鶏
三上延・吉川トリコ 著

この部屋で君と

腐れ縁の恋人同士、傷心の青年と幼い少女、妖怪と僕!? さまざまなシチュエーションで何かが起きるひとつ屋根《ふたりぐらし》の下アンソロジー。

中田永一・白河三兎
岡崎琢磨・原田ひ香著
畠中恵

十年交差点

感涙のファンタジー、戦慄のミステリ、胸を打つ恋愛小説、そして「しゃばけ」スピンオフ！ 「十年」をテーマにしたアンソロジー。

本多孝好著

真夜中の五分前
five minutes to tomorrow
(side-A・side-B)

双子の姉かすみが現れた日から、五分遅れの僕の世界は動き出した。クールで切なく怖ろしい、side-A から始まる新感覚の恋愛小説。

堀江敏幸著

雪沼とその周辺
川端康成文学賞・谷崎潤一郎賞受賞

小さなレコード店や製函工場で、旧式の道具と血を通わせながら生きる雪沼の人々。静かな筆致で人生の甘苦を照らす傑作短編集。

古井由吉著

辻

生と死、自我と時空、あらゆる境を飛び越えて、古井文学がたどり着いたひとつの極点。濃密にして甘美な十二の連作短篇集。

絲山秋子著

海の仙人

敦賀でひっそり暮らす男の元へ居候志願の神様が現れる――。孤独の殻に籠る男と二人の女性が綾なす、哀しくも美しい海辺の三重奏。

川上弘美著

どこから行っても遠い町

二人の男が同居する魚屋のビル。屋上には、かたつむり型の小屋――。小さな町の人々の日々に、愛すべき人生を映し出す傑作小説。

津村記久子著

とにかくうちに帰ります

うちに帰りたい。切ないぐらいに、恋をするように。豪雨による帰宅困難者の心模様を描く表題作ほか、日々の共感にあふれた全六編。

司馬遼太郎著

燃えよ剣（上・下）

組織作りの異才によって、新選組を最強の集団へ作りあげてゆく"バラガキのトシ"――剣に生き剣に死んだ新選組副長土方歳三の生涯。

司馬遼太郎著

花神（上・中・下）

周防の村医から一転して官軍総司令官となり、維新の渦中で非業の死をとげた、日本近代兵制の創始者大村益次郎の波瀾の生涯を描く。

司馬遼太郎著

城塞（上・中・下）

秀頼、淀殿を挑発して開戦を迫る家康。大坂冬ノ陣、夏ノ陣を最後に陥落してゆく巨城の運命に託して豊臣家滅亡の人間悲劇を描く。

司馬遼太郎著

峠（上・中・下）

幕末の激動期に、封建制の崩壊を見通しながら、武士道に生きるため、越後長岡藩をひきいて官軍と戦った河井継之助の壮烈な生涯。

司馬遼太郎著

国盗り物語（一～四）

貧しい油売りから美濃国主になった斎藤道三、天才的な知略で天下統一を計った織田信長。新時代を拓く先鋒となった英雄たちの生涯。

司馬遼太郎著

項羽と劉邦（上・中・下）

秦の始皇帝没後の動乱中国で覇を争う項羽と劉邦。天下を制する"人望"とは何かを、史上最高の典型によってきわめつくした歴史大作。

筒井康隆著
旅のラゴス

集団転移、壁抜けなど不思議な体験を繰り返し、二度も奴隷の身に落とされながら、生涯をかけて旅を続ける男・ラゴスの目的は何か？

筒井康隆著
エロチック街道

裸の美女の案内で、奇妙な洞窟の温泉を滑り落ちる……エロチックな夢を映し出す表題作ほか、「ジャズ大名」など変幻自在の全18編。

筒井康隆著
虚航船団

鼬族と文房具の戦闘による世界の終わり——。宇宙と歴史のすべてを呑み込んだ驚異の文学、鬼才が放つ、世紀末への戦慄のメッセージ。

筒井康隆著
ロートレック荘事件

郊外の瀟洒な洋館で次々に美女が殺される！史上初のトリックで読者を迷宮へ誘う。二度読んで納得、前人未到のメタ・ミステリー。

筒井康隆著
パプリカ

ヒロインは他人の夢に侵入できる夢探偵パプリカ。究極の精神医療マシンの争奪戦は夢と現実の境界を壊し、世界は未体験ゾーンに！

筒井康隆著
聖痕

あまりの美貌ゆえ性器を切り取られた少年は救い主となれるか？　現代文学の巨匠が小説技術の粋を尽して描く数奇極まる「聖人伝」。

大江健三郎著

死者の奢り・飼育

芥川賞受賞

黒人兵と寒村の子供たちとの惨劇を描く「飼育」等6編。豊饒なイメージを駆使して、閉ざされた状況下の生を追究した初期作品集。

大江健三郎著

われらの時代

遍在する自殺の機会に見張られながら生きてゆかざるをえない〝われらの時代〟。若者の性を通して閉塞状況の打破を模索した野心作。

大江健三郎著

芽むしり仔撃ち

疫病の流行する山村に閉じこめられた非行少年たちの愛と友情にみちた共生感とその挫折。綿密な設定と新鮮なイメージで描かれた傑作。

大江健三郎著

空の怪物アグイー

六〇年安保以後の不安な状況を背景に〝現代の恐怖と狂気〟を描く表題作ほか「不満足」「スパルタ教育」「敬老週間」「犬の世界」など。

大江健三郎著

われらの狂気を生き延びる道を教えよ

おそいくる時代の狂気と、自分の内部からあらわれてくる狂気にとらわれながら、核時代を生き延びる人間の絶望感と解放の道を描く。

大江健三郎著

同時代ゲーム

四国の山奥に創建された《村＝国家＝小宇宙》が、大日本帝国と全面戦争に突入した!? 特異な構想力が産んだ現代文学の収穫。

首折《くびお》り男《おとこ》のための協奏曲《きようそうきよく》

新潮文庫　い－69－11

平成二十八年十二月一日発行

著者　伊《い》坂《さか》幸《こう》太《た》郎《ろう》

発行者　佐藤隆信

発行所　株式会社 新潮社

郵便番号 一六二―八七一一
東京都新宿区矢来町七一
電話 編集部（〇三）三二六六―五四四〇
読者係（〇三）三二六六―五一一一
http://www.shinchosha.co.jp

価格はカバーに表示してあります。

乱丁・落丁本は、ご面倒ですが小社読者係宛ご送付ください。送料小社負担にてお取替えいたします。

印刷・二光印刷株式会社　製本・錦明印刷株式会社

ISBN978-4-10-125031-1 C0193